遅咲きの桜

齋藤 淳子
SAITO Junko

文芸社

目次

3　有紀の判断

4　解き放たれた香織

5　リカバリー

遅咲きの桜

1　香織の春

1－1　母の死

三月下旬のある早朝、市橋香織（いちはしかおり）は両手にゴミ袋を提げて自宅前の泉永寺（せんえいじ）角にあるゴミステーションに向かった。ゴミ袋の重さに負けまいとゴミ袋を持ち直し、道路を渡ろうと道路先に目線を向けると泉永寺の桜が目に入った。その瞬間、空気の流れも人の動きも止まった。


今年もあの桜が咲いている。

母さんが見たかった泉永寺の桜が。


曇り空の中、桜は優しいピンクの花を咲かせ、そっとうつむき加減に佇んでいる。

「死ぬ前にもう一度、泉永寺の寂しい桜を見たい」

二月二十四日、肺がんで逝った母の最期の望みだった。亡くなる三日前の夜中、母はベッドの端にちょこんと座り、目の前のテレビをボンヤリと眺めていた。テレビの番組そのものに注目していたわけでもなく、ただこの世とのお別れをしているような情景だった。そのうつむき加減の母の姿と目の前の桜が重なって見える。

「母さん」

ポタポタと大粒の涙が幾重にも頬を伝いエプロンの胸元に落ちる。

「母さん、桜、見られなかったね」

ゴミ出しに来た近所のおばちゃんたちが泣く香織に驚いて香織の側に来た。

「香織ちゃん、どうしたの？」

と驚いた佐々木（ささき）のおばちゃん。

「母さんが見たかった泉永寺の桜が咲いていたの。母さんに見せられなかった桜が……」

と言葉を詰まらせながら話した。

「そうよねぇ、お母さん、桜が咲くとお寺の中をよく散歩していたのよね」

「私も散歩するお母さん見たことあるわ」

佐々木さんにちょっと遅れてきた西沢（にしざわ）のおばちゃんが教えてくれた。

「ここの桜が好きだったのよ」

「うんうん。きっとそうだったのよ」

佐々木のおばちゃんは深くうなずいた。

「桜を見ることはできなかったけどさ、香織ちゃんがしっかり看病したからお母さんも喜んでいるはずよ」

二人の言葉に胸が詰まった。

「香織ちゃん、今はたくさん泣けばいいの」

「そうそう、お母さん亡くなってまだ一ヶ月でしょ。仕方ないよ」

香織はそのことばに救われた。そしてしばらく雑談を交わし、

「今しばらくはそんなもんよ。そのうち心の整理もつくから大丈夫」

「ありがとう。佐々木のおばちゃん」

「いいのよ〜。みんな乗り越えていくこと。そうやって私たちみたいなおばちゃんになっていくのよ〜」

「お母さんとしっかりお別れしてね」

ご近所さんたちは香織を励まし、ゴミを出し終えて笑顔で家に戻っていった。人はそれぞれにいろんな体験をしているのだと思った。そういうおばちゃんたちは強い。私もあんなに強いおばちゃんになれるのかなと思いながらご近所さんに感謝してゴミ袋を下ろし、エプロンの裾を持ち上げて涙で濡れた顔を包み込むように覆いギュッと押さえた。

そのときゴミ収集車がゴミステーションの前で止まり、後部ハッチを開け始めた。

「ガーッ」

ハッチ開放の音と共に助手席から降りてきた見慣れた青年がゴミ袋を掴（つか）み次から次へとハッチの奥に放り込み始めた。「間に合わない！」香織は慌てて道路を横断し、両手のゴミ袋をゴミ収集車の後部ハッチに放り込んで駆け足で家に戻った。「収集車のお兄ちゃん、こっち見ていたけど、泣き顔見られたかな」見慣れている人だけに恥ずかしさを抱きながら玄関に駆け込んで洗面所に向かい鏡を見た。案の定、顔は泣いて腫れぼったく見える。朝からこんな顔していちゃダメだと思った香織は濡れたエプロンを外そうとボタンに手を回しながら「こんなに涙って出るものなのね」と驚き眉間にしわを寄せた。

五十五歳の母の祥子（しょうこ）が亡くなって一ヶ月。まだ母の残した洋服すらそのまま。いつもの生活を続けるだけで手一杯だ。母のガン闘病から葬儀まで二年を費やした香織三十歳の春はこうして始まった。

母の洋服ダンスを見る度に母の声が聞こえる。

生前の母は、

「私はこの家の太陽よ！」

と母はよく自慢げに話をした。自分が凄腕で営む不動産業で皆が気楽な生活ができるのを、感謝されて当たり前だという支配的な承認欲求の末に放たれる母の言葉は、乱暴で粗末だった。

「香織にどれだけの投資をしたかわかっているの？　あんたが跡継ぎだから仕込んだけど、投資の見返りは役立たずのピアノ弾きかい！」

「あんな夫と無理矢理結婚させられ、ここまで香織を育てるのに苦労してさ、私の人生あんたらに捧げたと思うと理不尽すぎて腹も立たないわ」

皮肉と否定がミックスされた罵倒は、母にとって普通の会話だった。

そういう母を斜めから怪訝そうに眺めている父の智（さとし）はいつも、

「あいつは田舎育ちで下品だ。ま、私でなければ嫁のもらい手はなかっただろう」

母に聞こえないように、そして香織にだけ聞こえるように自慢げに話をした。

乱暴で横暴な母かと思えば、

「香織、今日は欲しいもの買ってあげるよ。何でも買ってあげるからさ、遠慮しないで。今から欲しいもの三つ言ってごらん。ほらほら！」

と香織を引き寄せて騒ぐ。そしてショッピングに連れていかれて、欲しくもないものを買って与えられた。そういうときは不動産の仕事で大きな取引ができたときだ。

母にとっての一番の喜びは娘のことではなく自分の仕事の成果だった。

嬉しそうな母を尻目にその分寂しかった香織は母に褒めてもらうためにベストを尽くすルールを自分に課し惜しまない努力をした。しかし香織が頑張って勉強した百点のテストを見せても、人前が苦手なのを押して弁論大会で優勝しても、夏休みを返上するぐらいの勉強で学年トップの成績を取っても、寝る時間を惜しんで練習をして全国ピアノコンクールで優秀な成績をもらっても、仕事の成果の喜びほどに喜んで雄叫びは上げない。

振り向いてもらえない悲しさをいつも感じながら、それよりもいつ何時、我が家の太陽が雲隠れして嵐になり被害に見舞われて痛い思いをしないように、その都度どう対処するのが得策かをキャッチするアンテナを高く立てて、風で揺れる柳のように香織は母に接した。

驚いたことと言えば、大学の夏休みに実家に戻った香織の耳元で母が囁いたときのことだ。

「あの馬鹿さ、どうやって殺すのが良いと思う?」

何の冗談かと笑おうとして母を見たら母は真剣なまなざしだ。

「あんな使えない馬鹿、生かしておくほうが罪よ」

香織が居ない実家での夫婦生活はさらに衝突している様子なのを悟った分、急ぎ足でアパートに逃げ帰った。それから一年間、理由をこじつけて実家に帰省しなかった。

一番心に突き刺さっているのが「他人事件」だ。それは香織が幼稚園の頃のある日の夜だった。

「ガシャーン」

香織が寝ていた寝室まで音は鳴り響いた。

その音で飛び起きた香織の耳に、

「いい加減にしろ！　このくそ野郎！」

といつもの母の怒鳴り声が飛び込んでくる。

「私が何をしたと言うのかわからん」

次に父が叫ぶ声。そしてまたモノが壊れる音。

「お前のせいで風呂もゆっくり入れない」

「あんたは稼ぎもしないで偉そうに事務所で昼寝している身分で、先に風呂に入る権利はないってのがわからないのか」

いつにないほどのすごい喧嘩が気になった香織は二階の寝室から階段を降りて両親がいる居間まで忍び足で向かいそっと廊下から覗いた。居間は強盗が入って荒らされたような状態。母はショーツだけでほぼ裸。父は上半身パジャマで下半身は片足だけしかはいてないパジャマのズボン姿。お風呂に入ろうとした母と風呂あがりの父が喧嘩を始めたようだ。暴れる母と押さえ込む父。母と父の怒鳴り合いは続く。

修羅のようにぶつかり合う醜い両親を見た香織は、「他人」「他人」「他人」そうつぶやきながら二階に戻り、布団に潜って目を閉じた。恐怖で震えは止まらなかったが、声や物音が聞こえなくなっても夜の帳（とばり）が静寂を招いても眠ることができず寝付くまで、

「他人、他人……」

とつぶやいた。

翌朝、目が覚めた香織の布団の横にはいつも一緒に寝ている母はいなかった。一緒に寝たのかもわからなかった。

不安になり足音を立てないようにそっと一階に降りた。そこでは何もなかったような両親が食卓でいつものように朝食を食べていた。だが、荒れた居間はほぼそのままで、香織は家のどこに居ればいいのかわからない不安で食欲をなくした。

「お母さん、香織、ご飯食べられない」

と母に話しかけた。父は黙って食べているだけだ。

「食べないならさっさと幼稚園に行け！」

怒鳴った母が香織に雑誌を投げつけた。雑誌は香織の膝に軽く当たっただけだが、心を叩かれた痛みで泣きながらトボトボと自分の部屋に戻り支度をして幼稚園バスが来るまで外で凌いだ。自分で身支度を慌ててしたため、その日は裏返しの靴下とサンダルで登園。肩から斜め提げをするタオルハンカチも忘れた。その日の幼稚園で、「他～人。他～人。お父さんとお母さんは、他～人、他～人」

ブランコに一人ぽつんと座りながら歌った。それからこの想い出は歌付きの「他人事件」という名称で香織の脳裏に刻まれた。

そういう生前の母と対照的な立ち位置の父の智は静かで無口な職人肌の性格だ。喧嘩になると形相は反転し恐ろしい形相の鬼になるが「他人事件」レベルの争いにならない限りその顔を出さない。一般的な父親なら家族の大黒柱的存在だが香織の父は祖父から継承した家業をこなすだけの商才に恵まれなかった。

事務所の椅子に座って新聞を読んでは何かしらと政府への文句やら事件事故をいかにもわかったような口調でブツブツと口にしては茶を飲み、椅子に身体をもたせかけて外の景色や人の動きを観察するのが仕事だった。

父のメインの仕事は留守番。父の言い分では、

「私が事務所にいるからこそ、母さんが外回りや営業ができるのだ」

ということになる。こういうごもっとものような言い訳を香織は子供の頃から聞かされていた。母の外回り時に電話がかかってくると、父は、

「今、わかるものがいないから後から電話してくれ」

と素っ気なく電話を切る。そういう父の態度にクレームが来てその都度夫婦喧嘩が始まる。感情的になると我を失う母はいつも手が届くティッシュやテレビのリモコンを手当たり次第に父に向かって投げる。父がクッションや新聞で防御しながら、

「いい加減にしろ」

「お前の脳みそには怒りしかないのか」

と強い口調で吐き捨てるように言葉を残してその場を立ち去ると騒ぎは終わる。


母は父に代わって仕事をした。そして男以上の働きをして家を守った。母の話によると「縁談で無能な息子の代わりに家業を支えてくれる賢い嫁を探した」と、嫁に来た頃に舅（しゅうと）が言ったそうだ。母の言葉が事実なのかはわからないが現状を見るとあながち嘘（うそ）でもないと香織は受け取っている。


市橋家のルールは、母がすべてだった。父を追い出したこともある。

「あんたが何も言わなくてもね、何を考えているかはわかるのさ。私が気に入らないんだろ？　嫌いだろ？」

母に激しく責め立てられる香織。母に罵倒される度に手足が徐々に身体から分離していくような崩壊感に襲われる。自己を全否定しなければ母に沿えない心の痛みで、自分の存在が宇宙の藻屑のようにすべて一気に分散していくような絶望感を味わう。思春期以降はいたたまれずにそのまま家を飛び出して親友の成田有紀の家や市内のホテルに泊まったこともある。

宇宙も世界もすべて暗黒の闇。その深淵に吸い込まれ何処までも落ちていく。

「私は私でいてはいけない。私のレゾンデートルは母のロボットであることだ」

香織は母に呪縛されることを容認するしか生きる手段はないのだと、自意識が目覚める前から刷り込まれていた。

「母さんに従わないと香織の住まいは橋の下になる」

父はよく侮蔑を込めたように香織を見てあざ笑った。子供の頃、母に逆らったら本当に橋の下に捨てられると思い込んでいたために父のその言葉はこの世の終わりを意味するほど深刻なものであった。この父による刷り込みは香織の中で「橋の下の子供」という恐怖のドラマになり心に深く刻まれた。主人公の子供が殺されて橋の下に遺棄される場面で、いつも目が覚めて飛び起きる。その主人公は間違いなく自分だと、夢から覚めてその都度確信した。目が覚めるといつも全身汗びっしょりで子供の香織を震撼させた。いつか現実になると思い込んでいた悪夢は「橋の下の子供事件」と香織は命名して後に有紀に伝えた。

その後、市橋家にはそういう両親と香織のほか、もう一人の家族が加わる。香織の夫である泰彦だ。

二十六歳のある晩秋の夕方。ブーツを買おうと寄ったショップの前で偶然高校の同級生の黒瀬拓朗に出くわしたとき、一緒に居たのが証券会社勤務の泰彦だった。

「……拓ちゃん？　お久しぶりね」

「香織？　なんと高校ぶりだね」

お互い驚いた。

「あ、こいつ、中学の同級生で森田泰彦」

森田と二人だった黒瀬が間髪を入れずに続けた。

「香織、高校時代と変わってないなぁ。美人は永遠不滅ってとこかな」

「そんなことないって。拓ちゃん、やめてよ」

「ところで香織は、もう結婚したの？」

「まだまだ、そんな相手も居ないし……」

と香織は下を向いた。すると泰彦が、

「俺も独身。黒瀬は大学卒業してからすぐに結婚して二児のパパなんだよ」

「はい、あっという間にパパになっちゃいました」

黒瀬は高校時代と変わらない明るさだ。

「香織は今何しているの？」

黒瀬が聞いた。

「私は家の不動産の事務」

「え？　ピアノあれだけうまかったのに、それに音大行ったはずじゃ？」

「うん。そう。だけど一人娘だし、家業の手伝いで事務員さんです」

「へぇ、もったいないな。確かコンクールとかいつもトップだったよね」

「え、まぁ、そうだったような。でも家業が大切だから」

香織はすこし困り顔で返事をした。すると黒瀬は泰彦に話しかけた。

「あ、泰彦、泉永寺の前の市橋不動産って知らないかな？」

「泉永寺の前の……あ、あの白い建物の、あそこの娘さん？」

泰彦が香織に聞いた。

「はい。あの白い建物の娘です」

そう答えた香織に泰彦は明るく笑いながら、

「またよろしく」

と香織に握手を求めた。

「泰彦、手を出すの、早くない？」

黒瀬が突っ込んできたが香織は泰彦の覇気のある言葉に手を出して握手に応じた。

「こちらこそ、また」

「あらあら、ま、この先があるなら市橋不動産に連絡かな」

と黒瀬が笑った。

「じゃ、また！」

「うん。さよなら。またね」

一段落話を終えたところで三人は別れた。

泰彦は快活な性格のお陰で会社からそれなりの評価もしてもらい不満もない暮らし向きで小学校から大学まで野球一色のスポーツマン。土日は野球でほぼ潰す独身生活に満足していた。彼女を作って深入りするようなタイプでもなく野球仲間と騒いでいるほうが楽しかった。圧倒的な美しさを放つ薔薇よりもひっそりとしたフリージアが好きだった泰彦はまさにそんなタイプの香織に一目惚れをした。黒瀬が言うとおりに泰彦は市橋不動産に電話をして香織をお茶に誘い自然に交際が始まった。そして交際一年が過ぎた頃に泰彦は香織にプロポーズをした。それも市橋家の婿として。

人口約八万人の地方都市の中心で営む市橋不動産の商いは、人口の割には悪くなかった。県庁所在地の隣の市という位置で幼稚園からの一貫教育をしている大学や高専があり、賃貸物件の出入りも多く、バブルの頃は特に売買物件の動きが激しくそれなりの資産も作った。ただ、母が社員を育てられない横暴な経営者だったが故に、最盛期に社員を増やし業務拡大路線に乗ることがないままバブル崩壊を迎え、あとは地道に資産を増やしただけのことなのだが母にすれば資産を増やせた結果が成功であり自慢だ。泰彦は一目惚れをした香織と母が築いた家業に明るい未来を夢見ていた。

「うちの両親って変わっているの。結婚したら大変だと思う」

泰彦にプロポーズされた香織は結婚の話になると両親との関係を心配した。

「香織、俺、次男だし養子に行こうと思うんだ。市橋不動産の跡継ぎはいないし、それに俺も将来のこと考えたらずっとサラリーマンって性に合わないと思っているしさ。香織の家は養子を迎えるつもりで俺と香織が出会う前に二世帯住宅にしちゃっただろ。玄関が一つでも二世帯住宅ならつかず離れずの関係でなんとかやっていけると思うよ。家族経営だから二世帯円満ってとこも大事だしさ」

泰彦は問題だらけの両親の怖さを知らないままで同居するつもりでいた。

「かあさんは気が強いし、とうさんは都合が悪くなると無視。家庭らしさってあんまり期待できないところに泰彦さんが入ってややこしくなるのかもって思うの」

香織は泰彦の同居案をなんとか却下させたかった。

「両親が喧嘩すると母さんがお茶碗とか投げたりするし……」

と香織が話せば、

「大丈夫、俺が野球センスでキャッチするよ」

と、泰彦が茶化して会話が終わる。泰彦の家庭ではそういうDVとは縁がなかったので簡単に受け止め、香織が心配しても気にしていなかった。確かに香織の母の祥子は威勢がよくて言葉も強い。だが、その強気はさっぱりしている性格からのもので、不動産の客との会話を聞いても祥子の言い回しは逆に面白く展開が速いし、商売上手で勘が鋭い。そういう才能のおかげで客の評判は悪くはない。その姿を見ていただけに、モノが飛ぶといっても冗談で軽く投げる程度だろうとも思い込んでいた。

香織はどうしても不遇な家庭の説明ができず、泰彦の明るさにつられてそのうち諦めてしまい、また「他人事件」や「橋の下の子供事件」のことを泰彦に話すと嫌われるかもしれないという不安で話す勇気を持てなくなり、「何かあっても泰彦さんならなんとかしてくれるのではないか」という身勝手な期待でこの問題に蓋をした。

そして香織と泰彦は互いが二十八歳のときに養子縁組の婿入りという形で結婚をし

た。厳かに静々と執り行われた神社での結婚式。泰彦の野球仲間で大騒ぎになった披露宴は出席者全員が楽しんだ。そしてすぐに海外への新婚旅行に出かけた。

「あんたら新婚旅行でしっかり仕込みはしただろうね。泰彦さん、そのために養子縁組したんだから責任は取ってよ。当然でしょ。さっさと孫の顔見せてもらわないとね」

　新婚旅行から帰宅した二人が両親に土産を渡そうとしたとき、祥子からの言葉に泰彦はつい口を滑らした。

「お義母さん、いきなり言われてもそう簡単にできることとできないことがありますよ。責任と言われてももし子供ができなかったらどうすればいいのか」

　軽く笑う程度の冗談かと思った泰彦は笑いながら答えた。

「泰彦さん、何のために婿養子を取ったかぐらいはわかるでしょ。さっさと子供作ればいいのよ。何がそんなに難しいのやら。孫の顔見せるのがあんたらの義務だろ。子供ができないなら何処へでも行って頂戴」

　茶を飲みながら、当然だろというふてぶてしい顔に泰彦は驚いた。そして横の香織を見ると、また始まったという義母への落胆の顔がよくうかがえた。しかし香織は、

「ね、泰彦さん、お母さんの言うとおりに跡継ぎ頑張ればいいのよ。大丈夫」

と笑顔で泰彦に当然のように同意を求めた。祥子の横でテレビを見ていた義父の智は見て見ぬ振りを決め込んでいる。

夫婦の部屋に戻ったときに泰彦は香織を責めた。

「どうしてお義母さんの機嫌を取るんだ?」

泰彦は声を荒らげた。

「泰彦さん、母さんに逆らうなんてしないで。言ったって無駄なの」

「無駄ってどういうことだよ。俺、あんなことを言うお義母さんだとは思わなかった」

泰彦はベッドに座り込んで頭を抱えた。

「俺は市橋家の跡継ぎを作る道具ってことか?」

「母さんはそこまで思ってないわ。あの調子だからびっくりしたとは思うけど」

泰彦は困惑した。

「養子であんな扱いされるなんてごめんだよ。あれは言葉の暴力だ」

「大丈夫よ。気にしていたら辛いだけ。母さんはあんな人だし」

香織にとっては父と長年積み重ねた普通の会話だったためにそこまで泰彦に気配りができない。

「香織、お前、わからないのか?」

「え、何が?」

「何がって……」

　泰彦はそのとき思い出した。香織が結婚前に話していたことだ。母が面倒な人だとかモノが飛ぶとか。そしてその香織の話を軽視していた自分を悟った。そして祥子の機嫌を取る香織に嫌気がさした。

　その後、あれはただの言い方の問題だろうと気を取り直しては義母に接した泰彦だったがその都度デッドボールの連続だ。そのうち義母の前で余裕もなくなり、取り繕うことができなくなって反論しなくなった泰彦の様子を見た祥子は、さらにどんどん罵るようになっていった。母と泰彦がギクシャクする度に香織は二人の間に挟まり、事ある度に母を庇護する香織の態度に泰彦の気持ちは冷めていった。香織はエスカレートする祥子に対して擁護するべき限度を超えているとわかっていても恐怖でなすべなく、泰彦に対しても徐々に心を閉ざしていった。

　義母は懐が深くて男勝り。自分でどんどん切り拓くタイプで商売熱心。だから泰彦は養子に入って仕事をして後々跡継ぎをするのは面白いかもしれないと思い込んでいたが、まさか義母があそこまで家族に対して支配的な態度を取るとは思っておらず、腰が引けた。そして香織が義母にあそこまで従順とは想像すらできなかった。

「養子の分際で」

「私のお金を狙ってきたのか」

「子作りもできない不良品」

乱暴な祥子の言葉に泰彦は耐えた。おそらく何を言っても無駄なのだろう。泰彦は確信した。この親子は違う。それに義父や香織に対しては、義母はひとつでも気に入らなければ罵倒しモノを投げる。

泰彦は最初驚き怒りを感じたが、そのうちそれが市橋家の日常だと理解してから接触を避けて二世帯住宅の自分の部屋に逃げ込んだ。義父は妙なこだわりがあり、義母ともまた違うおかしさがある。そして香織の両親に対する態度に一番苛立った。俺は居場所がない家の養子になってしまったのだ。大きな誤算だ。「この家は義母のワンマンピッチャーの完投勝利で作られた楼閣だ」。泰彦は断崖絶壁から突き落とされた日々を送った。

結婚三ヶ月で泰彦は、義父母とはもちろん香織との会話も交わさなくなった。会社からまっすぐ帰ることを避け、同僚や友人と飲んだり、実家に立ち寄ったりして、帰宅は家の明かりが消える頃を待つように帰る。香織と一緒にベッドで眠ることを止め、自分の部屋に布団を敷いて寝るようにした。こうやって結婚半年で家庭内別居。一触即発の空気に触れないようにと家族の中で都度我慢するようになった。

支配的な義母と無関心で身勝手な義父が織りなす家族関係ですっかり泰彦の気持ちが離れて、二世帯住宅をいいことにして義両親の住む棟に足を向けなくなった。

しかしこの二世帯住宅は玄関が一つだったために泰彦が家の出入りをする物音に気がついた義母が玄関に出てきて、

「たまには一緒に食事でもしたらどうなのよ。どうせ香織は私ら夫婦の食事も用意して、またあなたたち夫婦の料理も別に作っているし、香織を楽にさせてやったら」

泰彦の背中へ祥子は荒々しい言葉を投げつけた。それから顔を見る度に嫌みな小言が続き、結婚一年が過ぎた頃には香織と泰彦は籍で繋（つな）がっているだけの同居人になっていた。あっという間にできた夫婦の溝は日本海溝のように深く暗く一度沈んだら二度と浮き上がることができない溝のようだった。

養子という立場で義母の圧力にあらがうこともできず、母に従順な香織を見ているのも苦痛以外の何物でもなく、それでも泰彦に笑顔で応える香織に拒絶感を覚え、微妙な父との絶妙な空気感は果てしない砂漠を相手に無謀に歩くように感じた。人として失望した相手と暮らすのは煩わしさでしかない。泰彦は悩んだ。平日の仕事の時間はなんとか凌げても土日の長い時間を家で過ごすほど煩わしいことはない。そこで土日を独身時代のように野球ができないものかと思いを馳せるが、その分義母のヤジが飛ぶことを考えると足が止まって先に進めないでいた。そんなことを考えていたときにチャンスが訪れた。

「森田君がいつのまにか市橋君って名前が変わったけど養子に行ったのかい？　市橋さんの家って何か自営業でもしているの？」

と証券会社の客である七十歳すぎの山田初夫（やまだはつお）がカウンター越しに泰彦に聞いた。

「あ、そういうことを話してなかったですよね。そういうことは個人的なことですからお客様にはお伝えしていませんでしたし」

泰彦は株取引の手続きをしながら山田に答えた。

「はい。自営業で、不動産業です」

すると山田はピンと来たようで、

「あ、もしかしたら泉永寺の前の市橋不動産？」

と聞いてきた。

「正解です。が、内緒にしておいてくださいね」

泰彦はこの話を終わりにしたくて小声で答えた。しかし資産家の山田はカウンターに身を乗り出して話を続けた。

「いやぁ～そうだったのか。あそこの養子に入ったなんて知らなくてさ。実はね、学生用のアパート経営もどうだろうと思っていたとこなんだよ。ちょっと相談請け負ってくれないかな。市橋君の家だったら安心して相談できる」

「それであれば、両親に山田さんのことを伝えておきますから、山田さん、時間があればうちの事務所に立ち寄ってください。私は証券マンですから紹介したって堂々と言えるものでもないですし、そこはご配慮ください」

「わかった。市橋君に迷惑かけないからさ。知らなかったということにしておくよ」

と小声で二人の話は終わった。


そういう会話を山田として一週間も経たない朝だった。出勤しようと玄関で靴を履いていた泰彦に祥子が笑顔で話しかけてきた。

「泰彦さん、この間紹介してくれた山田さん、早速うちに来てくれてさ、話盛り上がっちゃって。話まとまりそうなのよ。アパート物件買ってもらえたら、賃貸の管理もうちに任すって言うしね。なんとかしちゃうのは私だから、きっと儲かるよ～」

義母は朝から上機嫌。いつもの嫌みを言われないなら泰彦はそれだけで良かった。

そうこうしている間に山田は義母の思惑のとおりにアパートを購入し賃貸物件として市橋不動産が担当し始めた。泰彦が出勤で玄関に向かう足音を聞いては祥子が駆け寄

り、

「山田さん、うまくいったのよ。それに資産家繋がりで友人を紹介してくれるって言うのよ。笑いが止まらないわ」

等々の話が日々続いていくうちに泰彦はこれだと思った。顧客をこれなら土日の野球も夢じゃない。義母に太刀打ちできないなら、じっと耐えて無難に過ごすしかないと思っていたが、大口の顧客を連れてきて機嫌を取る方法があった。九回裏2アウトから華々しく逆転ホームランを打つような起死回生の転機だった。

これがきっかけで泰彦は証券会社の顧客にそれとなしに不動産の紹介を始めた。顧客からすれば、泰彦の家だし、家族経営の小さな不動産業でも確実な商売をしているということはそれとなく知れ渡っていたので、泰彦はさほどの苦労も、失敗もなく祥子に顧客を紹介し続けることができた。それからは当てつけのようにせっせと大口の客を紹介して儲けてもらい、自分は野球三昧にあけくれる土日の留守を黙認させた。

地域のリーグ戦が始まる日曜日の朝、野球道具一式を持って玄関を出た。

「泰彦さん、おはよう。今日も野球？」

祥子の声が玄関奥から聞こえてきた。

「あ、お義母さん、おはようございます。はい。今からリーグ戦なので行ってきます」

「山田初夫さんが紹介してくれた酒井忠さん、お金持っているくせに渋ちんなのよ。なかなか返事しないのよ。酒井さんってあんたの会社にも顔を出しているらしいから知っているよね。ちょっとなんとかしてくれない？」

と頼んできた。挨拶をしてこれからリーグ戦に行くところだと言っても自分のことしか考えてない義母に一瞬イラッとしたが、日常のことだと思い直して元気に答えた。

「酒井さんなら多少は知っていますが、何をすればいいんですか？」

「それがね、何を勧めても悪いとは言わないけど、ウンとも言わない。雲をつかむような相手でさ、もうダメかなと思うと、また事務所に来るからさっぱりわからなくて」

「あぁ。酒井さんは一昨年奥様を亡くされたし、子無しで身寄りがいなくなってしまったから寂しいんだと思いますよ。会社にもよくフフッと来て株価の電光掲示板をずっと眺めていたりしていますからね。それで時々声をかけて話をする人です」

「なるほどねぇ。だったら、あんた、少し協力してよ。一押しすればものになりそうだし」

「わかりました。ちょっと酒井さんの様子うかがってみますね」

泰彦がやってくれるとわかると玄関のドアをバンと閉めて義母は姿を消した。

「見ていろ、くそばばぁ」

つぶやいた泰彦に営業魂の火がついた。


明けて月曜日、やる気満々の泰彦は策を練った。不動産業にかかわらずして、さりげなく義母を儲けさせる。そのために、酒井の持っている大量の株の中から長期塩漬けになっている株の損切りをして運用し、トータルで益を上げさせて不動産投資に気持ちをスライドさせるやり方だ。それには必要な根拠を洗い出して納得させる道筋を作らなければいけない。朝から綿密な案を練り午後一番にこれだという提案を作った。無難に見えるが実は大胆。ポートフォリオも使い方次第。確実な利益が目の前に出てくればクレームにもならない。後は酒井に細心の注意を払えばいけると踏んだ。


その日の夕方、ふらふらといつものように酒井が証券会社にやって来て、いつものように暇任せに株価の電光掲示板を眺め始めた。

「酒井さん、こんにちは。株の動きはどうですか?」

「いやぁ、なかなかだよね。いろいろ考えては居るけど、いまひとつ決められなくて」

「え?　決められないってどんなことですか。よければお話おうかがいしますよ」

「あぁ、そうだな、市橋さんにはいつもいいアドバイスもらっているし。頼むかな」

「では、こちらに」

　と、奥の商談スペースに招いた。

　会社が閉まる六時ギリギリまで酒井は泰彦の説明を前のめりになって聞いた。そして椅子に深く身体を預けて嬉しそうに答えた。

「いやぁ、市橋さんの提案は面白いねぇ」

「お一人で財産をこれだけ残されてもあの世には持っていけませんから、効率よく運用して楽しむ考えを持てばいいという話です」

「そうだよねぇ、この世に残すことだけを考えて寂しい日々を送るよりもずっと楽だ」

　酒井はうなずいて笑顔で答えた。

「確実にこれだけこの期間で儲かると思うだけで楽しいじゃないですか」

「そうだ。それは考えていなかったよ」

「それにずっと塩漬けのままのものを抱えていないで、すっきり損切りをして、他の儲けと相殺して、それを元本にローリスクローリターンにはなりますが資産の一部を確実に利益が上がる不動産にすると安心な投資ができるかと思いますが」

「たしかに言われるとおりだな。ここは思い切って動いてもいいかもしれない。市橋さん、ありがとう。考えてみるよ」

と言い残して帰った酒井は軽い足取りで市橋不動産へ出向いた。

「泰彦さん、昨日頼んで今日なんて、あんたすごいわ。酒井さん、来たわよ」
「あ、そうですか。どうでしたか?」
「安定的な利益が得られるものを紹介してくれって、話をするからびっくりしたわ」
「だったら、お義母さんの出番ですね。僕はさほどのことはしていませんから」

と、泰彦は余裕で微笑んだ。微笑みながら祥子に対して大きな貸しをつくってやったという、ある種の報復めいた充実感を得た。

「俺だってお義母さんに負けないぐらいの営業力はあるはずだ」そう思っていたことが証明されて義母を見る目も徐々に少し上から目線に変わり、いつしか泰彦は余裕で義母と話せていくようになった。そして、
「良かったですね。お義母さん。お議母さんの営業力はすごいですから。お見事です」

と心にもない褒め言葉も楽に言えるようになっていった。

「泰彦さん、今日もありがとね。うちの婿養子は天下一品よ」

高笑いをする祥子に言われる度に歪んだ心は満ち足りた。こうして義母と婿養子の妙な連携プレーでややこしい家庭と仮面夫婦を支え続けることができたのだ。

無論、泰彦はいつも離婚を考えていた。だが、離婚で足が止まる理由が一つあった。実家の親だ。

「養子に行って出戻ってくるなど恥ずかしいことをするな」

香織と結婚の話を両親にしたとき、父がまず一番に口にしたことだ。泰彦の父は堅物で昭和どころか明治の人間なのではないのかと思うぐらいだ。その父を乗り越えて離婚するだけの勇気はとても持てなかった。それに、おとなしい香織と最悪の仮面夫婦状態を無視すればそれなりに済んでしまう。それならこの顧客の紹介で浮かれる義母を上から目線で眺めるほうが離婚して父に御託を並べられるよりマシだった。

「女は三界に家無し、じゃなくて養子も三界に家無し。どっちに転んでも苦しみを耐え忍ぶ世界なんてやっていられないよ。だけど実父の圧より義母のほうがずっと楽だから俺はなんとか生き凌ぐ。しかしマジこの養子の哀れさに俺は泣くよ」

時々居酒屋「石川」のオーナーにだけに愚痴をこぼす日々。

妙な均衡で成り立っていた市橋家に新しい局面が訪れた。香織との結婚二年目に祥子が肺がんだと診断されたのだ。

「階段を上がるのがしんどいのよ」

そう言い出した祥子が成田総合病院の診察を受けた。定期検診を受けていれば初期でも見つかる肺がんだが、転移しない限り痛みもなく進行するガンだったために発覚が遅れた。発病していたガンは、すでにステージ３。

「人間なんてそんなもんだよ」

祥子は途方に暮れることもなく医師のすすめを受諾し入院し、ガン治療がスタートした。何かあれば逆上しては荒れ狂う母だったが、ガンであっても受け止めるだけの強さも備えていたのだろうと思えた。そして父の智は、

「私が心臓の手術で入院しても、あいつは一回も見舞いに来なかった。あいつは酷い奴だ。あんな奴が病気になっても私は何もするつもりもない」

と香織と泰彦に得意げに話し、妻を心配することもなくいつもの生活を送り、祥子が入院している病室を訪れることは一度もなかった。

智は静かで誰に迷惑をかけるわけでもない。ただ、他者に対しての関心が異常に薄い。恐怖政治を強いる祥子とは違った意味で常識はなかった。親としても人間として

も決して誇れるわけではないが、雨の学校帰りに傘がない香織が父に連絡をすると車で迎えに来てくれたり、玄関で転んで足を捻挫した香織に嫌み一つも言わず病院通いをしてくれたりした。

母が入院してからは、

「父さん、母さんの着替えを持って病院に行ってくるから何かあったら連絡してね」

と声をかければ、

「わかった」

と答えるだけだが、外食も外出も嫌いで家にしか居ない父だったので留守番だけは任せられた。子供のときも、学生のときも、大人になっても、近くに姿が見えないときは、

「お父さん、どこに居るの？」

と声をかけながら家の中を捜せば、

「何だ、香織、ここにいるよ」

と智は必ず答えてくれた。香織にとって父とはそれだけで十分だった。普通の父親像を求め期待をしなければ裏切られないという智と香織の関係は穏やかなものだった。

そして香織は損得もなく冗談を言っては無邪気に笑う父が好きだった。

それから祥子は抗ガン剤治療に入り入退院を繰り返した。祥子の闘病で不動産業は香織と智の二人でなんとか取り仕切ることになったがそれも長くは続かないだろう。そして祥子が家業に復帰することはあり得ない。まして智に任せるなど無謀としか思えない。まさか五十五歳で祥子に手遅れのガンが見つかるなど誰も予測もしていなかった。家族経営の商いは脆弱なものだ。

離婚しない限り順当な家業の継承者は養子縁組みをした泰彦だ。泰彦は義母に対する報復だと言いながら不動産業にも多少片足を突っ込んでいたこともあり、泰彦にすればめんどうな義母抜きであれば、厄介な義父がいても自由に仕事ができる。離婚するより義母が稼いだ資金がある家業はサラリーマンを続けるよりも得に思えた。無能だと思っていた義父が不動産業の資格を持っていたのも都合が良く、泰彦は家業を継ごうと決めた。香織にとって泰彦の決断はありがたかった。

「泰彦さん、ありがとう。ホントにありがとう。私、そのうち泰彦さんから離婚だって言われるかと思っていて内心穏やかじゃなかったの」

泰彦も離婚は頭にあった。しかし実家に帰れないままふとしたことから義母への報復めいたことの運びに楽を覚え離婚を選ばなかっただけだ。自分に卑しさを感じていた泰彦は困惑した。香織に感謝されることではないと思い、いたたまれずに目線を逸らして話した。

「いや、これでいいはずだよ。俺なりにこの家の大黒柱になろうと気持ちを切り替えてトライしてみるから。香織、これから頼むね」

「はい。泰彦さん」

香織は嬉しそうに返事をした。物事はいつまでも同じではないという諸行無常の如く、泰彦はスイッチを切り替えてピンチをチャンスに転換させたことになる。そして祥子のガンをきっかけに香織と泰彦は自然に距離が縮み、以前のようなギクシャクした関係は多少改善され、普通の夫婦のような会話はするようになった。

祥子のガンがステージ4になった頃、泰彦は証券会社を退職して市橋不動産を継いだ。泰彦は仕事をしながら資格取得をし市橋不動産は新しい展開を見せ始めた。


母五十五歳、香織三十歳の十二月初旬、祥子の願いで自宅療養に切り替え市橋家に戻った祥子は酸素濃縮器の長いチューブを鼻につけながらの闘病生活に入った。肺がんは転移後に激しい痛みを伴う。その転移後の痛みはガンの中で一番辛いと言われていると有紀や夫の純一（じゅんいち）から聞いていた。その証しのように積み木のように積み上がったモルヒネの箱が市橋家のリビングを飾るようになった。ガン末期の祥子はほぼ床に伏せたまま時間を過ごしていた。歩くのも身体をかがませ、そろそろとゆっくり歩く程度でベッドに寝るときも起きるときも立ち上がるときも、そしてソファや椅子に座ったり、立ったりも介助が必要なまで体力は落ちていた。それでもありがたかったのは家族に対しての罵声もなく、モノを飛ばすこともなく静かだったことだ。もうそんなことすらできないぐらい衰弱していたのだ。しかし予想以上に介護は厳しかった。

モルヒネの投与で祥子は認知症の症状を露呈しはじめ、香織の世話が余計に増えた。うどんを食べているつもりでも、箸をすり抜け膝や足下に落ちる。そして床に落ちたうどんはスリッパで潰れる。それでも母はうどんをすすろうとして器を傾ければ、テーブルや母の衣類にこぼれてしまい、床は水たまりのようになる。食事の前には二枚のバスタオルで首から足下まで母を覆い、足下は新聞を敷くようになった。

それでも介護されるような認知症ではないと言い切る祥子は、

「私はボケになりたくない」

と言い切って自分で食べようとする。汚れるバスタオルは日に六枚以上。それと一日最低二回の着替えで洗濯機は毎日活躍する。そして新聞もその都度使うために資源ゴミに出すこともなくなった。

おむつを嫌がりトイレに行く、洗面所に行って顔を洗う、風呂に入ろうとする度に常時香織は付き添った。酸素チューブが引っかからないように、踏まないようにと配慮しながら母の後ろをついてまわる。それに一日中二時間おきのトイレにも付き添わなければいけない介護が香織の睡眠を搾取し香織は疲弊していった。

日中、祥子に手を取られない時間があれば不動産の事務所に居たが、そこでは香織のところまで母の呼ぶ声が聞こえない。時間を忘れハッと気がついて母の元に行くと泣いていることがあったためにナースコールのような無線のスイッチを母の首に提げ、母がスイッチを押せば事務所で呼び出し音が鳴る器具を設置した。それでも一人が寂しいせいか、三十分おきに呼び出し音が鳴る。

「母さん、今からスーパー行ってくるから待っていてね」

と言い置きをして出かけても、十分経たない間に母から香織の携帯に母の枕元においてある携帯電話から「どこに居る」「側に居てほしい」「早く帰ってきてほしい」と泣かれた。香織は近所の美容院に行っても、隣の佐々木精肉店に行っても携帯を所持するようになった。香織は自分の留守の間に事務所の呼び出し音が鳴っているのではないだろうかと外出する度に気になり、その分急ぎ足で買い物を済ませるようになった。

そして一月中旬、自宅介護を始めて一ヶ月半が過ぎた。

「香織さん、自宅介護無理になってないかな？」

と祥子の診察を終えた純一が香織を心配して声をかけた。

「うん。睡眠不足は辛いけど、どうにかできている。それに母は私にしか介護をさせないからどうしようもないし、それに最後だから母の希望を叶えたいの」

「少しでも無理だと思ったら相談してほしいな」

「ありがとう。純一さん。そのときにはお願いするから」

と微笑む香織を見る純一は心配だった。有紀は香織が心配で時々市橋家に香織の好きなケーキやシュークリームを持参してお見舞いに行ったが、寝不足ぐらいで負担もなく介護をしていると言い切る香織を見届けて、諦めて帰った。


「香織は寝不足ぐらいの意識しかないみたい。張り詰めているとしか思えなかった」

夜、寝室で有紀は夫の純一に香織の状況を話した。

「そうみたいだ。僕が往診に行ったときもそんな感じだったよ。香織さん、精神的な疾患？　それとも有紀から見たら予備軍に感じるのか？」

「香織はまだ病気じゃないだけかな。虐待を受けてかなり抑圧されているし、それに彼女は先天性のＨＳＰ（ハイリーセンシティブパーソン）だと思う。普通の人よりも繊細で敏感で人より何倍にも物事を大きく受け止めるから、疲れやすいはず。それに完璧主義だからやるって決めたらやり尽くすのよね。長年の抑圧とＨＳＰの気質。その二重の重みがのしかかっていて二十四時間緊張状態だとしか思えないの。だから普通に暮らせていること自体が疑問だし、そのうちに糸が切れるんじゃないかと心配なわけ」

「さすが心理カウンセラーだな。分析はしっかりお任せだね」

「あ〜そこの君、ここは茶化すとこじゃないよ〜」

「それは失礼したな。ま、それであの介護かぁ。辛くないはずがないってわけだね。僕も診察時にはもっと気を配って見てみる。しかし、香織さんのお母さんが亡くなったときにどうなるかってのもあるだろ？」

「うん、香織がどうなるかかなり心配してる。私、そのつもりで香織を見てきたけど」

「だな、有紀。今からだ。僕たちができることはしよう」


在宅治療から二ヶ月の二月。祥子はかなり悪化して、いつものように純一が往診に訪れ三月まで持つかどうかは保証できないと告げた。


二月二十日、祥子は香織に話した。

「死ぬ前にもう一度、泉永寺の寂しい桜を見たい」

と香織に弱々しい声で天井を見つめながら語った。

二月二十二日、

「もう私は長くない」

弱々しい声で辛そうに話し、水が欲しいと香織に頼んだ。

「水なんて、母さん珍しいね」

と言いながらコップに入れた水を渡したら、丁寧に一口飲んだ。

二月二十三日、ベッドの脇に置いたポータブルトイレで用を足した祥子の脇を抱えベッドに身体を移動して座らせたときに、膝にポトッと何か水が落ちた。不思議に思った香織が顔を見上げたとき、叫んだ。

「父さん、泰彦さん！」

事務所にいる二人を大声で呼んだ。慌ててきた智と泰彦は祥子を見て立ちすくんだ。祥子の目は白濁し、半開きになった口からよだれが落ちたのだった。

「今日が峠です。お身内がいらっしゃるならお呼びください」

慌てて診察に呼んだ純一が静かに言葉した。祥子は言葉もなく、ただ、智と泰彦と香織の手を弱々しく握って納得したように頷いた。そして容体がさらに悪化し、看護師が吸引器で痰を吸い上げた後、二月二十四日、午後二時に静かに息を引き取った。

通夜、葬儀、火葬を済ました三人が火葬場を歩いていた。

二月下旬の芝生はまだ青々と生えそろうには早すぎて薄い茶色の絨毯（じゅうたん）が火葬場を囲んでいた。春には早い冷たい風が木々を揺らす。流れる雲は逝き急ぐ人のように流れている。寒々とした景色だった。

母の遺骨を大事そうに抱えながらゆっくり歩く香織が話した。

「会社関係やご近所さんがたくさん来られてバタバタしてあっという間に終わった感じがする」

香織の言葉にうなずきながら泰彦も話した。

「お義母さんの親戚、結局、お見舞いも葬儀も誰も来なかったな」

「そう、母さんのあの気性だから親戚全員と不仲だったから」

「しかしどうしてあんなすごい性格になったのかだ」

泰彦の言葉を受けた香織はちょっと遠くを眺めながら話した。

「有紀が話していたけど、母さんは人格障害だろうって。病気じゃなくて社会生活から逸脱するような部分があるってことらしいの」

「そうかあ。お義母さんは本当に大変だったよな。俺も苦労したよ」

「終わったということはわかるけど、なんだろうな、全然実感がないの」

「どんな親でも母親は一人だからなぁ。そういう気持ちになるのかもしれない。死を受け入れるのは時間がかかるのかな。ま、どうであろうが、香織、ご苦労様だったね」

「うん」

するとと無口な智がいきなり話しだした。

「あいつはいつも好き勝手なことしかやらなかった。六十前に死ぬなんて、そりゃ罰が当たったとしか思えん」

ストレートな意見に香織と泰彦は返事ができなかった。

火葬場の駐車場で待機している葬儀場の車に三人と遺骨の母が乗り込んだ。

「母さん、五十五歳の若さで逝っちゃったけど、自分で好きなだけ好きに生きて、自分なりに納得して大型ハリケーンみたいに一生を終えたような感じかな」

香織は走る車から見える景色をボンヤリと見ながらポツンと口にした。

「ま、好き放題だったな。他人の迷惑を考えない人だったから、俺さ、本気でお義母さんにデッドボール投げつけてやろうと思ったこと、何度もあるよ」

「泰彦さん、不謹慎すぎる」

香織は顔を曇らせた。

「いや、それぐらい言ったたって何一つへこたれない人だろ」

「そうねぇ。そういう人かもしれない。泰彦の話、否定できないなぁ」

そう言われて香織は納得した。あの母ならそうかもしれないと。

「お義父さん、モノ投げる人が居なくなってどうです？」

泰彦が助手席に座っている父に聞いてみた。

「ま、どうしようもない奴だったが、いなくなってみると変な気分だ」

訥々と話す智だが母が逝って楽になっただろうと回想した香織はちょっと笑った。

すると泰彦が不満げに話す。

「お義母さんがモノ投げたときに、すかさずバットで打ち返して場外ホームラン打ってみたかったよ。だけど、終わった。もうあの生活」

車に乗った三人は、どんどん離れていく火葬場の高い煙突を見上げた。煙は風が吹くままにゆっくり揺れながら空に向かって流れている。

「お義母さんのお陰で市橋不動産があり、それなりの財産を作った。感謝しなきゃいけないけど、素直に感謝はまだできないなぁ。しかし、あんなに財産を作ったたって、どう生きたって、結局、死んだら終わりなんだな」

泰彦が車から見える煙の先を見上げながら話した。

「あの世は手ぶら」

智は唐突に語った。泰彦と香織は噴き出した。

「手ぶらは納得できないって母さんあの世から戻ってくるかも」

もしかしたら本気で戻ってくるかもしれないと香織は思った。すると泰彦が答えた。

「そのときは、ホームランみたいに打ち返して地獄に戻ってもらうから、大丈夫だ」

「母さん、地獄に居るのかな」

香織はそう言いながらまた外の景色を見た。

「そりゃそうだ。あいつが地獄に行かなかったら、誰が行くんだ」

智は当然だという顔で話した。

1－2　香織の変化

ゴミ袋を両手に提げながら母が最期に見たかった泉永寺の桜を見て朝一番から泣いた香織は洗面所に駆け込んで顔をすすぎ、鏡の前でパンパンと頬を叩いた。泣いたせいで腫れぼったくなった顔が収まらないかと考えた瞬間、急に身体が思うように動かなくなっていきなり床に崩れ落ちた。

低血圧でもない、貧血で目が回ったわけでもない、ただ力が抜けて立ち上がれなかった。それでもなんとか洗面台に身体を沿わせて立ち上がった。

「香織、朝食まだ？　朝一番で売り物件の案内があるからさ」

泰彦の声が聞こえた。

「ごめん。すぐに作るから待ってね」

と返事をしながら化粧水を顔になじませ、気を取り直して台所に向かい、さっきの身体が言うことを聞かなかったのはなんだろうと思いながら朝食を作り始めた。泰彦は香織とすれ違って洗面所に向かう。

「父さん、もうしばらくしたら朝食よ」

智は居間でテレビをつけたまま新聞をゆっくり読んでいる。まるでずいぶん昔から妻がいなくて、いつもこういう風に朝食ができるのを待っていたかのように新聞を折りたたみながら食卓に向かう。

三人の朝食は、まず泰彦が食事を終えて仕事の準備をする。その次に香織が食事を終えて食器を片付ける。その頃に智が食事を済ませ、茶をすする。祥子が居る頃よりは三人共に平和を味わえた。朝食中に、一言二言、

「最近のメディアは信用ならん。昨日の総理のコメントはまずかった」

智が自慢げに話す。

「そうそう。父さんって何でも知ってるからね」

「そうですよね。義父さんの意見はごもっともです」

香織と泰彦は何を言われても安直に同意をするようになった。母の存在に隠れてい

た父は母よりずっと扱いやすい。母が居たら「うるさいから黙れ」と怒鳴られていたので食事中に父が話すことはなかった。今、父は幸せなのだろうと香織は思う。

香織が茶碗を洗っている横に泰彦が来て、智に聞こえないようにそっと声をかけた。

「香織、具合でも悪いのか？　顔色も優れないみたいだよ」

「え？　そうかしら。自覚ないけど」

「う〜ん、お母さんの看病から香織は頑張っていたから疲れが出たのかなと思っていたんだけど。ま、無理するなよ」

泰彦の気持ちが嬉しかった。さっき身体の力が抜けたことはすっかり忘れ、泰彦の気持ちだけで今は十分だと思い茶碗をまた洗い出した。

茶碗を洗う横で食事を済ませた智が見ているテレビ番組では地元の高校生がプロ野球に入団したという紹介をしていた。頼もしそうな高校生を見て香織は小学校の頃の有紀との話を思い出した。

「きっと私にお兄ちゃんがやってくる」

「香織。そんなのおかしいよ。香織のお兄さんなら、香織が生まれる前にお兄ちゃんがいないと辻褄が合わないよ」

「だってー。お兄ちゃんって何でもしてくれそうだから欲しいの」

と香織は口をとんがらせて甘える。

「もう天然すぎるって。ま、そこが香織の良いとこかな」

「そう、いいとこ。だからお兄さんはそのうち来るの！」

「はいはい、お兄さんができたら紹介してね」

香織の顔を見て有紀はいつも笑った。笑う有紀の顔を見るのが香織は好きだった。

しかし中学校に上がる頃にはその矛盾に気づき、香織はその望みを口にしなくなった。そしてピアノの練習に夢中になり先生からの課題を一週間でクリアするのだと学校帰りに有紀に熱く語る。

「香織、ピアノお化けに取り憑かれたからそんなに練習するの？」

と有紀が香織に怪しそうに驚かせる。

「やだ！　怖い！」

「夜中にトイレ行ったらさ、モーツァルトお化けが出てきて『お前は下手くそすぎるから墓の下でゆっくりしておれん』とか言って出てくるよ」

「え？　モーツァルトならお化けでもいいからレッスン受けたいな」

と香織は有紀に抱きつく。

「ああ～また香織の天然が勃発」

とハグを拒む有紀。

「だって～！」

二人は無邪気に腹を抱えて笑った。仲の良い二人の時間は笑顔が絶えなかった。

懐かしい有紀との思い出を回想しながら朝食の片付けを済ませ、居間の掃除にかかろうとしたときに、

「報告を所望する！」

と有紀からの元気なＳＮＳが香織の携帯に届いた。

「少しは吹っ切れた？」

有紀からのお問い合わせだ。香織は手にしていた掃除機を立ててソファに腰をかけ返事を書いた。

「今から仕事？」

「そ、愛しい香織様はどうされていらっしゃるかと思ったの」

「ありがとう。心配かけちゃってごめん。それがさ、実感なくてわからない。雲の上でふわふわ浮いて暮らしているみたいな気分かな」

「なるほど」

「うん。実感がなさ過ぎかも」

香織は多少詰まりながら答えた。

幼稚園から高校まで同じ学校に通った二人だったが、香織は音大ピアノ科へ。有紀は心理学専攻の大学に進学した。香織と有紀は県外進学で互いに遠く離れたアパート暮らしになり大学時代は時々一緒に過ごす程度だったが親友としての絆(きずな)は深かった。

有紀の性格は明るくポジティブなだけに友人も多く、浅く広い付き合いをするタイプ。しかし香織は内向的で口数は少なく外出をするタイプではない。お互い違った性格でも幼なじみで気心も知れていたがさらに二人の絆を深める事件があった。

それは高校一年の夏休み。二人が通う高校は県内トップクラスで夏休みも毎日厳しい補講がある。補講が終わるのは毎日夕方だった。日が暮れる時間も遅く夏休みという開放感もあり二人はまっすぐ家に帰らないで時々帰り道にある涼しい神社で休憩をするのが楽しみだった。

「さっきの数学の最後の問題、よくわからなかったけどさ、有紀、わかった？」

「あの問題ねぇ。わかったような、わからなかったような。ちょっと確認しようか」

と言ってお互いにパラパラと問題集を広げだしたときだった。背後から聞いたことのない男たちの声がした。

「君たち、楽しそうだね。僕たちも仲間に入れてくんないかな」

二十歳前後のヤンキーのような男たち二人組がにやけながら側に寄ってきた。

「教科書より楽しいことあるけどさ、俺たちと楽しまない？」

そう言いながら、有紀の腕を片方の男性がグイッとつかんでひっぱった。

「何するのよ！　止めて！」

有紀は叫びながら力任せに抵抗したが非力な女子学生が太刀打ちできるような相手ではない。その男たちに背後から抱きしめられて胸をわしづかみにされた。

「止めて！　やだ！　止めて！」

もう一人の男はガムをかみながらにやけていた。そして香織に向かって、

「次はお前もゆっくり相手にしてやるからな。楽しみにしていろ」

と吐き捨てて有紀のスカートに手を入れてまさぐり始めた。

「キャー！」

有紀の叫びは森林に囲まれた静寂な神社に響いた。有紀のブラウスはキャミソールとブラと一緒に裂かれ、スカートははぎ取られ、ショーツは引きちぎられた。泣き叫ぶ有紀は刹那主義の輩に弄ばれそうだ。そしてもう一人が香織を刹那なままにおもちゃにしようと香織のほうを振り向いた瞬間、その男の頭上で鈍い音がした。香織は有

紀を助けようと男めがけて近くにあった立て看板を引っこ抜き叩きつけたのだ。青ざめた顔の香織の手足はガタガタと震えていた。それでも、

「有紀に手を出したら許さない。絶対に許さない！」

と震えながら叫んだ香織は再度男をめがけて叩こうとした。

「なにしやがる。このガキ！」

力のない香織の攻撃で怪我すらしなかった男は香織から乱暴に看板をもぎ取り、野球バットをスイングするように思い切り振って香織の頭を打った。

大きな音がすると同時に香織の頭から鮮血が噴き出し、そのまま香織は打たれた勢いで飛び地面に叩きつけられた。

香織は頭から血を流したまま動きは止まった。

「香織！　香織！」

有紀は叫んだ。

「おい、こいつ逝ったのか？」

「動かないぜ」

「逃げろ」

「お前、チクったらぶっ殺してやるからな」

二人組の男は裸の有紀を放り出して逃げた。

夏の神社は再び静寂を取り戻した。爽やかな夏風が神社の木々の梢(こずえ)を揺らす。その木々の足下に呆然(ぼうぜん)と座り込んだ裸体の有紀と血だらけで倒れたままの香織がいた。

「神様、神様っているの？　いるのなら私たちを助けて」

有紀は泣き叫んだ。騒ぎを聞きつけた神社の神主が走ってきた。

「有紀ちゃんじゃないか。一体どうしたんだ」

と慌てふためいて散らばった有紀の服を拾い有紀の肌を隠した。

「おじちゃん、お父さんに連絡して。お父さんに伝えて。香織が死んじゃったかも。私のせいで香織の頭から血が流れて止まらないの」

有紀の父を知っている宮司は有紀の父で成田総合病院院長の祐一朗(ゆういちろう)に連絡をした。祐一朗は車で駆けつけ、有紀と香織を保護しそのまま病院に戻った。


香織は脳の異常こそなかったものの、頭蓋骨へのヒビと頭部裂傷の重傷を負った。頭皮の傷が塞がった後もその部分に髪の毛が生えることはなく、その痕を見た有紀の心にも深い傷となって刻まれた。そして有紀は犯されそうになったあのときが鮮明に蘇(よみがえ)るフラッシュバックで何度も錯乱した。乱暴されたショックと香織の怪我は高校の女生徒にとってむごい仕打ちであった。

しかし市橋家と成田家の両親は警察への届け出を避けた。有紀のレイプは防げたし、香織の怪我は有紀の父の病院での治療で内々に処理できたこともある。そして彼女たちの精神的なショックを考えると、表沙汰にして犯人を見つけ出し罪の償いをさせるよりも、このことは秘密にしたほうが二人にとっては良いだろうという決断だった。

二人とも夏休みの補講は欠席した。香織と有紀は有紀の父が所有する別荘で夏休みを過ごし勉強するという苦肉の策で学校をなんとか納得させてひとつの大きな出来事を終えさせた。そしてこの事件をきっかけに香織と有紀は深く繋がり、誰よりもお互いを大切に思うようになったのである。

小学校時代の香織は時々身体のあちこちに青あざがあった。

「お母さんが投げた時計が腕に当たったの」

「お母さんがひっくり返したテーブルが足に乗っかったの」

と遠慮がちに有紀にだけ本当のことを話し、学校ではおっちょこちょいで怪我をしたということにしていた。

クラスの子に何を言われても黙って反論もしない内気な香織がいきなり襲ってきた男たちにあれほど逆らう勇気があったことなど有紀には理解できなかった。しかし、家庭で抑圧されていた香織の唯一の安らぎは自分との繋がりだったのかもしれない、一番大切な存在だったのかもしれないとあの事件以降から思い始めた。それを知っている有紀だからこそ香織を守りたいと思い続けた。自身もレイプされそうになったときの苦しみから逃れたかった。そして子供の頃からの不遇な香織を見てきた有紀は「身体よりも心のほうが痛みは大きい」と考えるようになり心理カウンセラーの道を選び、父の経営する成田総合病院で働くようになった。

二人にとっての大きな事件から月日は流れ、二人が大学を卒業して地元に戻り、また以前のようにやりとりを始め有紀は香織の苦しみに改めて気づいた。子供の頃に香織から聞いていた「他人事件」や「橋の下の子供事件」から機能不全家庭だということを理解していた。香織の母の介護から葬儀まで有紀は香織を見ていた。葬儀後の香織は血色も悪く眉間にしわを寄せたままで目力がなかったので気がかりだった。それで食事をきっかけにして様子をうかがおうと策を練ったのだ。

「四十九日前だけど、ちょっと軽く食事でもしない？」

と有紀からのお誘いに香織は迷った。

「行きたいけど、でもいいのかな」

香織はやはり尻込みをする。

「そこまで気にしなくてもいいよ。朝日町大通りの長崎屋だったら近いしお昼時でもお客さんも少ないから大丈夫よ。ガス抜きも必要！　今回は私が奢るし！」

「え？　いいの？　じゃ、甘える」

有紀の調子に乗らされてやりとりが終わった。祥子の介護三ヶ月、亡くなってから一ヶ月。外で食事をすることもなかった香織は楽しみに感じた。

「母さん、行ってもいいよね」

窓ガラス越しに春の空を見上げて母の許しを仰いだ。


有紀に誘われるがまま約束の日時に出かけた。自宅から歩いて五分ほどの朝日町大通りも泉永寺同様に桜があちこちに咲いていた。久しぶりの外出で感じる空気は新鮮だった。こんな時間を過ごせるなんて贅沢だと思い、大通りの店をゆっくり眺めながら歩いた。大通りに咲いている桜は昼時の上からさす陽の光を受け半透明のようなピンクの花びらが香織に挨拶をしてくれているような気がした。

「今日は有紀とお食事するの」

桜の花に語りかけ、

「母さんは死んじゃったのに、私だけ綺麗な桜を見ていたらダメみたいな気がする。有紀が誘ってくれたから思い切って出てきたの。だけど……」

と罪悪感を抱き、

「帰りに母さんの好きな真っ赤な薔薇を買ってお仏壇に飾ればいいかな」

自分自身に言い訳をするようにうつむきながら歩いた。この大通りは母が死ぬ前も死んだ後もなにも変わっていない。だがここしばらくの母との時間で下を向いたまま過ごした香織にとっては、全く違う次元の道を歩いているような感覚だ。

「香織」

長崎屋の前で香織を見つけた有紀が笑いながら手を振って呼んだ。

「有紀、誘ってくれてありがとう」

香織はすぐに有紀のところまで駆け寄った。

「ずいぶん久しぶりみたいな感じがするね」

と香織は息を弾ませて話した。

「だよね～。会ってないわけじゃないのに」

有紀は笑った。そして有紀は話の方向を変えて聞いてみた。

「香織さ、嬉しそうだけど、自分だけ美味しいお食事食べちゃったら、お母さんに悪いかな？　なんて思ってたりして」

有紀は香織の反応を見た。

「……ちょっとだけあるかな。まだ四十九日済んでないし。いいのかなって思いながら出てきたのは事実なの」

と言う香織は母という大きな鯨に呑み込まれたままで真っ暗なお腹の中にいることすらわかってないピノキオだなと思った。気丈にしているが、疲れた顔で覇気がない、そしてうつむき加減のやるせなさそうな感じが漂う。

香織が話しだした。

「実はね、有紀が食事に行こうって誘ってくれた日の朝、泰彦さんが体調悪いのか？なんて心配してくれたの。私、そんなに具合悪く見えるのかな」

有紀はその言葉で香織の状態を察知した。香織は母の看病から全く休んでない。心は疲弊したままだと確信した。

「ま、有紀様がごちそうするから、行こう！」

有紀は気を取り直して香織を引っ張って長崎屋に入った。高校時代によく二人で通った長崎屋は心地のよい空間だ。独特の料理の香り、そして壁紙やテーブルも椅子も昔のまま。高校の頃から変わってないメニューも逆に新鮮で楽しい。

「香織、好きなものどんどん注文してよ」

しかし、ここは長崎屋。好きなものをと言ってもテーブルを挟んだ二人が注文するものは高校時代から決まっていてメニューを見ずにいつものものを注文した。

「マスター、長崎屋風オムライス大盛り二つ！」

「だよね。香織」

「うん、有紀」

二人は高校時代に戻った。オムライスの上に分厚いトンカツが鎮座し、デミグラスソースをたっぷりかけた長崎屋オリジナルの一品。それを大盛りにすればお腹が割れるほどだ。そのためにスカートの下にトレパンをはいていき、帰りにはスカートを脱いでトレパンだけで帰るのが二人の馬鹿げた楽しみだった。

「ふぅ〜、食べた、食べた」

有紀は椅子の背もたれに身を任せてお腹をさすった。

「私、夢中で食べちゃった」

香織はまさかの勢いでオムライスを食べきった自分が信じられない様子だった。

「締めはチョコレートパフェ。マスター、チョコパフェ二つね」

有紀が注文した。

「有紀といると何でも食べられそう。地球までかじって全部食べちゃう勢いかも」

「おー、香織、いいねー。その勢い」

香織の血色が良くなったように感じる。

しばらくすると、

「お待ちどお」

とマスターがチョコパフェを持ってきた。

「さて、香織、チョコパフェ食べてもっと気分よくしよう」

「うん！」

すっかり有紀に乗せられた香織は調子に乗ったままチョコパフェを次から次と口に放り込んだ。そして二人はまた止めどない会話を楽しんだ。わいわい騒いでお腹もいっぱいになったところで有紀が切り出した。


「お母さんのこと、今、どう感じてる？」

「ホントに居ないんだなって感じ。それに母が居ない家は平和だけど実感がないの。母さんが亡くなってから目の前であっという間に過ぎ去っていったような感覚」

「それって疲れすぎているからじゃないの？」

「そうなのかもしれない」

「香織、私が見てもいつもの元気な香織じゃないよ」

「そうなのかな。ってか、今朝、洗面台に居るときに身体が動かなくなって座りこんじゃったの。すぐにまた戻ったけど。あのときは変だったの」

「え？　それ危険信号じゃない？」

「う〜ん、その後なんともないし。誰にも話さなかったの。一瞬のことだったから」

「一回、うちの病院で調べたら？」

「そうね。泰彦さんに相談してみる。でも、こうやって久しぶりに有紀と一緒に話ができて気分よくなったみたい。ありがとう」

香織は両手を逆手で組んで前に伸ばしながら、

「もうそろそろ家に戻らなきゃ」

と気分よく帰り支度を始めようとしたときに異変が起こった。

「有紀、私、立てない。腕も手も動かなくなってきた」

そう言いながら力が抜けたように椅子からずり落ちて床に倒れ込んだ。全身がどんどん動かなくなり始めている。

「香織、どうしたの？　動かないの？　意識ある？」

「うん。意識はあるけど身体が動かない、会話も辛い……」

有紀は香織の首の後ろに手を回し、もう片手で脇を支え抱き起こした。

「マスター、救急車呼んで！」

有紀が叫んだ。香織は話さなくなり眼を閉じたままぐったりしている。

「香織、ずっとずっと我慢ばっかりして、こんなになるまで自分を殺して、どれだけ自分を大切にしないのよ。馬鹿だよ。全く。あんたは大馬鹿野郎だよ」

と大粒の涙をこぼして香織を強く抱きしめた。

「香織、私がいるから安心して。私が守るから！」

有紀の涙が香織の頬にポタポタと落ちる。香織は有紀に抱かれたまま微笑んだ。

「有紀、ありがとう」

それはもう言葉にならず心の言葉にしかなっていなかった。身体も動かず話すことも困難な香織はただ有紀の腕の中でぐったりするだけだった。有紀が想像した以上に香織のダメージは大きかった。それだけに有紀の涙はなかなか止まらなかった。


救急車は五分ほどで到着し、香織は担架で救急車に運ばれた。そして付き添いで有紀が一緒に乗り込み救急隊員に告げた。

「成田総合病院に搬送お願いします。市橋香織のかかりつけの病院です。私は友人であり、成田総合病院の心理カウンセラーです」

「ではご一緒にお願いします」

救急隊員が狭い救急車の中で座る場所を教えてくれた。救急隊員は無線で呼びかけている。

「患者は三十歳代女性で身体的反応無し、意識混濁。搬送先は成田総合病院を希望しています」

「了解」

「では成田総合病院に向かいます」

救急隊員は無線で行き先の受付を確認してからサイレンを鳴らし救急車は走り出した。


いつか香織が精神的にギブアップするのではないかと覚悟をしていたがこれで香織が自立するための突破口ができた。母の虐待で手足をもぎ取られたまま逆らえず、そして父でさえ味方になってもらえない不安で自分を見失って生きてきたことを有紀は誰よりも理解していた。いつしか香織を助けたいとずっと思っていたがタイミングがないとできかねることだった。だから待っていたのだ。

「あなたの人生はこれからよ」

2　奮闘の泰彦

2－1　香織の入院

「香織。香織」

成田総合病院の病室で呼びかける泰彦の声で意識を戻した。救急車で搬送される記憶はあったがいつの間に途切れていた。

「泰彦さん、ここどこ？」

心配そうな泰彦が見つめている。

「ここは有紀の病院だよ。香織、長崎屋で倒れて救急搬送されたのは覚えているのか？」

「あぁ、そうだったわ。救急車に乗ったの。有紀も一緒に。そこまでは覚えているけど、泰彦さん、ごめんなさい。私、どうしたのかな」

「まだ何にもわからない。これから検査してということらしいけど、とにかく結果がわかるまでゆっくりすればいいよ。最近の様子見ていても具合悪そうだったしな」

「私、身体が動かないの。足も手も、思うように動かないの」

と言いながら涙を流す香織の手を握りしめた泰彦が話をした。

「動かないなら動かないでいい。どんな香織でも香織は香織だ。心配するな」

泰彦はやさしく慰めた。

「うん。本当にごめんなさい。実は今朝もちょっとあったけど気にするほどじゃないと思って泰彦さんに言わなかったの。こんなになるなんて思ってもいなかったし」

「そうだったのか。だから見た目も具合悪そうだったのか」

「ちょっと安易に考えすぎていたのかも」

「一旦家に帰って、入院の準備をしたらまた来るからそれまで寝ていろ。今はとにかく休むんだ」

「本当にごめんなさい。泰彦さん」

と言いながら眼を閉じ吸い込まれるように眠った。

有紀は病室のドアのところで待っていた。泰彦と有紀は香織を介して仲良くなった友人でもある。男気のある有紀は泰彦の前だと親分肌で話すような仲良しだ。泰彦が病室から出てくると二人で廊下にある長ソファに座った。そして有紀が話をしだした。

「検査しないとわからないけど、原因は精神的なものだと思う。とにかく身体に異常がないかを検査して、異常がなければ精神科の検査をするから、すぐに退院はできないと思うよ。特に香織だからしっかり検査させてもらうからね。この病棟は精神科だけど特別室で端っこにあるし、気兼ねもしなくていいと思う」

「この部屋は精神科？　心の病気だったのか？」

「断定はできないけど、私はそうだと思っている」

「俺は身体の具合が悪いのかと思っていた程度だったから……まさか精神科とは想像もできなかったし、ちょっと驚いてる」

「そう思うのは無理もないと思う。今、たまたま一般病棟に空室がないのもあったからだけど、いきなりで驚かせちゃってごめんね」

泰彦は不満げな顔だった。

「俺、一旦家に帰って支度をしたらまた戻る。有紀、そのときに精神的だと思う理由があれば教えてほしい」

と言って、病院から車で十分の距離にある自宅に向かおうと歩き出す。有紀はおそらく泰彦が精神科に対して拒絶感を持つであろうと遠回しに話をしたが、やはりそのとおりの反応を彼は示した。今回は病室の空きがないという説明で収めたが、これからどうやって泰彦に納得してもらえるのだろうと考えながら泰彦を見送った。

香織は間違いなく精神科の入院なのだ。

「ただいま」

「お兄ちゃん、お帰り」

台所から声が聞こえた。五歳年下の妹である森田美里(みさと)の声だ。

「おう、美里、すまないな。急に頼んで」

妹の声を聞いた泰彦は緊張した心がほぐれたような気がした。自宅に着いた時刻は五時を回っていた。夕食の支度をしていた美里が台所から慌ただしくバタバタと足音を立てて玄関に走ってきた。

「お兄ちゃん、香織さんどうだったの？」

「意識は戻った。だけど身体が動かないらしい」

「え？　身体が動かないって意味わからないけど」

「俺だってわからないよ」

「え？　わからない」

　そこで二人の会話が一瞬止まった。

「また病院に戻るよね？　その前に夕食食べてから行ったらどう？」

「うん。そうするから夕食よろしく。それに、しばらくはこの家の家事頼めないかな」

「いいよ。しばらくはそのつもりで来たし。愛しいお兄ちゃんの頼み。バツイチなりたて実家暮らしでまだ就活予定なしの身軽さだから気にしないで。浮気された分の慰謝料はしっかりいただいて離婚してきましたから。ま、お手伝いさん分はしっかり請求しますから香織さんのことしっかり見てあげてよ」

　と美里は兄を元気よく励ました。

「今のところ、香織が何故こうなったかの原因も病名もわからないままで心配だけど、仕事は放置もできないし、しばらくは忙しくなると思う。あ、美里、店番も頼めたらありがたい。お義父さん頼りにならないし。お前、離婚するまで事務して働いていただろ？　ついでに頼むよ」

片手で美里を拝みながら泰彦が頼んだ。

「いきなりそこまでお願いする？　お兄ちゃんは大切な妹への配慮も遠慮もない。ま、昔からだけど」

「いや、そこをなんとか頼む！　美里！」

「はいはい。緊急事態だし断れないよね。ちゃんと仕込んでくれないとね～」

と美里。泰彦は安堵した。

「こんなに妹が便利だとは知らなかったよ」

「あら、お兄ちゃん、お兄ちゃんの妹をそこまで軽く見ないでほしいなぁ。それに便利って何なのよ。便利じゃなくて頼りになるでしょ」

軽く笑いながら台所に戻る美里だった。

「美里、ありがとう。済まない。明日から店番頼むよ」

泰彦は心の中で感謝して入院準備に取りかかった。入院準備をしながら智のことにようやく気がついた。市橋家の中で一番存在が薄いこの義父のことを忘れていたのだ。

慌てて二世帯住宅の隣の棟に出向いて、

「お義父さん、いますか？」

と居間を覗きながら声をかけてみた。

「お、泰彦さんか。香織はどうだ？」

智はテレビを見ながらうたた寝をして泰彦の声で目が覚めた様子だった。娘が倒れて救急搬送されても気にならない義父に呆れる。香織の状況を説明し、これから家事と仕事は美里が手伝ってくれること等々を伝えた。

「わかった、わかった。うまくしてくれ」

と言ってうたた寝をしていたソファに座り、義父は再びテレビを見出した。

「お義父さん、もうすぐ夕食できますからね。食べる頃にまた声かけますから」

「はいはい。よろしく」

病院に行こうともせず、隣の住人が入院したくらいの反応しかしない。あの母親にこの父親。泰彦は改めてこの市橋家の家族に呆れた。そしてその分、香織が哀れに感じた。

智と美里と泰彦の三人で夕食を終え、泰彦は病院に戻り、病室のドアをノックしたが返事がない。音を立てないで病室に入ると、眠っている香織の顔はやつれていた。そして青白く死にいくような顔色に泰彦は言葉が出なかった。確かに香織は母の看病から暗い顔をしていた。しかし末期ガンの付き添いで元気な顔はできないのが当然だと思い気にしないでいた。葬儀を終え義父と三人の静かな暮らしを始めたが香織がどことなくしんどそうだと時々感じていた。もっと気づかうべきだったと思う泰彦だった。

　夜八時を回っていたのもあって泰彦は音を立てないように静かに入院準備で持ってきたコップや歯ブラシ、タオル等々を病室の洗面所や戸棚に収めた。そして付き添いのベッドの支度をしていたときに、病室のドアを軽くノックする音が聞こえた。

「泰彦、来てる？」

「いるよ。有紀」

　病室に入った有紀はまず香織の状態を確かめた。

「今までの疲れが出たのね。今日はこのまま香織には休んでもらいましょう。明日になれば担当医もつくし、私たちは明日から始まる検査結果を待つだけ」

「そうだね。有紀、助かったよ」

　暗い病院のロビーに並ぶソファに有紀と泰彦は座った。

「さて、何から話したらいいかな」

　有紀が話し始めた。

「話の続きになるけど、問題は精神的なものじゃないかって理由からだね」

「あぁ、そこをまず知りたい。教えてくれ」

「じゃ、泰彦がどこまで香織を知っているかを先に聞いたほうが早いかな」

「ん、どういうことだ？」

「そうだなぁ〜、香織が育った環境って香織から聞いたことある？」

「ちょこちょこっとは聞いたことがある。だけど、なかなか話したがらないからこっちも聞かないようにしていた。亡くなったお義母さんとあのお義父さんを考えたら、普通ではない家庭で辛い思いをしていたことは理解していたつもりだ。それで香織の過去と今の香織と何か関連があるってことなのか？」

「そう」

と口火を切った有紀は香織の子供の頃からの不遇な家庭環境を話した。

両親の喧嘩も虐待の一つであり、子供が安心して暮らせない環境であるということ。親の無関心で衣食住を十分に与えられないネグレクト的な生活だったこと。親が子供の人格を否定して親の意見が子供の意見だと思い込ませ、子供自身の意思を奪い、従うだけの子供に育てた結果が操り人形の香織だということ。母がモノを投げて香織がどれだけ怪我をして、心まで傷ついていたかということ。

環境が悪いと百人の子供がすべて香織のようになるわけではないが、そういう環境で育った子供は心に傷を負い歪んだ心のまま成長していくことが多いことも説明した。

その中で香織は生まれつき感受性が強く敏感で繊細すぎる気質を持って生まれたが故に両親の歪んだ愛で、えぐられるように深く傷つきながら、そのまま受け止めて耐え忍ぶことしかできなかったのだろうということ。

そして今回の香織の入院は母の看病から葬儀まで張り詰めていた心の糸が切れて、子供の頃から押し殺してよどみ溜まったストレスが一気に噴き出した結果だと思っていることを有紀は泰彦に伝えた。

「ちょっと待ってくれ。そりゃ香織が大変だったことはわかった。ここまで酷いとは聞いてなかったからびっくりして気持ちの整理ができない。養子に入ってからのあの義母の態度を見ていたから想像ができないわけでもないよ」

そこまで話した泰彦は眉間にしわを寄せながら一呼吸おいてさらに続けた。

「それに……昔の話は俺が悪いわけじゃないし、俺は養子の立場で結婚してすぐにお義母さんとも香織ともギクシャクして離婚まで考えていた。それであの問題だらけの義母が亡くなってやっとこれからなんとかなりそうだと思ってこれだろ。それにやっとこれからといっても、香織と会話もろくにしていない状態で、はい、香織が倒れました。実は心の病でした。ちゃんと理解してください、って言われても」

泰彦は溜め込んだものを吐き出すように声を荒らげて話した。泰彦の話を聞いていた有紀がうつむいて黙り込んだ姿を見て我に返った泰彦が、

「有紀、勝手に言いたいこと吐き出した。すまないが有紀の話、続けてくれないか」

と言って深呼吸をした。

「ごめん。私もつい一気に話し過ぎちゃった。泰彦が詰まるのも当然」

しばらく二人の会話は途切れ、誰も居ない夜の病院ロビーの静寂が二人を包んだ。

「有紀、子供の頃からずっとそうやって香織を見てきてどうだった」

「香織が弱虫なくせに人一倍我慢して、それでも母に愛されたくて従おうとしていた姿を無視できなかったな。たまにぽつんとお母さんから虐待を話すことがあっても泣くこともなくてさ、ずっと切なかったよ。私ができたことと言えば側にいることぐらいだったかな。だから側に居るときは笑うようにした」

「そうだったのか。香織は辛い生活を送ってきて、その原因を作った母が亡くなって、長年のストレスが噴き出したってことなのか？」

「簡単に言えばそういうこと」

「しかし、人間がストレスで身体がマヒするなんて聞いたことがない。有紀、俺は信じられない。他の病気だってことはないのか？」

泰彦はまだ信じられない不安を有紀にぶつけた。

「検査結果を待たないとわからない。私は心理カウンセラーだから推測の域だけど」

有紀はさらに続けた。

「泰彦、身体的な病気だとしてもそれがストレスからだとしたら結果同じってことにならないかな。ごめん。推測でここまで言っちゃって。とりあえず、夜も遅いし、今日はここまでにしましょう。泰彦も疲れたと思う。とにかくご苦労様」

「あぁ、今日はホントにありがとう。香織のこと、考えるよ」

有紀はこれからの気負いを、泰彦はこれからの不安を互いに抱えながら別れた。

「香織、おはよう。具合はどうだ」

眠れないままの泰彦は香織のベッドに並ぶように座って朝を迎えていた。

「おはよう。そうね、ものすごくだるいの」

とにかく今は明るく振る舞おうと思い直した泰彦が話した。

「香織、有紀から聞いたけど今日は検査三昧らしいよ」

「え？　そうなの？　検査って何するのかしら」

と不安な様子。

「担当医からの話を聞いてから家に戻って仕事を片付けられたらまた顔を出すよ。家事と事務は美里が引き受けてくれたから心配しないでゆっくり休もう」

と話をしながら、泰彦は香織の着替えや朝の支度の手伝いをした。

「市橋さん、おはようございます。お楽しみの朝食をお持ちしましたよ」

と担当看護師の山本富美香が朝食を持ってきた。そして食べようとしたときに医師が慌てた様子で病室に入ってきた。

「おはようございます。朝早くから申し訳ない。担当の精神科の三木といいます。院長からくれぐれもと言われたので朝イチで御挨拶に来ました」

「すみません。よろしくお願いし……」

と香織が言い終わらない前に、

「あ、香織さんとご主人ですね。入院していただいて、まず身体の検査をじっくりさせてもらいます。その結果を見てからになりますからよろしく」

と言い残して、お腹周りがふっくらしていて白髪交じりの髪をゆっくりかき上げる三木医師がイメージに反した慌ただしい様子で病室から出ていった。

「三木先生すごく慌ててきたってことは有紀のお父さんが怖いのかしら。有紀と居るときは優しいお父さんだけど」

「院長の力は大きいんだろうな」

二人は笑った。

「とにかく香織はゆっくりしていてくれ。じゃ、俺、とにかく家に戻るよ」

泰彦は精神科という単語が気になったが後から有紀に話を聞くとして今は仕事を優先しようと思いながら家に帰った。ベッドの上で彼を見送った香織は眼を閉じてそのまま吸い込まれるように眠りについた。

検査をしてみたが身体的な異常はなかった。血圧が低い、貧血気味、ＢＭＩが低い、くらいだ。三木先生の見解はストレスらしい。そこで次は心理テストに進んだ。検査や食事等の時間以外はほぼ眠り姫のように香織は深い眠りについた。寝ても、寝ても、だるくて眠いと香織は泰彦が顔を出す度に話した。

そしてトイレや洗面台に行っては脱力して床に倒れ、看護師や泰彦に抱きかかえられてベッドに寝かせてもらうのが恒例になっていった。二十〜三十分もすれば脱力感も消え普通に身体は動く。しかしいつ何時脱力するかもわからないという症状だが気絶とは違うのでいきなり倒れて怪我をする心配はないだけが救いだった。

「脱力して身体はマヒするけど、意識はちゃんとあるの」

と香織は不思議そうに話す。それで香織の移動は車椅子に任せることにした。

診察室で泰彦が三木医師に尋ねた。

「香織が脱力するのは何故なんですか？」

「市橋さん、その症状は転換性障害です。身体の異常は認められませんし、ストレスで脳が限界を感じると運動神経を遮断して脳が脳自体を守ろうとするためでしょう。この症状をなくすにはまず休息でしょうね。香織さんは余程無理をしていたと思われます。日常の中で思い当たることはなかったですか」

と医師の三木が泰彦に尋ねた。

「はい。三年前に香織の実の母がガンになりました。それから香織は看病と家事と仕事を休むことなくこなしました。今年二月末に義母が亡くなったのですが、最後の三ヶ月は自宅で過ごし、香織は夜二時間おきに母の面倒を見ていたので……」

「なるほど。過労ですね。しかしそれだけとは断言できないです。心理テストの結果、自信のなさ、依存的傾向等々がうかがえます。神経症でしょう。このまま入院をして経過観察をしましょう」

「神経症？」

「神経症とはストレスからくるこころの病気の代表のようなものです。誰でもなりうる病気で、不安障害とか不安神経症、もしくは適応障害とも呼ばれています。社会や環境にうまく適応できず、心身にさまざまな症状が現れる。ま、よく言う自律神経失調症のようなものです」

「自律神経失調症みたいなもの？」

「そうです。例えば腹痛とか頭痛などいろんな身体的表現をして脳が休んでくださいと本人に直訴していると思ってください。それで香織さんの場合は、休まないなら身体を動かさないぞと脳がストライキしたと思えばわかりやすいでしょうかね」

「はぁ。そういうことがあるんですね」

「ご主人はさぞかし驚かれたでしょうね」

「ビックリしました。で、脳がギブアップしたと理解すればいいんですか？」

「元々性格的に繊細な人はストレス刺激で神経症になりがちです。繊細な神経を生まれ持ってきたのに対して気丈に凌いできた分、一気にこのような状態に転じたと思います」

「一気にですか……無理したってことですね」

「身体が脱力する転換性障害で脱力する程ですから、入院して様子を見ましょう」

「これからよろしくお願いします」

泰彦は頭を下げながら有紀の話を思い出していた。香織を司る司令塔のような義母が亡くなったことで心のバランスを崩したのだろうと言っていたことだ。

三木からの説明と有紀の考えをまとめると、看病の疲れもあるが、抑圧を強いてきた母の存在がなくなって子供の頃からのストレスがまとめて出てきて歩けなくなったってことだろうか。泰彦は病室に向かう廊下を歩きながら、なんとなく香織の過去と今の香織が繋がってきたように思えた。そこで有紀に電話をした。

「あ、有紀、俺。有紀が言っていたとおりだ。神経症だろうと三木先生が話してくれた。俺、こういう病気ってわからないから教えてほしい。頼むよ」

「そうなのね、わかった。また何でも聞いて」

「うん、頼りにさせてもらう。ありがとう」

2-2 泰彦の混乱

入院一週間を過ぎた頃には香織は過呼吸を起こすようになり、今までに嫌だったことが今起きたように蘇り、叫んだり泣いたりを繰り返すようになっていった。そしてうつろな眼で病室の窓から外をボンヤリと眺める時間が増えていき、覇気のない途切れがちな会話で塞ぎ込むようにもなっていった。入院時の食欲も徐々に減っていき、病院食の半分を食べるのがやっとだった。

「いやー！　止めて！」

と寝付いた頃に飛び起きる。それでなければ夜中にゼイゼイと身体全体で振り絞るような過呼吸に見舞われた。そしてボンヤリしながら涙を流して、

「辛いの、生きているのが苦しいの」

と話すようになった。

「香織は悪化している。三木先生は落ち着くまで待つだけだと言うけど不安だ」

泰彦と有紀は病院の屋上にいた。四月の春風が優しく頬を撫で心地よい季節のはずだが、今の泰彦にはそれすら感じる余裕もなくなっていた。

「焦らないで。そんなに簡単に治るものじゃないよ」

有紀は屋上から見える遠方の景色に眼をやったまま冷静に答えた。

「三木先生も慌てないで見ていこうって言っていた。だけど、あんな香織を見たことがなかったし。俺、あっさり慌てないでと言われても納得ができない」

と、泰彦は声を荒らげた。

「当然の反応だと思うよ。隔離病棟を見たら香織の病状はまだましだって思うけどね。身体の病気から比べたら認知度も理解度も低いし精神疾患の世界を知らない泰彦にすれば焦って当然」

ちょっと間を空けて考えた有紀が話した。

「ねぇ、泰彦、今からちょっと一緒に来てもらえないかな？」

「あぁ、わかった」

「じゃ、こっち。説明は見てからするね」

有紀と泰彦は精神科の閉鎖病棟に向かった。閉鎖病棟は男女別になっている。その男性の閉鎖病棟に向かい、大きな広間の鉄扉の鍵を開けてちらっと見せてもらった。すると有紀はすぐに鉄扉を閉め施錠し、その場で話しだした。

「ここで時々騒ぎがあるんだよね。閉鎖病棟だから病状が重い患者さんが集まっている。突然騒ぎ出して暴れたり、言い合いで喧嘩したり、自分から壁に突進したりするのよ。だから閉鎖病棟の看護師は男性の割合が多いんだよ」

確かに鉄扉の隙間から見えたホールにラガーマンのような看護師がいた。すると鉄扉の向こうから、

「ガタッ、ガタガタ」

ただならぬ音が聞こえた。

「うぉー」

叫び声がしたと思うと、ドタドタと何人かが走る足音。

「しっかりつかんで」

「こっちは押さえた」

と聞こえてきた。

「錯乱している患者の体力は抑えきれないから三〜四人の男性看護師がもみ合いながら押さえるの。暴れる患者は全力だから凄まじい死闘ね。押さえる看護師が怪我をす

るのは珍しくない話。暴れた患者は閉鎖病棟の中にある畳二畳の小さな隔離室に入れられる。最低でも一日、叫んだり暴れたりが止まなければ注射や薬で抑える。おとなしくならないなら隔離室に三日でも四日でも監禁することになるのよ。開放病棟でも患者がいきなり暴れることもあるからね」

「そんな現実があるのか……」

泰彦は絶句した。二人は元いた屋上に戻りながらさらに話した。

「あの光景は女性も同じ。閉鎖病棟の隔離室はよく使われている。女性でもね、夜中に起きて鉄の扉を延々と蹴っていたり、看護師が使っていたボールペンを横取りして自分の腕に突き刺したり、突然叫びだして錯乱するのは日常の出来事だよ」

「世界が全く違う。それから比べたら香織は軽度だってことだな」

「そう。わかってもらえたかな。香織は今以上に悪化することはないって三木先生は判断しているし、私もそう思っている。だからこっちを信用して任せてほしい」

「あぁ、そうだよな。俺、身勝手に怒っちゃってすまない」

「泰彦、香織の立場で考えてみてよ。彼女、物心がつく前からあの環境で育ち、人生三十年、自分らしく生きてきたとは思えない。その二十年分の膿（うみ）を出すのだと思ったらたとえ一年今の状態が続いたとしても当然だと思ってもらいたい」

「……有紀、すまない。香織の病気を理解しているつもりでいた。だけど悪化した香織を見ていてつい」

「その気持ちはわかる。でね、今の香織がホントの彼女かも。精一杯我慢し続けた膿を出しているなら、ううん、こうやって出せるのなら出してもらおうよ。そしてこれからが香織本来の人生が始まると思う」

「薄々感じていたんだ。香織は愚痴はこぼさなかったけど俺よりも義母を擁護した。もしでも香織の顔を見ると決して義母が正しいとは思っていないのはわかっていた。もし俺がそういう環境だったらどうなっていたのかと思うと香織が健気過ぎて……俺、そんなに苦しいなんて気がつかないまま……逆にずっと避けてきた」

「泰彦、仕方がないよ。自分を責めないで。その重荷の母が亡くなったことでバランスを崩して今の香織があると思えばさ」

「俺、まず、改めなきゃいけないことがあるよな。香織が義母の味方をしていたのが嫌で香織を避けてきた。今でもそういう香織を認めていないんだな」

「そうね。香織も香織自身がそういう態度を無意識に取っていたこともこれから知らなきゃいけないし。全く彼女はわかってないと思うから。これからなの、これからなんだよ、香織は」

「あぁ、わかった」

そこで泰彦は一呼吸おいてから言葉にした。

「三十年分の苦を清算するのがこれからってことだな」

「長い人生の清算ね。難解な清算になるとは思うけど。泰彦、謝るのは簡単だけど、香織に理解してもらうのはそう簡単じゃないと思うから気負いすぎず、落ち着いて対処して行くべき。それに無理はしないこと。無理をすると香織がまた苦しむ」

「そういうことか。とにかく俺としては香織に謝りたい。見当違いをしていたって」

「わかった。気をつけて」

「香織」

泰彦が声をかけながら病室に入った。暗い顔をして伏せっていた香織がけだるそうに無言のままに泰彦を見つめた。

「そのままでいいから聞いてほしいことがある。俺、まず香織に謝りたいことがある。いや、謝らなきゃいけないことだ」

「何の話なの？」

か細い声で香織は聞きながら身体を起こして泰彦の顔を見た。

「お義母さんが生きているときのことを思い出してほしい。お義母さんと香織と俺の三人で居るときだ。お義母さんが亡くなって一ヶ月も経つのに、今頃こんな話をするのもおかしい話だが」

突然の話で香織は驚いた。今頃になって突然そう言われても思い当たることがない。

「いきなりで申し訳ない。だけど、結婚してからお義母さんの発言で俺たちの関係がこじれて仮面夫婦だったことを思い出してほしい」

「うん。……そうだったよね」

思い出したくない冷たい結婚生活のあの頃をぼんやりと香織は考えた。

「俺はお義母さんの暴言に驚いた。だけど、それ以上に驚いたのは香織の発言だった。香織は俺よりもお母さんを擁護したことだよ。香織は気がついてなかったのかな？」

「気がついてないと言ったら嘘になる。でも、母さんに従わなければいけなかったから。だから、とにかく泰彦さんよりも母さんの機嫌を取ることのほうが優先的だった」

「それ、ホントにどう思っていた？」

「ホントって言われたって、私にはそうするしかできなかった。それ以上、私に何を求めたくて今更こんな話をするの？」

香織は叫び始めた。

「どうすれば良かったの？　どうしろと言いたいの？　私が間違っていたの？」

香織は嗚咽（おえつ）しながら叫び続けた。

「香織！」

驚いたのは泰彦だった。まさかこんなところで座礁するとは思っていなかった。

「やめて、もうこれ以上、私を責めないで。母さんの言うとおりにしないと私は私でいられなくなるの。私にこれ以上、何をしろと言うの。いやー」

香織がもだえあがくためにベッドは揺れた。泰彦はすぐにこの状態を受け入れられなくてあたふたと香織を押さえようとした。叫び声を聞いた担当看護師の山本が病室に飛び込んできた。そして要領よく香織を抱えナースコールを押した。

「市橋さんが興奮しているから、頓服持ってきて、すぐに！」

すると三木医師が慌てて部屋に入ってきた。

「私が母さんを擁護しちゃいけないって、母さんに従うのはいけないって……」

泣き叫び続けて止まる気配は無かった。

「山本さん、注射にしよう」

山本はすぐにナースステーションに行き、注射の準備をしてきた。

「さ、市橋さん、ちょっと横になって楽になりましょう」

放心状態の香織は注射でやがて静かに眠った。泰彦はただ呆然と見ていただけだ。この様子はさっきの隔離病棟の患者と何ら変わらないのではないかと混沌とした。

「ご主人、ちょっとナースステーションまでいいですか？」

三木医師が泰彦を呼んだ。

泰彦は今までのこと、そしてちゃんと夫婦として考え直さなければと思い、そのことを伝えようとしたことなどをそのまま話した。

「香織さんにとってその話はかなり刺激が強かったわけですね。香織さんが落ち着くまではしばらくこの話はしないほうが良いでしょう」

「すみません。お騒がせしてしまいました」

「ご主人がそう思うのも仕方がないです。もうしばらくゆっくり休めば、今のような具合も軽くなりますから、とにかく待ちましょう。ゆっくり、ゆっくりね」

「はい」

うなだれた泰彦はそのまま自宅に戻った。

「ただいま」

グッタリと泰彦は自宅居間のソファにもたれかかる。

「お兄ちゃん、どうしたの？」

「俺が誘い水をして、香織を錯乱させてしまったよ」

「え？　錯乱？」

美里にとっては全く理解ができないことだった。

「俺が悪い。グッタリしている香織を起こして、昔のことをほじくって香織の心を乱した。香織の様子もうかがわないで身勝手に俺は……」

「私は詳しいことはわかんない。う～ん、要するに香織さん詰まっちゃって混乱したってことでしょ？　私だって離婚するって騒いでさ、一週間で五キロ痩せたよ。あのときは、辛すぎておかしくなるかなって自分を疑ったわ。世界の真ん中で一番不幸なのは私だってマジ思った。ま、みんな心が痛いときってあるよ。香織さんは心がずっと痛くて、それでも我慢して、それで痛いのを繰り返して積もり積もったから、私よりしんどいのかなって思うけど。離婚も痛い、それこそ失恋したってなかなか元気になれないものよ。少しずつやっていけばいいだけじゃないのかな」

「確かにそうだよな。俺、焦っていたのかも。俺、もっと簡単に考えていた」

「明日は香織さんの着替え持って行く日でしょ？　代わりに私が行くから」

「うん」

ネクタイを外して、ワイシャツのボタンも外し、ホッと一息ついた泰彦はそのままソファに横になって眠ってしまった。

2－3　はじまり

「か、お、り、さーん。お邪魔しますよー！」

美里が小さな声をかけながらそっと病室に入った。香織はカーテン越しの陽をうっすらと浴びながら静かに横たわっていた。

「え？　美里ちゃん？」

「そうだよ。香織さんが大好きな美里」

美里の元気さに塞ぎ込んでいる香織はつられて微笑んだ。

「美里ちゃん、いろいろごめんね。それにお見舞いまで来てもらっちゃって」

「ううん。私が香織さんの顔見たかったし。着替え持ってくるのを理由にして来ちゃった」

「ありがとう。せっかく来てもらったのに、私、幽霊みたいでしょ」

「誰だって疲れるときあるよ。これでもバツイチで苦労しました～。その前はフラれて二年泣いていたし……あ、ごめんなさい！　当然、香織さんのほうが辛いのに」

「そんなことないと思うわ。美里ちゃん」

とりとめもない会話をしているうちに心のほぐれた香織が話しだした。

「昨日、泰彦さんがいきなり母さんと父さんと泰彦さんと四人で居たときのことを思い出してほしいって言い出したの。結婚してすぐに私たち夫婦生活ギクシャクしちゃっていたから、そこから考え直そうって言われて」

「お兄ちゃん、ものすごく落ち込んで帰ってきたよ。それが原因だったんだね」

「泰彦さんが落ち込んじゃったのは私が原因。というのも、子供の頃から母に虐待されて従ってきたの。父は逆らいながらも従ってきた感じかな。泰彦さんが養子に入ってから母さんは泰彦さんまで支配下に置く発言をするようになって……」

「お兄ちゃん、お義母さんに逆らったの？」

「そう、といっても、母さんの発言が冗談だと最初軽く受け流したら、それが余計に母さんの気に障って怒りだしたの」

「あぁ、やっちまったって感じだな」

美里はお見舞いに持ってきた果物のかごからリンゴを取りだしむき始めた。

「そのとき、私、泰彦さん側につかないで、母さんのご機嫌を取るような発言をしたの。母さんの言っていることがおかしいってわかっていても、ずっと逆らえないままにいたから、その場を凌げばいいみたいな感じで。だって今までそうやってきたから当然だって感じで彼に対応しちゃって……それから泰彦さんが怒って……それからズルズルと仮面夫婦になっちゃったの」

「結婚って一回つまずくと、お互い後に引けないってとこあるからなぁ」

と美里は深々とため息をついた。

「ねぇ、美里ちゃん、結婚ってそういうものなのかな？」

「思いやりが大切。私は失敗して痛感中です」

美里は頭をかきながら話してくれた。香織は話を聞いているうちに、いくら母が怖くても、泰彦を支えなかったことから始まったとぼやけた記憶の中で集め始めた。

「ね、美里ちゃん、私が悪かったよね。泰彦さんを市橋家の中で一人にさせちゃって」

「それもあるけど、そうやって香織さんのせいにしちゃった甘えん坊で弱虫なお兄ちゃんも同罪だと思うよ。なんでも喧嘩両成敗じゃないのかな」

美里はフォークに刺したリンゴを香織に差しだした。

「はい。これ食べなきゃ、私、帰らないよ」

「ありがとう。じゃ、ずっと居てもらおうかな」

「あー、だめだめ、帰るから、食べて！」

リンゴを食べ始めた香織が驚いた。リンゴが美味しい。食が進まなかったはずなのに美里に勧められたリンゴをシャリシャリと音を立てて食べている自分がいる。

「美里ちゃんって、不思議ね。側に居るとリラックスできてなんだかホッとするの」

「嬉しいな。お見舞いに来て良かった。随分、お久しぶりだったけどね」

二人は顔を見合わせて笑った。

「それでね、泰彦さんが責めたから私がパニックを起こしたわけじゃ無かったの。泰彦さんに暴言を吐いた母さんをかばったのはわかってやったことだろ？　って、聞かれたのね。切羽詰まった言われ方をして、それで私が悪いみたいに感じちゃって」

「お兄ちゃん、気持ちはわかるけど下手くそすぎだな。お兄ちゃんと香織さんはこれからホントの夫婦に近づいていくってことだね」

「考えたことがなかったわ」

「これからだよ。香織さん、ゆっくりいこう！」

美里が明るく励ました。


病室のドアを少し開け心理士の松田藍子（まつだあいこ）が香織を覗いて話しかけた。

「市橋さん、初めまして。市橋さんのカウンセリングを担当する松田といいます」

それから週一でカウンセリングが始まった。初めのうちは打ちひしがれたように暗い香織だったが、ポツポツと松田の質問に答えるうちに、打ち解けるようになっていった。それにちょこちょこと顔を出してくれる有紀との雑談でも癒やされていった。

香織の治療に差し障りなく落ち着いた時間を取るために、見舞いはしばらく泰彦ではなく美里が行くようにした。それが功を奏したかはわからないにしても香織はグッタリとベッドに横たわる時間が少しずつ減り、食欲も戻り始めていた。しかし発作はなかなか収まる気配はなく、車椅子もまだ活躍していた。

四月下旬、病室の窓から見える桜は風に吹かれてすっかり舞い散ってなくなっている。そして新しい葉が芽吹きそろい始めていた。久しぶりに見舞いに来た泰彦が香織の車椅子を押して病院の庭に出た。

「とっても気持ちいいわね」

香織が庭を眺め嬉しそうに話した。

「ああ、こうやって二人で眺められて俺、嬉しいよ」

泰彦は香織の顔を見られてホッとしている。

「泰彦さん。色々ごめんなさい」

「あやまるのはこっちだ」

「美里ちゃんに言われたの。私たちはこれからだって」

「なるほどなぁ、そうかも。改めて考えたらそうだな。香織、つまずきながらかもしれないが、一緒に歩んでくれ」

「はい」

二人は見つめ合って、微笑んだ。すると、本当に白衣を纏（まと）った有紀が手を振ってこっちに向かってくる。

「なんというタイミングだ。こんなラブラブのときに」

泰彦が嘆いた。

「仲睦まじい様子ね。嬉しいわ」

春の柔らかな青色の大空に向けて両手を高くかざし深呼吸をした有紀が続けた。

「今だから、二人に話しておきたいことがあるから聞いてね」

「お、カウンセラーの出番だな」

泰彦はしっかり聞こうとして構えた。

「では。人間には誰にでも自分で元に戻そうとする治癒力が備わっているの。医師やカウンセラーはその補助。医師やカウンセラーが患者を治すわけじゃないの。薬が病気を治すのでもない。患者本人が自分の病気に対する意識を持ち、自分と向かい合って治そうと努力をしてこそ快方に向かうの。病識を持ってこそ治療が始まるといっても過言じゃない。でね『リカバリー』という言葉があるのよ」

泰彦は真顔で聞いた。

「リカバリーってパソコンのじゃなくて？」

「そう、同じ言葉だけど心理学用語としては違うのよ。ま、意味合いは似ているけど意味深げだよ。ま、パソコン君にしてみれば同じようなものかもしれないけどさ」

と笑いながら有紀は携帯を検索して泰彦に見せた。

『リカバリー：精神疾患の破壊的影響を乗り越えて成長しながら自分の人生にお

ける新たな意味と目的を見出すことである。それはたとえ病気による制約があっても、満足できる、希望に満ちた、やりがいのある人生を送ることである（Anthony W.A. 1993)』

泰彦は驚いた。こんなに力のある文章を読んだことがないぐらいの深い感動を覚えた。暗中模索の泰彦にとってこれほどに勇気をもらえたものがなかった。

「有紀、このＵＲＬ、俺の携帯に送ってくれるかな。この言葉、大切にしたい」

「ＯＫ。気に入ってもらえたなら嬉しい」

と言いながらすぐに泰彦の携帯にＵＲＬを送った。

「リカバリー。香織がリカバリーできたらいいな。香織、一緒にリカバリーだ」

「はい、泰彦さん」

この言葉どおりに香織が強くなれたらと泰彦は思った。そして泰彦の気持ちに応えたいと香織も思った。香織は話しだした。

「泰彦さん、今まで母さんがすべてだった。それを改めるときが来たってことね」

「もう余計なフィルターはない。だから、香織と夫婦らしくやっていきたい」

「本当にいいの？　私、きっと厄介な奥さんかもしれないよ」

「ああ、無茶苦茶いいよ。今まで言えなかったけど、俺、香織がものすごいタイプだからな。香織をなくしたら、二度と俺のタイプなんて出てくるなんて考えられない」

「母さんの味方をしちゃって泰彦さんに迷惑かけたのに、それでもいいのなら。いいなら」

泰彦を見つめる香織。香織の頭をそっと撫でる泰彦だった。

「君たち、他人様がいるのに遠慮なしとは参るよ……ま、ごちそうさまって言っとく」

と言いながら有紀は満足そうだ。


五月のＧＷが終わったある日の夜、病院の休憩室で泰彦と有紀が話をした。

「わかっているつもりでも、やはり香織の回復はそう簡単なものじゃないな」

また泰彦は挫折しそうな顔でため息をついた。

「また、泰彦君の不安十八番が出てきたな。体の傷なら見えるけど、これは見えない病だから。カウンセリングが始まったからすぐに良くなるものでもないし、年単位のカウンセリングは普通かな。それにカウンセラーだって人間だから患者との息が合うとか合わないとかもあるしね。とにかく慌てないでじっくり行きましょう。まずは香織自身の気づきがないと始まらないのよ」

「気づき？」

「そう、自分のことを客観視して自分の心を見つめられるってことかな」

「なるほどなぁ。心って見えないだけに難しいってこのことだな」

　泰彦はため息をついた。

「香織は母を拒めなかったって自覚した。それぐらいでは足らないんだな」

「そう。やっと入り口に入ったぐらい」

　泰彦は腕を組み考え込んだ。

「そうか。まだまだだってことか。俺、こらえ性が足らん、香織の発作を見ているのが辛くてついつい……」

「確かに。発作起こしているのは、本人だけじゃなくて周りも辛いからね。でも、見方を変えればみんな頑張っているとも言えるよ」

「そうだな。考え方かぁ」

「それにさ、私はどうしても、香織を助けたいの。だから私は諦めない」

「有紀、どうしてそこまで言い切れる？」

　有紀は白衣の両脇にあるポケットに両手を突っ込んで泰彦が座っているソファの対面の壁に寄りかかって話をしていた。一見リラックスしたような姿だったがポケットの中の手を握りしめていた。今だ。今、私は香織に恩返しをするときが来たと強く拳に力を入れていた。そして有紀は壁から身体を離し、泰彦の前まで歩き強く握った拳を白衣のポケットに突っ込んだまま真剣な顔で話しだした。

「香織と私は幼稚園からずっと一緒でさ、お互いの家をお泊まりしたりして仲が良かったの」

「高校まで一緒だったよね？　それは香織から聞いているぞ」

そんなことは知っている風で泰彦は答えた。

「そ、それから大学は別々だったけど、私と香織は強い絆で繋がっていたから離れていても側に居ても、そんな距離とか時間なんて関係ないぐらいの親友だよ」

泰彦が尋ねた。

「親友なのは知っているけど、特別の親友ってことなのか？」

「そう。特別なの。私たちは」

有紀は腕を組んで覚悟をしたように話しだした。

「今から話すことは香織には言わないで欲しいの。香織は泰彦に嫌われたくないから話さないって言っていたことだし。私も純一にこのことは話していない。だけど香織が苦しんでいる今、泰彦の協力なしでは無理だと思ったからその過去のことを話す」

と言って有紀は、高校一年生の夏休みにあった神社の忌まわしい過去を声のトーンを落として、ゆっくり話し始めた。有紀がなんとか話を終えて立ち去った病院の休憩室のソファに泰彦はしばらく座ったまま時を過ごした。

香織は両親を頼ることができないまま成長した。その中で唯一本心を話せたのが有紀だった。その有紀に危険が迫ったときに香織は何よりも大切な友人を守ろうとした。それまでどんな虐待を受けても逆らわなかった香織が初めて意思表示をして有紀を守ろうとしたその覚悟と気持ちに愕然とした。そして家庭で辛い思いをしていた分、有紀を慕い、心の支えにしていたかと思うと胸を締め付けられる思いの泰彦だった。

深夜にあらためて病室に戻った泰彦は寝ている香織の髪の毛に触れた。有紀が言った事実確認をするために。

「香織の頭の右側耳の少し上に五センチぐらいの横にわたる傷があるはず。その傷の部分には髪の毛がないからすぐにわかる」

泰彦が探すまでもなく有紀に言われたとおり髪の毛を少しかき分けて確認した。幅一センチ長さ五センチの傷が確かにあった。こんなにわかりやすい場所の怪我なのに気づいてやれなかった。そして泰彦は思い出した。

香織は困ったことや嫌なことがあるとすぐに右手で耳の上あたりをいつも押さえていた。この傷を抱えながら、この傷と共に生きてきたのだ。香織のやつれた頰を撫でた。そしてか細い手をそっと握りしめた。俺より香織のほうが強いのかもしれない、そして俺より有紀のほうが香織を思う気持ちが強いのかもしれないと。

入院は泉永寺の桜が咲き始めた四月に始まり五月中旬になった。カウンセリングルームでいつものように担当の松田のカウンセリング中のときだ。

「で、お母さんに対して今の気持ちはどうですか？」

と松田が香織に質問をした。

「母さんに、母さんに……」

香織の両目から突然ボロボロと涙がこぼれた。そして香織は、

「母さんに愛されたかった。母さんに無条件で愛されたかった」

大粒の涙を流しながら叫んだ。

「泰彦さん、私、自分のこと、一番わかってなかったみたい。今日のカウンセリングで口に出た言葉で自分が少しわかったような気がしたの」

午前中に商談を一つまとめた泰彦が午後一番に香織を訪ね、香織を乗せた車椅子を押して梅雨前の青空が広がる屋上に出て足を止めたときだった。

「ホントに今まで考えても居なかった。『母さんに無条件で愛されたかった』なんて。

未だに何故あんな言葉が口から飛び出たかもわからないけど、とっても気持ちが軽くなったの。これって私の本音なのかな」

香織の表情は今までになく軽い面持ちに感じる。

「有紀なら、このこと聞いてどう思うのかな」

泰彦はいの一番にこのことを有紀に伝えたかった。

「そうね、有紀に話してみる。私、母さんに無条件に愛されてなかったたって考えると、子供の頃は母さんが怖くて心の一番奥深いところで隠れていた感じがするの。子供の頃、怖い夢をいつも見たの。それも同じ夢ばっかり。繰り返しその夢を見て汗をかいては飛び起きた。それはね『橋の下の子供事件』っていうあだ名をつけた子供のときのイメージでできた怖いドラマ。怖いと思った心の中の表現だったのかなぁ」

「なるほどなぁ。かなりの思いをしないとそんな怖い夢見ないよなぁ」

屋上から一望できる広い庭を眺めながら二人はそれぞれに思いを馳せた。

霧が晴れたような気分の香織のカウンセリングは進むようになった。「無条件で愛されたかった」という言葉は香織自身が初めて口にした心の叫びだった。口火を切った香織の本心が次々と表に出る。

「母さんはいつも自分勝手で自分の感情のおもむくままに私や父を虐めてきた」
「お金があれば幸せだと自慢していたのが嫌いだった」
「すぐに怒る、暴言を吐く、モノを投げるなんて人間として最低の人だ」
「学校の行事に一度も来てくれなかった」
「私にピアノをしこんだのは私のためじゃなくて自分の優越感のためだ」
「どんなに母の言うままにしていても母の満足には至らなかった」
「母のご機嫌を取っていたけど、ずっと嫌だった」
「母なんて、もっと早く死んでしまえば良かった」
「百点とっても褒めてもらえない、どんなに頑張っても母は私を認めてくれなかった」
「大嫌いだった」
「私は母の奴隷だった」

　有紀が手にした香織の母に対する本音がカウンセリングの履歴に刻まれるようにいくつも並んでいる。どれもこんなことを言うなど信じられないような言葉ばかり。履歴を見た有紀は香織が一つの壁を乗り越えたという喜びに満たされた。

その翌日の朝一番に泰彦が香織の病室にいるときに三木医師が診察に来た。

「今は顔色もいいようですね。ご主人、一度、外出してみましょう」

「え、外出って、自宅に帰っても？」

驚く泰彦に三木はゆったりした笑顔で答えた。

「そうですよ。今からでもいいです。まず様子見をしましょう」

「わかりました。ありがとうございます」

「ま、帰ってみないとわからないこともあると思いますからね、気をつけて」

三木医師は病室を後にした。

「泰彦さん、私、久しぶりすぎてドキドキしてきた」

「病院暮らしがすっかり板についたからなぁ、ま、とにかく戻ってみよう」


自宅に戻ったとたん、事務所から美里が飛び出てきた。事務所の前の駐車場に香織を乗せた兄の車が入ってきたのを事務所で仕事をしていた美里が見つけたからだ。

「美里、外出許可が出たからそのまま連れて帰ってきた」

泰彦は車から車椅子を下ろしながら嬉しそうに笑った。

「香織さん、お見舞いに行ったときよりも元気そうね。良かった」

美里は喜んで香織が乗った車椅子を押して家の中に入っていった。美里と一緒に事務所に居た智は香織が家の中に入ったぐらいに駐車場に出てきた。

「おお、香織は元気になったのか？」

「はい。ずいぶんと良くなりました」

泰彦は病院から持ち帰った香織のバッグやカーディガンを車から出しながら義父と話した。母が亡くなってまだ納骨も済んでいない。香織の入院で四十九日も済ませていないままの自宅にどう順応して良いのか香織は迷っている。そんな気持ちをよそに美里は二世帯住宅の若夫婦側の居間に車椅子を押してから、

「香織さん、ケーキ買ってくるから待っててね！」

とさっさと出かけてしまった。入れ違いで泰彦が居間に入った。

泰彦は香織を車椅子からリビングのソファに移動した。

「もう歩けるけど……」

申し訳なさそうに香織が話すと、

「いや、まだいつ脱力するかわからないからな。まだ俺に頼ってくれよ」

泰彦は優しく答えた。

新婚旅行から帰ったその日から徐々に仮面夫婦になっていった二人は改めて市橋家の家にそろい、神妙な気持ちでいた。

「いろんなことがここで起こったのよね」

香織はソファに座ったまま部屋を見まわして語った。
「そうだ。ここまで来るまでに色々あったな。でも、これからもあるかもしれない。でも、俺は香織と頑張りたいからな」
「ありがとう」

香織と泰彦はなんとはなしに居間と玄関を仕切っているガラス戸を通して玄関を眺めていた。証券会社の顧客を紹介する度にあの玄関で何度も祥子が喜んでいた場所だ。もうあの朝の情景はない。泰彦にとって一石二鳥であったが、それよりも義母に対しての報復のような感情が第一の目的だったことを思い出すと複雑な気持ちに覆われ、未だに香織にそのことを話す気持ちにはなっていない。

香織は香織で回想していた。養子という前提で香織が結婚する前に二世帯住宅をリフォームはしたが、玄関だけは香織が子供時代の原形を残したまま。玄関に追いやられて出て行けと言われたこと、好き嫌いをする子は市橋家には居ないと言って冬の玄関の広い土間に正座させられて風邪を引いたこと。玄関での想い出はたくさんある。

「ガシャーン！」

居間と玄関を繋ぐガラス戸が割れた。その音で振り返ると香織が立ってガラス戸に向かって荒い呼吸をしながら険しい顔をしていた。

「香織、どうした」

「母さんさえ居なかったら、私は幸せだったの。母さんは居なくなっても、この家には母さんがたくさんいる。母さんを消さないと私たちは幸せになれないのよ」

と叫んだ。母のことを思い出した香織が立ち上がり、ソファの横の戸棚に飾ってある置き時計をつかんでガラス戸めがけて投げつけたのだ。そして香織は台所から両親の棟にツカツカと歩いていき、祥子の部屋に入って暴れ出した。

「母さんはまだいる。ここにいる。私を虐めて、私を怪我させて、私を愛さなかった母なんて私はいらないの！　母さん、出ていって、ここから出ていけ！」

と叫びながら棚を倒し、洋服ダンスの引き出しを開けて祥子の服をまき散らし、化粧台の鏡を鏡台の椅子を投げつけて壊し、力尽きた香織はしゃがみ込み泣き出した。

「ここから出よう。さ、香織」

泰彦は優しく香織を起こし抱きかかえて居間に戻った。香織は涙を流し放心状態だ。玄関で母に対する気持ちにスイッチが入って暴れたとしても、暴力的な香織を初めて見た泰彦はどうしたらいいのかわからないままに香織を抱きしめていた。

「お兄ちゃん、これどうしたの？」

ケーキを買ってきた美里が玄関に突っ立っている。ガラスが飛散したままで玄関から先に進めない状況だった。泰彦は呆然としている香織をソファに寝かせ、割れたガラスを集め出した。状況を察した美里は無言で兄と一緒に片付けを始めた。

「香織が暴れてお義母さんの部屋を荒らした」

気の利く美里は割れたガラスを片付けてから祥子の部屋に向かった。

香織はソファに横になったまま、つぶやいていた。

「母さんが……母さんが……」

泰彦は水を入れたコップと薬を持ってくると、香織を抱き起こして飲ませた。

「大丈夫だよ。香織、落ち着くまでこうやっていよう」

香織を膝の上に寝かせた泰彦は様子を見た。しばらくすると薬は効き香織は眠った。

香織をそっとソファに寝かせた泰彦は美里が掃除をしている祥子の部屋に行った。

「ここにお義母さんが居るわけじゃない。使ってない部屋だから掃除は程々にしておこう。遺品として処分するときにまとめてするから。俺は香織を病院に連れていくよ」

病院に戻ってから三木医師の診察を受けた。

「退行ですかね。要するに内面の香織さんが愛してくれなかった母に対して反撃したのでしょう。あ、退行というのは強いストレスを受けることによって意識が幼児的な思考状態に戻る現象のことです。母の怒りを感じ反抗期のように暴れたのだと思います。この怒りは一過性ですから心配は無用だと思います。乗り越えていくステップです。が、しかしまだ、自宅の玄関でさえ起爆剤になるのではねぇ」

と一旦言葉を切った三木医師が慎重に告げた。

「もう少し時間をかけましょう」

見えない病はこういう見え方になるのだと驚きながら泰彦は聞いていた。

寝ている香織の病室に入ろうとしたときに、担当の山本看護師と鉢合わせになった。

「富美香さん、ちょっと相談していいかな?」

仲良くなっていた二人は精神科病棟の廊下においてある長椅子に腰をかけた。

「自宅に戻ったら、香織が暴れて部屋を破壊したんだ。いきなりでびっくりしたよ。香織が暴れるとは思っていなかっただけに。先生は一過性のものだからって言ってくれたけど、病気のことをまだよくわかってないし、どう対応したらいいか迷って」

「病気の種類にもよるけど、そういうことは珍しいことではないのは確かね。暴れるというのは患者さん一人一人理由も原因も違うから十把一絡げで語れないけど。細かいことでくよくよしないで。暴れたら褒めてあげなさいよ。香織さん、お母さんに反抗したことがなかったんでしょ。ようやく思春期になったってことかもよ」

と、泰彦を励まして山本は立ち去った。

「思春期かぁ」

まだ納得できない泰彦はカウンセラーの松田を訪ねて時間をもらい相談をした。

「まず、ご主人と私が話をすることはなかったので全体像を説明してから香織さんの行動に至った経緯を話しますね」

「わかりやすくお願いします。今、わからなくなっていて」

「了解です。わからなくなったら質問してください」

松田は丁寧に話しだした。DVで恐怖に支配されて正常な感覚を失い、無気力状態で考えることも止めてしまった。さらにDVを認識しなければ凌げるという回避。それは身に纏った鎧(よろい)で自分を守ったことになる。

松田は続けた。親子関係には大切な「愛着」という人間形成上大切なものがあるという。愛着とは、幼少期に養育者と子供の間に情緒的な絆が健全に形成されるもの。「基本的信頼感を持つ」「自己表現力やコミュニケーション能力を備える」「安全基地を作る」という成長に必要な人間力の三つの基礎は愛着が健全であってこそ形成されるという。

「要するに香織は愛着不足ってことですよね」

DVを受けて成長した場合は親子関係で必要な愛着がうまく形成されないままに心

が歪む、それを愛着障害という。愛着障害の子供が歪んだ心のまま大人になって社会生活を営むと対応しきれなくなりうつ病や不安神経症、自律神経失調症、心身症状症に至るものが多いとされている。

「あぁ、これだったのか、香織の原因は」

「そうでしょうね。お母さんに愛されたかったとやっと言えた香織さんは、恐怖で押し殺して無気力になった心が少し晴れて本音を出せたのかと思います。そしてそれからカウンセリングでお母さんの実態をあるがままにさらけ出し、お母さんを強く否定しました。それで部屋を破壊したなら矛盾しないですね。過去の子供時代に戻って反抗したのでしょう。私はいい流れだと思います」

「松田先生、やっと香織の流れが読めた気がしてホッとしました」

三木先生、山本看護師、松田先生。使う用語、言い方はそれぞれに違うけど、まとめれば同じようなことだと泰彦は思った。とにかく香織は中二ぐらいになったのだと泰彦は気楽に考え事務所に戻った。そして聞いてきた内容を美里に伝えてみた。

「なるほどね、香織さんは今、子供から大人になろうとしているからその過程で自分の思いを吐き出したのね。だから暴れたりするんだなぁ」

「お前、その達観的な意見どうしたんだ。俺、まだ全く咀嚼（そしゃく）できてないぞ」

「それは第三者だからね。自分の離婚のときはパニクったけど」

と美里が笑った。美里のお陰で泰彦はまた整理ができてホッとした。

「泰彦、今電話いい？」

有紀から電話があった。

「純一が久しぶりに泰彦君と私と三人で夕食どうかって。今夜って大丈夫？」

「久しぶりだね。行くよ」

「了解。こっちで食べるところ探しておくから病院の玄関に今夜七時でお願い」

「わかった。じゃ、後で」

泰彦は香織の様子が心配だったので六時に病院に向かった。

おとなしい香織があそこまで暴れたのだから体力的に疲れているのではないだろうかと身体をかがめてそっと病室のドアを開けてみた。

病室に入ると湿布の匂いがする。湿布を貼るほど無我夢中だったんだと想像し妙に愛しく思える。そんな香織は気が抜けたような顔をして寝ていた。

「こんな一面もあるのか……。ゆっくり休めよな。ご苦労様でした」

泰彦はつぶやきながら香織のおでこにキスをした。そして有紀と約束した七時までベッドの横に椅子をくっつけて座り、今日の一日を振り返った。

三人は「美園飯店」で食事を取った。泰彦は香織が自宅に戻った様子を伝えた。

「香織さんにとっての通過儀礼的なものだろうな。回復段階の」

純一が語った。

「そう考えるとわかりやすい。それに同じ状況は続かないしね。回復基調だと思えばいいよ」

と言いながら春巻を大口で放り込む有紀の横で、今度は純一が話しだした。

「泰彦君、すごいね。そこまで妻の病気に寄り添うのは立派だよ」

「うん。そう。泰彦はすごいと思うよ」

「ん？　そうなのか？」

「あのねぇ、薬がダメだと親に言われて病院に行けないとか、家族が全く理解しないからどんどん悪化して自殺したとか、泰彦みたいにそこまで理解しようとするってなかなかいないものよ」

「そういうものなのか……」

「だから泰彦は良い夫をしていると思う」

「わかった、ありがとう。今は褒められても頭パンク中で、素直に喜べないよ」

「泰彦君、徐々にやっていこう。まずは諦めないことだよ。心の病気は見えない分、投薬で楽になったレベルで治療を中断してしまうような人が多いよ。確かにそれで治って元気になった人もたくさん居るけど、また同じようなストレスで再発を繰り返す人はかなり多い。だから根本的な原因の究明や適切な治療、継続的な努力があってこその完治や寛解だと思う。そう考えると泰彦君たちは見本のような夫婦だよ」

純一はそう言いながら焼きそばを小皿に取り分けて食べ始めた。

「寛解？」

泰彦は聞いた。そこで有紀が答えた。

「完治っていうのは、胃を壊して胃薬飲んで治ったとか、転んで膝をすりむいた傷が治ったときに使う用語。初めて心の病気になっても軽くて一過性ならいいけど、繰り返し再発をして一生の病になることがあるの。それでも薬も不要になり健常者と何も変わらずに社会生活ができるまで回復したのが寛解ということ」

「なるほどな」

泰彦はうんうんと頷いて聞いていた。さらに有紀は続けた。

「香織の場合は完治はないの。だから寛解ね。寛解したら無理しないように悪化しないような生活を選択しないとね。リカバリーってあの文章にも書いてあるでしょ？」

そう言われて泰彦は慌てて香織から送ってもらった携帯のURLを覗いた。

「あ、終わりの部分のことだな。『それはたとえ病気による制約があっても』ここの部分だ。なるほど、そういうことか」

「そうだよ。だからリカバリーはものすごく深いってことね。泰彦、ここらへんで話は一旦止めて食べようよ。もう春巻冷えちゃったよ」

と言いながら有紀は意地になって春巻を食べ出した。

「わかっていないと短いセンテンスの文章でさえ読めないいんだなよ。はぁ」

泰彦は肩を落としてしみじみと言葉した。

純一たちとの食事を終え、別れた泰彦は転換性障害、不安障害、愛着障害、生まれつきの弱いメンタル、リカバリー、寛解。見慣れない専門用語だらけ。香織の発作。日々の病院通い。ようやく見えてきた市橋不動産の新しい仕事。頭はフリーズだ。香織は少しずつ成長しているけど、俺は理解して彼女の良き夫になれるのだろうかという自信のなさも感じ始めていた。そんなことをぼんやり考えながら家に帰った。

美里は居間のソファに寄りかかってテレビを見ていた。

「お兄ちゃん、おかえり」

「ただいま」

泰彦は美里の横にドカッと座って話しかけた。

「美里、精神疾患とか心理学とか、俺たち全く無縁の域だよな」

「うん。なかなかわからない」

「少しずつわかってきているとは思うが、自分の中で整理しきれてないというか、追いついてなくて階段を踏み外しながら歩いているような不快な気分だ」

泰彦は靴下を引っ張って脱いで、脱衣場のほうに片方ずつ投げた。

「よ～くやっていると思うけどな。お兄ちゃん、最近、休んでないよねぇ」

「ん？　そうだったっけ？」

「ほらほら、自分でわかってない。それイエローカードだよ。酔っ払っているみたいだし、そのまま早く寝ちゃったら？　きっとお母さんも同じこと言うと思うよ」

母はそう言うなと思った泰彦はゴチャゴチャ考えずに寝ることにした。

2－4　泰彦の母

翌朝、いつもの時間に目が覚めたが昨夜とあまり変わらない気分で憂鬱だ。昼過ぎ、ぼんやりしたまま仕事をしていると美里から檄(げき)を飛ばされた。

「昨日から様子おかしいままだよねぇ。気持ち切り替えてちょっと出かけてみたら？　楽にならないと仕事モードに戻れないよ。そうだ、実家の裏山登って海見てきたら？」

朝から口もきかないで黙々と仕事をしている泰彦の空気はズシンと重い。美里にうながされてため息をついた泰彦は思い直したように事務所を出て実家に向かった。

市橋家から泰彦の実家の森田家は車で三十分ほどの距離。小山を越えれば海が見える郊外の高台にある邸宅だ。母に会うのは義母の葬式以来だったなと思いながら玄関のチャイムを鳴らした。

「お母さん、お久しぶり」

「あらまぁ、泰彦どうしました？」

「うん。ちょっと」

「ま、入りなさい。ちょうどお茶の時間です」

しっかり者の母の加奈子（かなこ）は泰彦の暗い面持ちを察したようだ。加奈子は泰彦が好きなアールグレイを出してくれた。母なりの気遣いに感謝しながらお茶を一口飲んだ。何も話さないままにしばらく時間が流れた。すると彼女が静かに語った。

「心の余裕がなくなると元気もなくなりますよ」

「心の余裕かぁ」

非日常的な出来事に翻弄されて心の余裕がなくなっているなと改めて感じた。

「お母さん、ちょっと裏山散歩してくるよ」

「私も一緒に行ってもいいかしら」

泰彦の実家の裏山からは海が見える。山裾から十分ほど登ると小さな頂上があり、そこから眺める海はとても大きく感じる。泰彦が子供の頃によく遊んでいた場所だ。そこまでの道を母と一歩一歩確かめるように登りだした。

「二人でここを歩くなんてホントに久しぶりだ」

「そうね。あなたが子供の頃はよく一緒に歩きましたねぇ」

母と懐かしい話をしながら、なぜ俺は詰まったのかと泰彦は振り出しに戻ってみた。

俺はこの人だと思って香織にプロポーズをした。間違いなく幸せになると思った。しかしトラブルメーカーだった義母に巻き込まれ結婚生活は破綻した。しかしあの義母が亡くなりうまくいけると思う暇もなく今度は香織が倒れた。俺は彼女の病気をわかってやれそうにない。いや、わかりたくないのかもしれない。

狂ったようなフラッシュバック、過呼吸、不安発作、見るのが辛くてたまらない。受け止めることができないほど俺はダメなのか。あんな環境で育った香織はそれでも生きようとしている。有紀も香織を支えようとして前を向いている。それなのに俺は疲れてしまった。愛している。確かに愛していると思う。でも、今の彼女は俺が望む香織ではない。それでも彼女を幸せにしたいと頑張ってはいる。

考え込みながら歩いているうちに頂上に着いた。展望台の広さは建て売り住宅一軒分ほどの広さで畳六畳ぐらいの小さな展望台がある。展望台はコンクリート造りの茶屋風で中にはベンチがありゆっくり景色を眺められるようになっている。泰彦と加奈子の目の前に拡がる空と海の景色はパノラマで撮らない限り一度に収められないほどの大きさだ。

「初夏を感じる良い天気で良かったわ。近くにいてもなかなかここまでは来なくなりましたが今度お父さん連れてくるのもいいですね」

「たまにはいいね。お父さんはなかなかの出不精だけどな」

二人は笑った。

「『水のようであれ』そのようなことを老子は言ったそうよ」

雄大な景色を眺めながら加奈子がゆっくりと話しだした。

「水ほど柔軟で水ほど強力なものはないの。水は力を持っていても争うことはせず、上から流れ下に惜しみなく流れる。人の嫌がるところまで惜しみなく流れこんでいく。泰彦、水の気持ちになってみたらどうかしら」

「そうだな。俺、軟らかくもないし、強くもないよ」

「泰彦、コップ一杯の牛乳を水が分解しようとしたらどのくらいの水が必要か知っていますか？　私が聞いた話だと牛乳一杯に必要な水はプール一個分だそうよ」

「すごい量だ」

「そうね。でもそれだけの水があればいつかは牛乳と水は同化するのよね。それに牛乳が混ざったから嫌だって水は言わない。柔軟に迎えて共にあろうとする。強くなきゃできない話かなって思うの」

心の余裕がなくなっている俺がプールなら、牛乳を拒否しているってことだ。水なら断らない。いや、断れないから受け入れるしかないのかとぼんやり思った。

「泰彦の心は海のように広いかしら」

「今の俺は狭いと思う。ってか、海の広さに勝てる気がしない」

「あら、私は自分で海よりも広い心を持っていると思っていますよ」

と含みのある顔をして加奈子は話しだした。

若かりし頃の泰彦の父は次々に愛人を作り、両親は諍いを繰り返していた。しかし子供たちには修羅場は見せてはならぬと考えた母は何事もなく家庭円満を装っていた。母は一人で苦しんでいるときに「老子」の本に出会い救われた。

「水のようであれ」

という言葉だ。色水が混入してきて、そのときはその色に染まる水であってもいつかはまた無色な水に戻る。そのためにはたくさんの水が必要だ。牛乳を分解する量のように。そう気がついた母はこの裏山の頂上に登ってこの海のように広い懐に水を蓄えるようにした。そうすると自分のコップ分の水よりも水は増えて流れ出る。次々と溢れて流れ出る。そして老子が言うように水は上から流れ、下のどのような低いところにまでどこまでも流れる。人の嫌がるところまで惜しみなく流れこんでいき、どのような夫であっても迎えようという気持ちができたと母は語った。すると父の愛人は居なくなり再び穏やかな暮らしが戻ったと初めて教えてくれた。

「あの人のダメな部分を嫌って避けるのではなくて、すべてを容認するようになってから変わったのよね、私もお父さんも。泰彦、自分の我を張らずに、まずは自分を変えることからだと思います。自分が変わったら相手も自ずと変わるはずです」

「自分が変わったら相手も変わるかぁ。なるほどな」

だから母は腰が据わる強さを備えているんだと泰彦はこのとき知った。精神疾患という触れたことのない心の世界を垣間見るようになり、なかなか理解できない焦りで拒絶感まで生み出していた。それは自分のわがままだったのか。単に愛しているとかのレベルではない。もっと土台のしっかりした愛情を育むには、まず俺が腰の据わった人間にならなきゃいけなかったのだと気づいた。

「お母さん、雨降ってきたよ。帰ろう」

雨がポツポツと降ってきた。

「あら、そんな天気には思えなかったのに。泰彦、おいていかないで」

先に走り出した泰彦は急に足を止め、自分の上着を脱いで加奈子を覆った。

「お母さんがあってこその俺だ。お母さんの子供に生まれてきて良かったよ」

そう言って雨から母をかばいながら家まで走った。

「お母さん、今日はありがとう。俺、腰の据わった大人になれてなかったって気がついたよ。やってみる。じゃ」

「はいはい。香織さんと美里を頼みますよ」

母の優しい笑顔がありがたいと思いながら車を走らせ病院に行き香織を見舞った。


美里はすっかり市橋不動産の看板娘として定着し泰彦の留守でもしっかり対応ができるまでになっていた。しかしその美里がどうしても承知できない相手がいた。市橋智、香織の父だ。空気をつかむような智に美里は手を焼いていた。

美里は今まで見てこなかったようなタイプの人間にどう対応したら良いのかわからないままにいた。兄に義父はどんな人かと聞いても、

「変わっているんだ」

と言うだけ。兄は邪魔にならないならそれでいいと割り切っているようだった。

「一・信用しない。二・電話は出させない。三・任せない」

という泰彦特製のルールを守れば事務所の中に居てもらっても大丈夫だと教えてくれた。確かにこのルールを守れば空気みたいな人だ。

「お兄ちゃん、お義父さんっておかしいよね。これからもずっとあんな感じで一緒に仕事しなきゃいけないの？」

美里が夕食を終えてから泰彦に聞いた。

「俺はそんなに気にならないよ。お義母さんが生きている頃も存在感がない人だったし、邪魔にならなければいいよ」

「私は息が詰まる。偏屈っていうのかなぁ。どう考えても普通じゃないよ」

「確かに。普通じゃないのは重々承知だ」

「お兄ちゃんは人のこと気にしない性格だからじゃないの？　この野球筋肉脳男！」

美里はホンキで怒りだした。彼女を見た泰彦はさすがに、

「すまん。俺も困ることはよくあるんだが、どうしようもないからホントは諦めてるんだ。じゃ、美里、どうできると思う？」

と回避した。

「う～ん。なんとかしないと……あ、そうだ、有紀さんに相談してみたらどう？」

「わかった、わかった。美里がすねたら今の俺はお手上げだからなぁ」

と困り顔をして電話をかけた。

「あ、有紀。ちょっと相談があるけど時間作れないかな。うん、うん、じゃ、うちに来てくれたら美里の夕ご飯をごちそうするよ。わかった。じゃ、明後日の夜に」

義父のこともあるが、もうひとつ、泰彦自身のことも相談したかったのだ。もう一つ喉につかえたものを咀嚼できたらわかりそうな気がしていた。

「こんばんは」

「有紀さん、ようこそ！」

美里が玄関に走って出迎えた。美里にとって有紀は憧れの人だけに大はしゃぎだ。

「美里、年甲斐もなく騒ぐな。すまない、有紀、よろしく」

美里は有紀を夕食の準備が調っているテーブルに招いた。

「今日はポン酢でしゃぶしゃぶにしました。お肉はお隣の佐々木精肉店さんにいくらでもあるから食べてよ～」

「美里ちゃん、肉屋さん一軒分食べちゃっていいの？」

「有紀ならホントに食べるぞ」

泰彦が笑った。

「香織のお父さん、こんにちは」

居間から歩いてきて食卓に着こうとしている智に有紀は挨拶をした。

「いらっしゃい。いつも世話になっているね。いつでもここならどうぞ」

と智はにこやかに対応した。家族が香織の病気でてんやわんやだなど全く知ろうともしない平和な人なのを除けば、見た目は良いお父さんだ。有紀が来たことで食卓が賑やかになり、ホントに佐々木精肉店に肉を買い足しに行った分までみんなで鍋を平らげた。そして夕食が終わった智は満足げに自分の部屋に戻った。

そこで有紀に義父とどう対応すべきなのかを美里が口火を切って相談した。

「子供の頃からここに遊びに来ていてここのお父さん見てきたけど、ちょっと不思議な人。心理学を学ぶようになってからどこが違うのかってわかるようになったよ」

智が発達障害という軽度の自閉症の可能性があると有紀は自分なりの見解を伝えた。先天性の脳の異常から端を発し、養育時の環境も重なって発達障害になる人がいる。そしてカテゴリーにまとめると三つに分かれること。

智のタイプはＡＳＤ（自閉スペクトラム症・アスペルガー症候群）という発達障害だろうということだった。知能指数は高いが社会的なコミュニケーションや相手のことに気を配ることができない。社会的に問題があるようなことをしたとしても悪気がない、そして何が悪いのかがわからないという特徴がある。また、興味や活動が偏っていて、ひとつのものに執着しやすく、同じ繰り返しを好む傾向が強い。几帳面、真面目な気質で、融通性がないとも言える……。と有紀が大枠の説明をしたとたん、泰彦と美里は、

「お義父さんだよ。それ、お義父さん」

と顔を見合わせて驚いた。そして泰彦が聞いた。

「香織は知っているのか？」

「ううん。香織にはまだ説明していない。隠すつもりはなかったけど、必要性を感じていなかったし、香織はお義父さんよりお義母さんで手一杯だったから。それに案外危害を加えなかったお義父さんが嫌いじゃなかったんだよね」

有紀は続けた。

「学生時代に問題なく過ごしてきても社会に出てからうまくなじめなくて生き苦しさを感じ病院の診察で発達障害がわかったりするけど、香織のお父さんは家業だから大きな問題にもならなかったのね。家業を頑張って守ってくれた香織のお母さんのお陰。それに夫婦喧嘩をしていた原因はお母さんだけじゃなく、お父さんの異常性も当然原因だったはず」

「なるほどなぁ、そういう両親だったのか」

泰彦は納得した。

「で、美里ちゃん、少しはスッキリしたかな？」

「はい。仕方がないなって思えたから楽になったのはなったけど、お兄ちゃん、これからお客様に迷惑がかからないような対応をしっかりしなくちゃいけないね」

「そうだね、もう少しルールを作って、ストレスがないような仕事にしよう」

泰彦はアスペルガーの智に合った対応を取れる。であれば香織にも合った対応を取れば良い。まずは相手に合わせた行動をするように変われればいいのだと納得した。

その後、美里は有紀に礼を述べ実家に所用があるからと言って出かけた。泰彦は有紀と二人でそのまま居間に座って話しだした。

「俺、ここ最近、詰まってパンク状態だよ。わからない専門用語や香織の見たことない発作、新しい仕事、病院通い。確かに香織はずいぶんよくなってきたし、彼女とは夫婦らしくもなってきて一緒に歩みたいと思うけど」

「なんとなくわかってはいたけど、泰彦、やっぱり行き詰まっていたんだね」

「この間の君たち夫婦と中国料理を食べたときなんて限界だったよなぁ。専門用語の嵐が頭の中吹き荒れてさ」

「あ、ごめん。ついつい話し込んじゃうし」

「いや、文句言える立場じゃない、今の俺。でさ、香織を守れるのか不安になったり、それでも愛していくぞと思ったり、感情的に揺れてる」

それで実家の母を訪ね、母の意見を聞いて今までとは違う境地を見つけたような気がしたことを話した。しかし「水のようであれ」という考えで、与えられることを期待するのではなく、相手の嫌がるようなところにまで惜しみなく流れこんで与えるということは慈愛なのか。求めずに与えることがまだよくわからないと有紀に話をした。

「心理学の一説による『未熟な自己愛』と『成熟した自己愛』。この二つの違いとよく似ている。『未熟な自己愛』はひたすら自分だけを愛する段階。そして『成熟した自己愛』は他人を愛することを通じて自己愛を満たせる段階というのがあるんだよ」

「そういうことかぁ、俺、未熟な自己愛だ」

とソファに倒れ込んだ。

「だから我を張っていると母に言われたのか。自己中だよな、俺って」

有紀は頭の中で整理をするように話した。

「我を張るは『自分の考えを押し通して譲らない』ってこと、未熟な自己愛。相手に何も与えずに自分だけを愛してもらうことを求めても無理だよ。成熟した自己愛は相手に与え、愛することで自分が満たされるんだからさ」

「有紀、俺、子供だ。三十過ぎの幼稚な自己愛者だ」

ついため息が漏れた。しかし泰彦はめげずに、

「有紀、さっきの義父のアスペルガーの話で気がついた。アスペルガーに合った対応を取るのと、香織に合った対応を取るのは、俺の立場からなら同じだよね。俺が変わって成熟した自己愛派になればいいってことだよな」

と話した。

「そういうことになるね」

有紀は泰彦が悩んで出した答えはとても立派だと思った。

「俺は香織がどうであろうと香織にいつも手を差し伸べ、香織が幸せになればそれが俺の幸せになるって構造だな」

「愛し愛されってことになるからね」

「リカバリーだ。『それはたとえ病気による制約があっても』ここだよ。それはたとえ香織にどんな制約があっても、俺は香織を守りたいと思えばいいだけだった」

「わかってきたようだね、ワトソン君」

「専門用語が頭の中で錯綜してるし整理できるまでには時間がかかりそうだ」

一歩進んで二歩下がるの繰り返しをするしかないと泰彦は思った。

「美園飯店でちょっと言いかけたけど、香織が先天的に繊細だって話したでしょ。それも君に理解してほしいけど、今日は止めておくね」

「今日は無理、もしかしたら明日も無理、明後日も無理、だけど明明後日なら」

と眉間にしわを寄せながら泰彦は語った。

「今日はここでおしまいね。泰彦の頭がパンクする前に帰る。今夜はごちそうさま！美里ちゃんによろしく」

ご機嫌な顔で有紀は帰っていった。居間に残された泰彦はすっかり疲れていた。

「脳疲労で俺は死ぬ」

そうぼやきながら泰彦はソファに横になったまま寝てしまった。

翌朝、目が覚めた泰彦は昨夜のままパンク寸前で何をどう考えるか全くまとまっていない。しかしとにかく仕事をしようと、とりあえず考えるのはやめることにした。そしてコーヒーをグイッと呑んで気持ちを切り替え事務所に入り声をかけた。

「美里、おはよう。ちょっと話があるから応接室に来てくれないか」

泰彦は事務所でコーヒーを淹れていた美里を呼んだ。

「これからのことだ。相談したいのは香織とお義父さんのこと」

「わかった。ってか、お兄ちゃん、昨日の夜、私が実家から帰ってきたらまたソファで寝てたけど大丈夫？」

「う～ん、大丈夫じゃないけど、今は仕事やるしかないからな」

「お兄ちゃん、考えるの苦手だから」

と美里が笑った。

「ま、正直苦手だが、とりあえず仕事だ。仕事仕事！　で、この先、香織は退院したからといって仕事に復帰することも難しいと思うし、美里が良ければこのまま俺と仕事をしてほしいんだ。美里は明るいしお客様からの評判も良いからな。どうだろう？」

「うん。香織さん、まだ療養には時間がかかるだろうし。私はＯＫ。それに市橋不動制服と産の仕事面白い。これからもっと企画出してやってみたいこともある。でさ、制服につける名札と名刺が欲しいんだけどな。就職口決まったみたいだし」

「わかった。好きな制服選んでくれ。名札も名刺も作ってくれ」

ご機嫌の美里は、

「ついでに延長お泊まりしながら家事もやっちゃうから任せて」

と言い出した。

「ん？　もしかしたら、うるさい母が待ち構えている実家より、ここが楽？」

「え？　バレ……そんなことないって」

美里はちょっと知らないそぶりをしてみた。

「バレバレだろ。ま、こっちからお願いしたいくらいだからいいけどな」

「一石二鳥でいいんだよ。ね、お兄ちゃん」

美里は笑って、話を変えた。

「次はお義父さんだけど。すぐに何かを変えるってことは思いつかないね。会長さんみたいな扱いにして、お義父さんのデスクを別スペースに移動して、ゆっくりできるように仕向けちゃえば問題ないと思うけど」

「今はそんなところだろうな。具体的にはまた別のときに話そう」

「うん」

六月。香織が入院して三ヶ月目に入った。祥子の部屋で暴れてから半月。香織は母に対しての怒りは収まったようだが、その先は進展がなさそうだった。しかし車椅子を離れて杖を使って歩くようになった。寝付いた頃に過呼吸で飛び起きても少し息を整えるだけで落ち着けるようになり、湧き上がる不安発作で目が覚めたり、人とたくさん話して疲れると寝込んでしまうこともあるが、投薬で抑えて無難に過ごせている。

三木医師の勧めで自宅に帰ってみても香織が嫌だと思う部屋に近づかなければ何事もなく自宅でゆっくりくつろぐことができた。香織を診た三木は言った。

「楽になってきたようですね。この調子なら外泊してみましょう。外泊を二〜三回繰り返して大丈夫なら六月中に退院も可能ですね」

3　有紀の判断

3－1　歪み

六月にトライした三回の外泊は問題もなく、香織は六月二十五日に退院した。美里は実家に帰らず香織の助けになるようにと市橋家に居てくれた。泰彦も香織が負担を感じないように配慮をするのも板に付いてきたようだ。家にこもりがちな香織を日帰りで海や山などに連れ出し気分転換をするようにした。

それに、母という踏み絵はまだ踏むことができないままで母の部屋は封印状態で誰もが気がつかない振りをしていた。そして香織の入院で四十九日ができないままでいたが、香織のことを踏まえて母に関わる月命日もしないように家族で決めた。

家の前の泉永寺の和尚は、

「市橋さんとは長いお付き合いをさせていただいてきましたが」

と残念そうに話す。遠慮してもらうのに苦労したと、後から愚痴ったりもしていたが香織を守るために泰彦は努力している。

香織は杖を使うことなく普通に歩行し、脱力して倒れることもなく、投薬数も減り毎日飲んでいた睡眠導入剤もまれに使うだけになった。ご近所さんとの付き合いで朝一番に町内の花壇の土に肥料をまいたり、花を植えたりする行事から帰ってくるとグッタリして過呼吸を起こす。しかし、家族団らんの時間や食事になると明るく楽しそうだが香織は疲れや緊張があると過呼吸や不安発作を起こし一～二日寝込むという繰り返しをしていた。泰彦は辛抱強く香織を見守り梅雨が明けた。

七月下旬の診察日に香織と有紀は病院のレストランで昼食を取った。

「香織、どうなのかな。私はちょっと忙しくて香織が退院した後って会えなかったし、携帯でちょこちょこやり取りしてはいたけど、調子が良くなさそうだったからなぁ」

「不安が出てきたり、呼吸が苦しくなったりするのは母さんのＤＶで疲れちゃっているせいだとはわかるようになったけど、疲れたり、寝込んだり、何かあると発作起こるから、泰彦さんと美里ちゃんにすっかり甘えたまま。仕事と家事は美里ちゃんが頑張ってくれているから私は毎日ゆっくり過ごすようにしているの。でも、みんなに甘えていいのかな。今までこんなに甘えたことがなくて不安なの」

「そうだね。甘えるのが下手だからなぁ。責任感と義務感が香織の主軸だしね」

「うん。『しなきゃいけない』で頑張ってきたと思う。松田先生と話していて、ちょっと自分がわかってきたような気がする」

「へぇ〜進歩しているねぇ。甘えていいのかなって考えは見直したほうがいいよ。じゃさ、入院するほど具合が悪くなって、少しずつしか良くならない病気なのに手助けをしてくれる先生や看護師や家族みんなにごめんなさいって思わなきゃいけないの？」

「だって、母みたいにガンだったらいいけど、私みたいにどこも体悪くなくて見た目何ともないのに、ゆっくりしていちゃダメって心の中から聞こえてくるの」

「そっかぁ、わかるな、その気持ち。辛くなるよね」

病院のレストランの窓は大きなガラス張りで外の景色がよく見える。盛夏の七月ともなるとレストランから見える広い庭一面に青々しい元気な芝生と樹々、その奥に広がる青空を見るのが好きな有紀が話した。

「ね。この外の景色、私は好きなんだよね、春夏秋冬それぞれに変化していく様を眺めているのが。それにね、最近この広い庭にアリが棲んでいるのを発見したの。みんなで食べ物運んだり、外敵と戦ったりしてさ、お互いに助け合って共存している。人間だっておなじ。アリの群れの中で香織アリは具合悪いときに周りに助けてもらうのが申し訳ないから助けてくれるのを拒むかな？」

「それはないわ」

「それにさ、有紀アリや泰彦アリがケガしていたら香織アリは介抱するでしょ？」

「するする。絶対にする」

「両方を考えてみたらさ、自分だけ遠慮するのって自然の法則的にも歪んでないかな」

「あ。そのとおり……」

こんな単純な話だったのかと思うと自分が何にこだわっていたかと不思議になった。

そこで香織は聞いた。

「私、自分の気持ちが歪んでいるってこと？」

「そ。どうして遠慮するのかとか、なぜ歪んでいるのかって、考えるのはそこがポイントであって、申し訳なさで不安になるのが歪んでる証拠。あ～腹立ってきた」

有紀はご飯をがつがつと放り込んでお茶で流し込んだ。

「怒らないでよ、有紀、怖いよ」

「あぁ～も～仕事ならこんなことで腹なんて立たないけど、香織って身内同然だから、地が出ちゃってイラッてきたわ。ごめん、ついつい」

香織は笑った。

「こっちこそ、久しぶりにイラッてる有紀が面白くって。ごめん」

もう一度、お茶をゆっくり飲んでから話を続けた。

「だからさ、遠慮は止めること。一人でつんのめっていても先に進まないと思うよ。泰彦と美里ちゃんに甘えていいかって聞いてみたらどう？」

「そうよね。泰彦さんと美里ちゃんの気持ちなんて考えていなかった。聞いてみる」

「歪みの修正は時間がかかって先が長そうだけど、一人で抱え込まないで、聞いてみることが大事。人とあんまりコミュニケーション取らなかったでしょ？」

なるほどと考えている香織を見ながら有紀は考えていた。香織の状態は、問題は山積したままで表面だけはつつがなく日々が過ぎているだけであり、まず香織自身がまだ自分のことをそれ程に自覚していない。病識は少し持てるようにはなったが、これから先の予防策を図るほどでもない、そして何かストレスがあればすぐに崩れる。

この状態を改善するにはもう少し母の虐待で歪んだ心を認め少しでも修正しつつHSPという概念で香織の心を楽にするべきだと思った。

「とにかく泰彦さんと美里ちゃんに帰ったらすぐに聞いてみる」

食事を済ませた二人はレストランを出た。

「香織、ちゃんと聞くんだよ」

「わかった。ありがとう。またね」

手を振って香織は帰っていった。困るぐらい素直で純粋な心が傷つき歪む姿をこれ以上見たくないと彼女の背中を見送りながら有紀は思った。

「泰彦さん、話があるの」

病院から帰ってきた香織がいつになく真面目な顔をしていた。

香織は玄関にいる泰彦の前まで行って背筋を伸ばして両手のこぶしを自分の胸元に寄せ深呼吸をゆっくりしてから質問をした。

「私、まだ具合良くない。それにいつまでこの状態が続くかもわからない。今まで泰彦さんが助けてくれて嬉しかったけど、その半面申し訳ないと思うと不安になる。そういう気持ちは私の心が歪んでいるから遠慮をするんだって有紀が教えてくれたの。

だから、まずは、泰彦さんがどう思っているのか聞きたくて」

と香織は告白をするような勢いで話した。すると泰彦は笑い香織を抱きしめた。

「俺がいつ香織の世話を拒んだ？　俺はずっと香織と一緒にいたいと思っているから、香織の世話をするなんて当たり前のことだよ。遠慮はやめてくれ。俺だって病気になったら香織に世話してもらいたい。お互い様じゃないのか？」

泰彦に抱きしめられた香織は泰彦の胸に顔を埋めた。

「ありがとう。私、甘えるのを遠慮しなくていいのね。ホントにいいのね」

泰彦は泣きだした香織の頰を指で撫で涙を拭った。

「まだ不安だったらいつでも聞いて。甘えていいのかってさ」

泰彦は嬉しそうにして、それから外回りに出かけた。すると後ろから声が聞こえた。

「ふふふ。今の君たちの話はすべて聞いていたのだ」

と美里が不敵な笑みを浮かべていた。

びっくりして後ろを振り向いた香織は真っ赤になった。

「香織さん、真っ赤になって可愛い」

と笑った。

「ま、で、ですね、私としましては、盗み聞きをしちゃいましたからその続きで発言します。香織さんは、お兄ちゃんにもそして私にも甘えるべきです」

「美里ちゃん、ありがとう」

さらに涙がこぼれる。美里は取ってきたティッシュで香織の涙をそっと拭いた。

「香織さんのこと、私の実の姉だと思っているけど、宣言しちゃっていい？」

「はい。いいです。実姉のつもりで私に甘えてください。あ、違う、今は甘えさせてもらいますが、いつかは私に甘えてくださいです」

と言いながら二人は肩を寄せ合った。そして、

「はい。ティッシュ。お姉さん」

香織にティッシュを箱ごと渡した美里が事務所に戻って仕事をし始めたので、香織は少し休もうとしてベッドに横たわった。気がつくとなんとなく心が軽い。小鳥がフワッと心から飛び出たような面持ちだ。針のむしろの上で生きてきた香織にとって、

「甘えていい」

その言葉だけでも癒やされ、そして満たされてそのまま心地よく眠りについた。


「有紀、今、電話いい？」

泰彦が外回りの仕事をしている間に電話をした。

「さっき、香織が甘えていいのかって聞いてきたよ」

「ふむふむ、早速行動に出たな。で、どうだった？」

「うん。いいよって返事したら泣いていた。それで良かったのか？」

「オッケーよ」

「今更だけど、俺に甘えていなかったってことか？」

「そう、申し訳ないと心のどこかで遠慮していたと思う」

「……俺にはまだまだ香織の心がわかってないんだな。五十点かぁ」

「ん？　三十点だよ」

「え？　三十点？　この点数はショックだぞ。だが俺は、俺は頑張るぞ！」

これでひとつ香織の心が軽くなれたかと有紀は仕事の手を止めて窓越しの青い空を眺めた。

あの母の抑圧は香織の心の歪みの元凶だ。心の歪みをひとつひとつ修正するには時間がかかる。そして歪みが治らないとしても、歪みながらどう対処するかを習得していく。年単位の人間改革だ。有紀は香織を助けるとあの神社の事件で誓った。あの日の香織を忘れない。香織にちゃんと恩を返すと有紀はまた思った。

一方、「歪み」という言葉が気になる香織は、カウンセリング時に松田に質問をした。

「歪みって何ですか？　素直に伝えられないことと関係があるのですか？」

「そうですね。歪みというのは、虐待をしたお母さんに従おうとして自分の気持ちを抑え込みすぎ、自分を素直に表現できなくなったこと。花の種を植えたら芽はまっすぐに伸びます。でも、種を植えた土の上に石があったらどうなりますか?」

「だったら歪みますよね。湾曲して芽を出します」

「香織さんの心はお母さんという石が上に乗っていたので歪んでしか成長できなかったということです。歪みというのは一つの表現だと考えてください」

「私にはどうもピンと来なくて」

「でしたら専門用語になりますが、愛着障害という言い方もあります。愛着障害はアタッチメント障害とも呼ばれています。要するに、親との育むべき愛着が何らかの理由で形成されないために子供の情緒や対人関係に問題が生じることです」

「愛着障害。愛着ですか……あまり使わない言葉ですよね」

「こういう専門用語はあまり患者さんには伝えないんですが……では、愛着とは何かということから始めます。心理学で愛着というのは、生まれて育つ乳幼児期の母と子の密着した関係でできるのが愛着という言葉だというのはわかりますよね」

「はい。それなら」

　愛着とは、子供が母に対して持つ情愛的な絆であり、子供は生まれつきの性格と親との愛着関係や社会に出てからの環境で形成される。生まれ育つ間に親との関係が円満で順調な愛着が形成されるのなら問題はないが、ＤＶ等をする親と子供の関係で良い愛着関係は育めない。それが歪みという表現だと松田は説明した。

「私の歪み。それは子供の頃に植え付けられた歪んだ意識ということですね」

「香織さんは、ご自身の歪みを自覚できますか？」

「それでやっとわかりました。この間も、夫に甘えてもいいのかと聞いたぐらいです。相手に対して遠慮してしまって依存ができない。すぐに取り繕ってしまって……」

「人間は依存社会です。お母さんとの愛着関係で歪み、相手との境界線がわからない。どこまでどう接していいのかがわからないままに育ったということでしょう」

病院から帰途に向かう香織は少しすっきりしていた。何となく何かをつかんだような気分だったが、「愛着障害、歪み、依存」考えることが山のようにあると感じた。しかし越えていかないといけないという気持ちがどんどん増していった。

香織は相談するために有紀の自宅を訪ねた。日曜日の午後、八月上旬の陽差しは強い。その陽差しを避けるためにつば広の帽子をかぶった香織が有紀の自宅の門をくぐると有紀は麦わら帽子の下にタオルで顔を覆いサングラスをして庭に水を撒いていた。

「来たよ。暑いわね」

「いらっしゃい。冷たいスイカ用意しておいたよ」

「こっちはお土産に大黒屋の水まんじゅう」

「お、いいね～、大好物。さっそく食べようよ」


有紀の家の居間には庭に面した長い縁側がある。水撒きをした庭は縁側に吹き込む涼しい風で心地よい。

有紀はスイカと水まんじゅうを盆一杯にして運びながら話した。

「さて、今日は何の話？」

縁側に盆を置いて座布団に座った有紀が聞いた。

「この間のカウンセリングで松田先生に教えてもらったことがあるの。それは、愛着障害というもの。その前に有紀に歪みを教えてもらってから気になっていて質問したら、歪みというのは愛着障害の例えだって教えてくれたの」

「そう。愛着障害」

「今まで、有紀はそういう専門的な話とか、カウンセラーらしい話をしなかったから、今回はちゃんと聞いてみようって思ったの」

「今までは松田先生がいるからあまりそういう話はしないようにしていたし親友のカウンセリングは身内同様だから感情も入ってムカつくし」

と有紀が笑った。

「でも、一番の理由はね、本人が自覚をして欲さないと私が何を言ったって耳に入らないから、その時期をずっと待っていたってこと」

「そうだったなんて。何にも知らなかった。有紀、ありがとう」

「いやいや、いいのよ。で、やっと香織が自分から聞いてきたってことで、ようやく私の出番が来たってとこ」

香織が長崎屋で救急搬送されてから四ヶ月経っていた。

「さて、今日はしっかり話すから香織、心の準備はよいでしょうか」

「はい。お願いします。師匠！」

水まんじゅうを一口美味しそうに食べた有紀が聞いた。

「まずは香織、理解したことを教えてよ」

「うん。わかった。入院してからしばらくは辛くってそんなことを考える余裕はなかったかな。でも、カウンセリングを受けることで母のことが嫌いだったたってハッキリ意識するようになった。それでも無条件に愛されたかったたって自分の口から出たのは驚いた。だからといって今、母さんのことを愛しているとはまだ言えないのが本音」

「そうねぇ。最初から話すと、香織は虐待をするお母さんに反発を感じながら、反発すらできなくて堪えていたことは自覚しているよね」

「うん」

「でも、それだけじゃなかったってことね」

「それだけじゃ？」

「そう、香織が愛着障害になっていたってこと」

「愛着障害だってことを言葉上では知ったって感じかな」

「それが簡単にわかるなら苦労はしないよ」

有紀はそう言いながら扇風機を運んできてスイッチを入れた。

「窓閉めてエアコン使ってもいいけど、今日は自然の風を贅沢に味わいたいから付き合って」

「うん。いいよ。このほうがいい。自然と一緒って気持ちいい」

有紀はそういう香織の言葉に納得しながら縁側に座った。

「愛着障害は大人になって如実に現れるものでもないからね。だけど、いろんな社会適応ができなくて座礁する。でも、その原因が愛着障害だとはなかなか結び付かない」

「なるほど。そう言われるとわかる」

「で、愛着障害は誰にでもあるよ。大なり小なりね。ただ、社会に沿えなくなって問題として明るみに出ると困るわけ。愛着障害が原因で精神疾患になったり、犯罪を起こしちゃう人もいる。そこは人様々だからとても一言では語れないけどさ」

「へぇ～結構、愛着障害ってみんなあるのね」

「うん。極端に例えるとね、教育ママが勉強すればお利口さんなんだよって子供を育てる。他のことはさせない。学校行くときも準備はすべて母親がすると想定する。そうすると子供は言われることはするけど、自発的な意思を持つ必然性がなくなるから応用力も適応力も育たなくなる。それで大学までは何とかやっていけるけど問題は就職してからだよね。自分で考えて行動しなくちゃいけないから仕事だと途端に難しくなる。それでうつ病や引きこもりになる。それは愛着障害が原因ね」

「なるほどなぁ。だったら、私も同じようなものかも。どんなに理不尽でも母さんの言うとおりにしないと生きていけない恐怖政治だったからなぁ」

「それでも香織の場合はお父さんがまだクッションになっていたと思う。確かに無関心で親としての責任感もなかったけど、でも優しい一面があったし、香織はお父さんは厄介だと言っていたけど、それでも好きでしょ？」

「うん。確かに。えっとねぇ、一言で語れば、怖くなかったから父が好き。ってとこ」

香織は智を思い出して笑った。無関心すぎる人だけど父の笑顔は確かに好きだ。

「養育では親が子供に対して無関心なのが一番きつい。だけど香織の場合はそれが逃げる場所にもなったと思うし、ピアノが香織を救ったと思う。だから委縮していたけど、ピアノという香織を発揮する場所があったから手足もろとも断ち切られて親のおもちゃにならなかったと思う。それに香織、勉強も楽しかったでしょ？」

「うん。勉強とピアノはすればするだけの手ごたえがあって楽しかった。母さんに褒められたくって必死だった部分もあるけど」

二人で話しながらぼちぼちとスイカを食べていた。

お腹が膨れた二人は縁側での心地よい一時を味わっていた。

「香織、私がなぜカウンセラーになろうとしたかって動機、話してないわよね」

「そういえば聞いてなかったわ」

「きっかけは高校のときの神社の一件だよ」

「あの？」

「そう。あのとき、香織が助けてくれなかったら恐ろしいことになっていたと思う」

「あのとき。忘れたくても忘れられないことだわ」

「うん。それで私、ショックが大きすぎて……。父が精神科の医師だからどうにかできたけど。それに香織が私を守ろうとしてケガまでさせてしまった。でも香織の家庭をずっと見ていてね、身体よりも心のほうが痛みは大きいって思っていた。それで私、心理カウンセラーの道を選んだの。いつか私が香織を助けるって誓ったんだよ」

「そこまで考えていたのね」

「だってさ、香織の頭に今でも傷残っているでしょ。困ったり悩んだりするとすぐにその傷に手を当てるから、こっちだって忘れられないじゃない」

香織を覗くように意地悪く笑った。すると香織が泣き出しながら話した。

「有紀がそんなこと話すから日焼け止めのお化粧ボロボロになっちゃう」

「ごめん。ごめん。香織は泣き虫だからねぇ」

蟬(せみ)が鳴き出した。神社のあのときも夏だった。二人は扇風機の風に当たりながら、しばらく無言のままで過ごした。

何かあったら守ると互いが思い合い、それぞれに心に誓っていた。

「でさ、香織の問題は母親に従うというルールに縛られ逆に支えられていた。香織を支えていたお母さんが亡くなってバランスが崩れて今日に至ったってわけ」

「そういうことなのね。自分では気がつかないんだなぁ。母さんは私の中で確かに大きな存在だった。泰彦さんよりも優先していたと思う。だから、家庭内別居までしちゃったし。申し訳ないことをいっぱいしちゃった」

「泰彦は香織が倒れてからすごく頑張っている。どうすればいいんだって諦めないで何度も私に相談してきたよ。それで専門用語の嵐だって寝込んだらしいし」

　有紀は大笑いをした。

「そうだったの？　そんなに頑張っていたなんて、もうびっくり」

「そういえばさ、美里ちゃん、兄の脳みそは野球筋肉だってよく怒っていたでしょ？」

「そうね。確かによくそう言うわ」

　そう言った香織は一呼吸考えて話した。

「いろいろあったのね。もっとみんなを大切にしなきゃ申し訳ないな」

「お返しはいつかできるものよ。それより、今は香織の心が健康になることが一番」

　香織は深くうなずいた。

「心の歪みは母さんからの抑圧。もっとストレートに生きればいいってことね」

「そう。まだまだ発作の原因を考えると根は深いけど。とりあえず香織が知りたいというところまでは説明したと思うよ。だけど、愛着障害の実害がこれからどう出るかもわからないし、まだまだだと思うから油断大敵」

「実害ね。これからかあ。とにかくちょっとわかってきたような感じ」

「そうそう、やっとこうやって話ができたことが私としては嬉しいけど」

「うん。甘えます。有紀にもみんなにも」

　香織は右手の拳をギュッと握って頑張るポーズをした。そんな彼女を見た有紀は笑いながら「カウンセラーになって良かった」と心の中で泣いていた。恩返しが少しできたのかもしれないと思うと嬉しくてしょうがなかった。

3-2 HSP

有紀はぼちぼちもう一つの話をするときが来たと思い始めていた。先天的な繊細さを持ち合わせている香織がHSPだということだ。

ようやく香織は気付きを持ち出した。それならこの話を進めないと香織を理解することができない、そして香織も先に進めないだろうと有紀は確信していた。そこで香織が有紀の家を訪ねた日の翌日、有紀は行動を起こしたのだ。

市橋不動産に本が届いた。市橋泰彦様宛。成田有紀からだ。泰彦は有紀に電話した。

「届いたのね。私からのプレゼント」

「HSP。ハイリーセンシティブパーソン。聞いたことないな。これをくれたってことは大切なことだから読めということだな」

「ピンポーン。読んだら私に感想聞かせてね。じゃ」

夕食後、泰彦は渋々ソファに腰掛けながら読み始めた。専門書すぎて脳細胞が壊死する程でもなくわかりやすい本だったので納得しながら読み耽（ふけ）った。

「お兄ちゃん、眉間にしわ寄せて頑張っているけど、本を読むのって体育会系の野球筋肉脳おじさんには無理じゃないの？」

と美里が茶化した。

「有紀大先生からのいただき物ですから、どうであれ読むべしなのだ」

と言いながら泰彦は内心神妙な面持ちだった。有紀がこの本で伝えたいのは香織の真の姿だと思っていたからだ。

翌日の朝、居間のテーブルにＨＳＰの本を置いて朝食を食べていた泰彦は今までの香織とＨＳＰを重ね合わせていた。繊細とか過敏だとかが具体的につかめない。誰でも繊細さや過敏さはあるものだ。香織の繊細さはどのぐらいなのかは靄の中で道を探しているようなものでわからない。

「お兄ちゃん、ＨＳＰの本読んだの？」

「あ、うん。読んだ。一応」

「香織さんが関わっているなら私も知りたい。読んでいい？」

と美里が居間のテーブルにあるＨＳＰの本を持ってきて話した。すると香織が、

「私のことだから、私も読みたいわ。美里ちゃん、次、私に読ませて」

興味ありそうに言ってきた。

「そうそう、みんな読んで共有したほうがいいね。お兄ちゃんは読んでもピンとこないだろうけど」

「え、俺が鈍感だっていうのか。……そうかもしれん。ざっと読んだけど、どうもうまく香織との接点が結びつかなくて困っている」

「鈍感な人にはずっとわからないいんだよ」

「給料下げるぞ」

「なんという兄なの。こんなに健気でかわいい妹に対して」

「まぁまぁ、お二人さん。あなたたちの掛け合い聞いているのは楽しいけど、そこまでにしましょう。もう事務所開けないとね」

香織がそんなことを言うなんてと二人は驚いた。


仕事を始めた泰彦と美里は互いに香織の変化に気がつきだしていた。

「今までの香織って無口だったし、あんな言い方しなかったよな」

「確かに。最近、あるよね。しっかり者って感じのいい方。あれが本当の香織さんなのかもしれないよ。今までは母の支配下に置かれた奴隷だとしたら」

ＨＳＰの本はわかりやすく様々な特徴を書き出してあるので読み易い。美里も香織もその日の夕食までに読み終え、夕食中に美里が話した。

「お兄ちゃん、ＨＳＰの本ってわかり易かったけど、特徴をひとつひとつしっかり理解していかないと流し読みになっちゃいそう」

　泰彦も同様の意見だ。

「私は自分がＨＳＰだってわかったから驚いたわ。私の心を勝手に開いて覗かれて、こういう人でしょって暴かれた気分」

　香織はさてどうしたものかという顔をしている。

「過ごし方のアドバイスは使えそう。母さんはＤＶしたけど、受け取り方もあったのかもって思った。だって、今、ここにＤＶをする母さんがいたら、泰彦さんと美里ちゃんと私では態度が違うって思ったの。泰彦さんが息子だったらどうしたと思う？」

「まず止めさせる。体力で勝つ」

と、自慢そうな泰彦。

「私ならＤＶされながらでも反抗するよ。叫んで反論しまくる」

と美里は好戦的なファイティングポーズをした。

「私は母さんのＤＶをただ黙って受け止めていたの。言われるがまま、されるがまま、怖くて逆らえなかったし、この時間を過ごせば終わりだってずっと我慢をしたの」

「三人三様の対応に分かれるな。そうか、そういうことか。そう考えれば、香織の性格とかHSPとかいうのがよくわかるよ。だからHSPの香織はお母さんのDVに敏感に反応して余計に黙ったんだよ」

　立ち上がって力説する泰彦を見た美里は、

「お兄ちゃん、どうした？　大丈夫？」

と諌（いさ）めた。

「いや、わかったよ。HSPが。なんとなくかもしらんが」

「そんな簡単じゃないって、HSPって言ったっていろんなタイプがあるみたいだしよく考えなきゃいけないとこだよ。もう、やっぱり脳みそ野球筋肉でしかできてないなぁ。単純で手のかかる弟みたいな兄だわ」

　と美里は兄を眺めながらため息を漏らした。

「母さんが亡くなるまで、私はただ人を避けるように下を向いていた。できるだけ邪魔にならないように。それに人の輪の中に入ってというのも苦手だったし、疲れちゃうから避けていたな。だから一人でいるほうが楽で好きだった」

　香織が思い出しながら話した。

「それがHSPってことでしょ？」

「美里、そういうことだよな。人に言われることに過敏で、悲しいことがあったら人よりも高い感受性でダメージを受ける。だから、一人を好む。そして過敏なだけに一人で過ごさないともたないってことか」

　泰彦はすっかりわかったように高揚していた。すると香織が話した。

「私にはピアノがいてくれたから救われたのね」

「香織は一人を好み、ピアノという友達とずっと過ごしてきたってことだよ」

　泰彦はカウンセラーもどきで一人納得していた。

「香織さんはそれで寂しくはなかったの？」

「そうね。寂しくはなかった。それに有紀もいたから」

「有紀とは本当に長い付き合いなんだな。俺、絶対に負ける気がする」

「お兄ちゃん、野球筋肉脳だからって上がったり下がったり馬鹿丸出し」

　美里は怒った。

「いや、美里、お前が知らないだけだよ。香織と有紀の繋がりは深いと思う」

「へぇ〜。香織さん、そうなの？」

「そうね、泰彦さんとはまた違う絆があるって思っているわ」

「絆かぁ。ピアノも香織さんとの絆は深いってことになる」

「そう、美里ちゃん、そうかもしれない。ピアノのコンクールで入賞すると母は当たり前みたいな様子でも満足そうだったから余計に期待に応えようとしたなぁ。だからかしら私の使命だって思っていた部分もあった。

だけど、今考えるとピアノは唯一の隠れ家だったのかもしれない。そういうこと全部含めてのピアノと私は深い絆ってことね」

泰彦と美里は華奢(きゃしゃ)な香織の心に触れて言葉が出なかった。

翌日、泰彦は有紀に電話をした。

「有紀、読んだよ。あの本は香織のことだな」

「私はそう思っている。ＨＳＰは香織の一番奥深くの心の扉を開ける鍵だな」

「やっぱりなぁ。時間もらえないかな。じっくり聞かせてほしい」

「こっちもそうしたいから、よろしく」

次の日曜日の午後、泰彦は実家の裏山の海を見渡せる頂上に有紀を連れていった。

「静かなところで話聞きたかったからここを選んだ。なかなか景色きれいだろ」

「十分も山を登らされてどうなるのかと思ったけど来て良かったわ。天気も良いし、そよ風も気持ちが良くていい感じ。このままお昼寝したいけど、さて、香織だね」

有紀は泰彦にＨＳＰの本を読んでどう思ったかをまず聞いてきた。香織の性格を書き出したような本だと思い、何度も確かめるように読んだこと。読んでいると香織が本の中で苦しんだり、頑張ったり、悲しんだりする顔が浮かぶほどだったこと。

香織と義母の関わり合いを考えてみると、義母のＤＶだけが問題ではなくて、受け取る香織がＨＳＰだったからこういう結果になったこと。それに、香織も美里も読んで三人で話をして香織の気持ちも聞くことができて一歩進んだようだと泰彦は話した。

「いい家族に囲まれた香織は幸せだね。ずっと不憫だと思っていたのに、結局一番幸せなのは彼女なのかもしれないって考えると嫉妬しちゃうな」

有紀は嬉しそうに笑った。そして海を眺めながら語った。

「ＨＳＰというのは『非常に感受性が強く敏感な人』という気質。病気でもなく障害でもないカテゴリーってことね。それにひとつの用語を使うだけでその病状をしっかり理解できる助けになると私は思っている。『あなたの神経は繊細で過敏です』と言われるのと『あなたはＨＳＰだから繊細で過敏です』と言われるのとでは受け取る人の意識も変わると思うのよ」

「確かにそうだな。三木先生にも有紀にもほかの人からも、香織は繊細だとか過敏だとか言われてきたけど、有紀がＨＳＰの本をくれなかったら俺はそこまで深く香織のことを認識できなかったのは事実だ」

「だから、用語って大切。ま、それで用語パニックした君には申し訳なかったけどさ」

有紀は泰彦の顔を覗いて意地悪そうに苦笑した。

「おいおい、そこでいじめないでくれ。俺は俺で苦労しているんだぞ」

と困惑顔。有紀はよく頑張ってくれたことを認めるように相槌を打って続けた。

「頑張っているってば。よくフリーズしているけど」

「たまには茶化す前に褒めてくれ」

「はいはい。野球筋肉脳さん」

「そこかよ。参ったなぁ」

どうも有紀と美里には勝てない泰彦だ。

「で、HSPでも神経症でも発達障害でもその人その人のレベルがある。ガンでもステージ1と4では差があるようにね。香織のHSPはかなり高いレベルだと思う」

「あぁ、それは感じるよ。見ていて痛々しく感じることがある。それにHSPだとわかってから余計に感じるよ。今までの香織を思い出してみると俺が見落としていただけで至るところでHSPだったってわかるようになったな。そう思うと愛おしくてさ」

「だよねぇ。だから愛おしさが増すのよ」

泰彦はうんうんとうなずいた。泰彦は小石を拾い海にめがけて思いっきり投げた。

「香織は俺のそういう気持ちわかってくれているのかなって思うことがある」

泰彦はコーヒー缶を有紀に渡し、二人は小さな休憩所のベンチに腰かけて飲み始めた。

「ＨＳＰはまだ別のカテゴリーとも関連するから、泰彦にはもうちょっと知ってほしいことがあるの」

「おいおい、まだあるのか。俺、耳の中が洪水になりそうだよ」

「まず泰彦の脳のストレッチが先だね」

有紀はコーヒーを一口飲んだ。

「香織は子供の頃からピアノの天才だと言われてきたんだよ。それは神様からの贈り物であり、神様がくれた才能とも言われているギフテッドだと思ってる」

「香織はそこまでピアノすごかったのか？」

「案外、身内のほうが知らないのかもね」

「俺、ピアノなんて全くわからないしなぁ。それに香織、そんなこと言わないし」

「確かに。で、話を続けるけど、先天的に高い学習能力や豊かな精神性を持っている人はさらに二種類に分類されている。ギフテッドとタレンテッドと言われている。ギフテッドは全般的な能力と学術的な才能、タレンテッドは芸術的な才能。その八割がＨＳＰだと言われているからさ、結びつきは大きいと思うんだ」

「へぇ〜そうか〜とは言えないぞ。また新しい用語が増えた」

泰彦はうなだれた。

「頑張って聞きなさい。そこの野球筋肉脳の君」

「はい。すみません」

「それでね、香織がピアニストとして期待されていたのも当然だったのは、このタレンテッドとHSP故の力ってとこだと思う」

「へぇ、ピアニストとして期待されていたのか。もったいないよなぁ」

「本当にもったいない。香織が大学生のときに留学の話があったけど母が行かせなかったって。香織は家業を継ぐからそこまでしなくていいとか、そこまでお金をかける必要がないとか言ってあの母親は嫉妬して相当荒れたらしい。香織は行きたかったけど家庭の事情でと断ったって。あのときは香織、泣いていたよ」

「え、親が嫉妬？　あり得ないけど、あり得ちゃったってことか。納得なんかできない話だな。海外留学に行けなかった理由は母親の嫉妬ですなんて聞いたことがない。俺なんて野球一筋で練習こなしてやってきたって甲子園かすりもしなかったよ」

有紀はやれやれと肩をすくめた。

「彼女と君とを一緒にしてほしくないけどな」

「はい。すいません。先生」

泰彦はそう言いながら小石をもう一つ拾って、さらに力を入れ海に向かって投げた。

「そのときに俺がいたら、どんなことをしてでも留学させてやったのに。くそっ」

それから頂上の休憩所で二人はぼんやりと過ごしてからまた有紀が話しだした。

「でさ、香織らしさが見え出したのっていつ頃からだと思う？」

「そうだなぁ。結婚当初は今みたいな感じじゃなかった」

ＨＳＰの香織は、場や人の空気を深く読み取る能力に長けているために、逆らわずに母に対して従うことを選んだ。そして繊細なために母を責めることなく母の気持ちを優先したために嫌いな母でも機嫌を取ってきた。そう説明した有紀が続けた。

「そう考えると、香織は脱力して救急搬送されたときからやっと彼女らしく生き始めたのかなって思うんだよなぁ。お母さんが亡くなってやっと抑圧から解放されてね」

それを聞いた泰彦は空を見上げて話した。

「香織はずっと母という名の監獄に入っていたってことか」

「そうね、それも自ら母の監獄に入っていたってことね」

「随分と自虐的な生き方をしてきたことになるよな」

「だね、彼女はそうするしかできなかったと言ったはうが正解かな」

「しかし、母の恐怖政治とＨＳＰ香織の二本立てで成り立っていた人生ってさ、砂上の楼閣の、堅牢な座敷牢といったところだな」

「超合金の牢屋だね」

有紀はため息をついた。すると泰彦が聞いてきた。

「でさ、今の香織の状態が彼女らしいって言われても、旅行は元より映画観に行ったり、友達が家に遊びに来て会話が弾んだり、それだけで疲れて寝込んだりする。それが当然だってこと？　それが病気じゃなくてＨＳＰだからってことなのか？」

「両方かもね。まず、ＨＳＰは刺激に敏感なはず。だから、苦しくても、悲しくても、嬉しくても、同じ刺激として脳が受け取るからダメージを受けて疲れて寝込む。それだけ普通の人よりも過敏で繊細だってことだよ。それに直接的な刺激でなくても周りの様子にも過敏に反応しちゃう。人混みとかネガティブな感情とか、様々な情報が無意識にダメージになったりする」

「嬉しくても？」

「そうよ。脳は楽しくても苦しくても刺激として受け取る」

「それって日常生活すら負担になるとしか思えない。そんな神経だったら辛いな」

「香織の場合は後天的に親のＤＶや無関心による愛着障害で神経症がプラスされているから、繊細に受け止めてしまったストレスが重ければ過呼吸や不安発作とかの病的な症状が出るってところ」

「それって二重苦？」

「そうなるね」

泰彦にはとても想像ができることではなかった。

「だけど、その半面でＨＳＰはピアノの才能を香織に持たせたとも言える」

有紀は寂しく語った。泰彦が思い出して話をし始めた。

「絶対音感の香織が困ると言っていたことがある。絶対音感のために、耳に入ってくる音の音程がわかるからついついそういうアンテナを立ててしまい、音符に変換し頭の中で楽譜を書いてしまう。

だから疲れているときとか風邪を引いて具合が悪いときとかは特に音楽を聴きたくないと言っていた。コンサートに行って大好きな交響曲になると、頭の中で総譜を描き、聴こえてくる楽団の音とを照合して一致するとすごく感動するとも言っていた。

他にも電話で相手の保留音を聞きながら待っていると『そのベース音間違っている』とか『コード進行的に考えたらそのコードは違うはずだけど、それはありなのかな』と仕事中に困っていたこともある。

それは絶対音感だからと受け取るのではなくて、人よりも敏感な感覚を持っているかと考えればストレスも当然受けやすくなることをようやく理解したよ」

有紀はうなずいた。

「香織が家で音楽聴くのはあまり好きじゃないとか話していたことなかった？」

「気にしてなかったけど、そういえば家で音楽聴いてないよ。疲れるから音楽を聴きたくなかったというわけだ」

「ピアノは全身全霊を傾けて弾くのって香織が話してくれたときがあったけどさ、どれだけの気力を込めているかなんて凡人の私には想像ができない」

そう言った有紀は飲んで空になった缶をベンチから五メートル先のゴミ箱に投げた。しかし、缶は届かずにゴミ箱の前で転がった。

「非凡って苦労するな」

「そういうことね」

「それに、病気まで。よく耐えているってことか」

泰彦も飲み干したコーヒー缶を投げて見事にゴミ箱に収めた。

「俺、運動神経は敏感で繊細だぜ」

「違うでしょ。その言い回し。ホントに野球筋肉脳だわ」

有紀は入らなかった自分の缶を拾ってゴミ箱に捨てながら笑った。

「これで香織がどういう人かというのはわかってきたかね、泰彦君」

振り返った有紀が質問をした。

「はい。先生」

有紀は本来の生まれ持った気質や性格だけではなく、人間は先天性のものと後天的な環境で創りあげていく。今の香織は過去と素の香織の融合したものだと説明した。

「なるほど。言われれば理解します。先生」

「はい、よろしい。では、また説明不足の部分の説明をします」

と有紀は続けた。

母の介護時はＨＳＰの「誠実・責任感が強い・期待に応えようとする・自分に課したルールに厳しい等々」という特徴の如く遂行したために過度に緊張して自分の心身を消しゴムのようにすり減らした。そして母の死亡後の発病は、ＨＳＰありきの介護とそれまでの抑圧からの解放の二つが原因だと推測した。

「そうなるのか……」

お手上げ状態の泰彦はただ聞いていた。ＤＶの記憶はあっても発病後母のことを考えられなくて真っ白になるというのは、隔離（分離）といって、事実あったＤＶと、受け入れがたい感情を拒否して自分自身を守る分離した状態のこと。

入院時の外出で自宅に戻り母の部屋を壊したのは、ＤＶをした母と暮らした家がいきなり事実として目の前に立ちはだかったため、受け入れることを拒否している感情が一時的に爆発して攻撃したものではないかということだ。

今後もカウンセリングを続けて香織自身を見つけていくべきだと有紀は話した。母が亡くなったことで監獄から解き放たれて楽になったのは間違いがないが、長年監獄に居た心はまだ監獄の中に置き去りにされているだろうと言った。

「で、有紀、これからはどうしていけばいいんだ？」

「これからは、ＨＳＰの香織と付き合っていくという意識を持つことが一番ね。だけどまだ病的な部分が強いからゆっくり香織に合わせて彼女らしい生き方を見つけることだな。感情の起伏を起こさせないような平坦な暮らしをするのがベストだと思う。人よりも感度の高いアンテナを常に張っている状態だから」

「それがこれからのポイントになるってことだな」

「そ。まぁ、ＤＶの母と、発達障害の父を持つ娘は、愛されることを諦めてしまった。しかし白馬にまたがった王子様がやってきて、彼女は愛されて幸せになりました。でも彼女は愛されるだけではなくて、愛することでさらに王子との絆を深め一生幸せに暮らしました。このおとぎ話が最後まで実話になればハッピーエンドだよね」

「わかった。俺は香織の白馬の王子になればいいんだな」

「あ、その前に白馬の王子はテストを受けなきゃいけないかもよ」

「え？　テスト？」

「それは、自己愛テスト。白馬の王子様が未熟な自己愛だったらハッピーエンドにならないでしょ。もし未熟な自己愛王子なら、完璧な成熟王子になるまで特訓しなきゃ」

有紀は大爆笑した。

話し終え帰路についた。

「今まで私はカウンセラーの松田先生が担当しているから直接的に香織に関与することを避けてきたの。親友だし、それはカウンセラーとして関われないルールがあるからだけどね」

「そうだったのか。だからつかず離れずの位置に居て、俺にアドバイスをしていたのもそういう理由からか」

「ま、将を射んと欲すれば先ず馬を射よってところもあるけどね。なかなか泰彦は歯ごたえあって面白いよ」

「え？　歯ごたえってどういう意味だよ。参るなぁ」

「ま、好きでやっているから気にしないで。なんたって香織が大切なのは泰彦だけじゃないしね」

「そりゃそうだよな。有紀のほうが俺よりはるかに繋がりが強い。俺、頑張らないと」

泰彦はどうにかしたい一心でハンドルを強く握った。すると有紀が話した。

「午後四時かぁ。純一は県外出張で不在なの、また美里ちゃんの美味しい夕ご飯漁りに行っていいかな。美里ちゃんの大好きなアイスクリームたくさん買って」

「了解！　それはダブルで美里が喜ぶぞ」

泰彦は海を背に市橋家に向かって車を走らせた。


「えー！　有紀さんが来るならどうして先に連絡くれないのー！　ホントに気の利かないお兄ちゃんなんだから。有紀さんいるなら張り切ってご馳走しなきゃ。佐々木精肉店に行ってくる。今夜は焼き肉パーティーにしよう！」

と美里ははりきって出かけた。

「美里ちゃんにアイスクリーム渡すタイミングがなかった」

と有紀は台所の冷凍庫を開けてアイスクリームを収納した。

「有紀。来たのね」

二階の寝室で仮眠を取っていた香織が嬉しそうに降りてきた。

「休んでたけど、三人の元気な声が聞こえてきて飛び起きちゃった」

「起こしちゃったかな、ごめん、香織」

有紀は香織の様子をうかがった。確かに元気がない。病院で昼食を一緒にしたときには見せなかった日常の様子だ。

「なんとなく元気がなさそうだし、今、お昼寝していたでしょ？　何かあったの？」

「うん。今日の午前中にお買い物に出かけたら中学時代の同級生に会って誘われてお茶したけど、話が合わないし、中学の先生とか同級生への罵詈雑言で気分悪くなって途中で帰ったの。それに最近、頭痛も酷いから午後から横になっていたの」

「頭痛の他に身体的な問題はない？」

「そうだなぁ、頭痛、胃痛は入院しているときもあったけど気にするほどじゃなかったの。だけど最近だんだん痛くなってきている。それに寝ている間に歯を食いしばって歯が痛いときがあったりする」

有紀は少しふらつく香織を支えて居間のソファに座らせた。有紀は身体症状症を疑った。頭痛と胃炎も同様だろう。それは本当に身体の一部が悪くなったのではなくストレスに患う脳がフェイクの痛みでストレスの吐き出しをするものとされている。

「お義母さんが生きているときは、具合が悪くて寝込むなんてなかったんだけどな。それが退院してからこういった感じで毎日過ごしているよ。俺はお母さんに味方していた香織より、今の香織のほうがずっといいけど香織にすれば厄介な状況だと思う」

と泰彦が補足した。

「有紀、私、どうなったのかな……」

「松田先生に話している？」

「うん」

「だけど、松田先生も三木先生もお薬もらってまず様子みましょう。で終わっているし。それで飲んでいるけど改善されないまま」

「香織、今度の診察はいつ？」

「えっと火曜日の午前中」

「じゃ、三木先生に胃と頭部の検査をお願いしてもらえないかな？」

「うん。頼んでみる」

「身体の検査をしてもらおうよ。あ、それから……」

　と有紀は携帯をしばらく検索して、ポチッと携帯を押して何かを買ったらしい。

「マウスピースを買ったから、歯を強く噛むなと思ったら寝るときは必ず装着してね」

「有紀、ありがとう。マウスピースを使うって？」

「ストレスのはけ口で歯を強く食いしばるようになったのかも。このまま放置すると、歯がぐらつきだして抜けてしまうこともあるの。そうなると頭痛も酷くなるしね。だからマウスピースで強く食いしばれないようにすると、脳が食いしばれないことを知って、これは無駄だと察し止めるから」

「へぇ、ストレスを出せなくなるから脳が諦めるってこと？」

　香織は驚きながら聞いた。

「そういうこと。ちょっと面白いでしょ。でも、一旦止めても、ストレスでまた歯を強く食いしばるかもしれないから捨てないで一応所持はしておいてね」

「わかった。そうする」

「それでね、頭痛とか胃痛もストレスが作っている痛みだと思う。だけど本当のところは検査しないとわからないから。三木先生とお話ししてね」

「有紀はさすがだよ。ホントにありがたい」

「どういたしまして。私と香織は愛し合っているから当然だよね、香織」

「ね、有紀」

「あぁ〜あ。また俺、除外」

泰彦がすねたところに、美里がドタバタと帰ってきた。

「さぁ〜焼き肉大会だぞー！」

「美里ちゃん、冷凍庫覗いてみて」

美里が冷凍庫を覗いたとたんに踊り出した。

「きゃぁ〜大好物が冷凍庫の中にギッシリ詰まって、こっち見て、食べてねーって呼んでいるではないか！」

まるで一人漫才の美里に全員が爆笑した。

4　解き放たれた香織

4－1　香織とピアノ

八月上旬。香織は有紀に言われたとおりに診察で三木医師に脳と胃の検査をお願いした。快諾した先生が指示を出し検査を受けた。検査結果を待つ間、時間があった。

「そういえば病院の玄関ホールにグランドピアノがあったな」

付き添いで香織と一緒に来ていた泰彦が思い出して有紀に電話をして尋ねた。

「あ、俺、泰彦。今、診察を受けて検査結果の時間待ち。時間あるから玄関ホールにあるピアノ、香織が弾いてもいいかな？」

「隅に置いてあるだけだったと思う。ちょっと父に頼んでみる。許可が出たら私からフロントの受付に回して準備をしてもらうからフロントあたりで待っていて」

「すまないな。よろしく」

二人は玄関ホールに向かいフロントの側で待っていた。すると受付をしている清水(しみず)が小さな声で話しかけてきた。

「あの、有紀先生から聞きました。できたら、ラ・カンパネラお願いできますか？弾いていただけるなら、私、院長説得します」

後ろから受付の河村(かわむら)が声をかけてきた。

「清水さん、説得しなくてもＯＫだって」

「え？　残念。清水さん、良ければ弾かせていただきますがいいですか？」

「あの、清水さん、リクエストできなかった～」

「ありがとうございます！」

「清水さんだけじゃなくて、私もいいですか？」

河村が清水を押しのけて頼んできた。

「はい、どうぞ」

「じゃ、甘えて、ドビュッシーの月の光をお願いします」

清水と河村がグランドピアノの準備を始め出した。それを見た周りの人が集まってきて河村に聞いた。

「演奏会が始まるの？」

「演奏の準備しています。良かったらリクエストしてください」

「じゃ、シューベルトの軍隊行進曲をお願いします」

「私、ショパンの幻想即興曲を！　それに、熱情も」

次々と声がかかってきた。

「香織、たくさんやれる？　大丈夫か？」

「うん。ピアノなら。私、ピアノなら弾きたい」

「『弾かなきゃ』じゃないのがいいな」

「うん。泰彦さん、私を見ていてね」

泰彦はとても嬉しかった。愛しい妻の最高の笑顔だ。


玄関ロビーはグランドピアノの周りを囲む観客で賑わった。そして香織がピアノの椅子に座り、一呼吸してからゆっくりとピアノに手を置き弾き出した。

観客は香織の演奏に聴き入った。ラ・カンパネラ、月の光、軍隊行進曲、幻想即興曲、ピアノソナタ熱情。リクエストされた五曲を弾きこなした。

観客は感動しロビーは拍手の海になった。香織はとても幸せな笑顔でゆっくり艶やかに御挨拶をした。その姿は美しいドレスを身に纏ったプロの演奏家のように見える。

その情景を一番後ろで見ていたのは、有紀と有紀の父である院長の祐一朗だ。

「香織、ピアノ弾くとすごい。最高だよね」

有紀はホントに嬉しかった。

「そうだな。最初に香織さんの演奏を聴いてから香織さんのファンになったからね。素晴らしい感性を持ったお嬢さんだ」

「でしょ、彼女はすべてが感受性に溢れた特別の人間だと思っている」

「有紀、お前にはいい友達が居て幸せだ」

「うん。お父さん、私は香織に会えて良かったと思っている。最高の友達だよ」

二人は美しい香織に拍手を送った。ミニ演奏会が終わった頃に検査結果が出たが休みたいという香織を車の中に置いて、泰彦だけが話を聞いた。

「身体的な異常はないから、身体症状症でしょうなぁ。要するに胃が悪くないのに痛みだけ感じるようにさせたり、頭痛を出したりして、これ以上ストレスを作って脳を虐めないでくださいってシグナル出している感じですね」

「そうですか。どうしたらこの症状は収まりますか？」

泰彦は有紀が言ったとおりで納得しやすかった。そして新しい課題ができたなと思いながら質問した。

「それも香織さんに合わせた休息をしてください。単に休むというよりもリラックスをすることとです。副交感神経が優位であれば心身のリラックスができます。そうすれば頭痛や胃痛は収まります。とにかく案外効くのは、胃が痛いって思い込んでいるだけだって胃に呼びかけてみることとです。試してみてください」

「なるほど。香織に合わせた休息ですか。具体的に今どうすればいいかは思い浮かばないです。身体というより心のリラックスですか」

「そうです。心のリラックス。心のね。それに『胃が痛くなるはずがない』。この魔法の言葉を使ってみてください」

八月上旬の病院の庭は暑かった。しかし、涼しい風が吹いているので、木陰なら居心地のいい休憩所になる。車中で休憩していた香織がしばらくすると、

「少し楽になったわ」

と言うので自然の風に吹かれるのもいいかと思った泰彦は香織と木陰のベンチに座って話した。

「香織、さっきのピアノ演奏、すごかった。わからない俺でも感動したよ」

「良かった。それなら嬉しいな。私はピアノなら弾けるって最近わかるようになってきたの。だから、みんなが喜んでくれるならもっとピアノを弾いてみたいな」

「俺、ピアノを弾く香織を見て惚れ直したよ。別人みたいでさ、今まであんな綺麗な香織見たことなかったからドキッとしたよ」

「え？　そう見えたの？　元々美人じゃなかったから余計にそう見えたのかしら」

泰彦はうつむいて顔を見せまいと隠した。泰彦の顔が真っ赤だからだ。彼は香織に真っ赤な顔を見られまいと立ち上がり座っている香織の後ろに回り耳の上の怪我を覆い隠すように香織の頭を後ろから抱きしめた。

「泰彦さん、前が見えない。う〜ん、かくれんぼするの？」

と香織が笑った。

「そう、今から二人でかくれんぼ大会しよう」

「二人でかくれんぼはできないよ。人数足りないから」

「だな、じゃ有紀を呼ぼうか。お義父さんも、美里も、あ、俺たちを会わせてくれた黒瀬も、俺の親父とお袋も、それから有紀のご両親も、みんなと香織でかくれんぼだ」

「変なこと言うのね、泰彦さんったら」

香織はクスクスと笑った。

「香織はピアノを弾いても弾かなくても綺麗だよ」

「え？」

「俺、こういうこと言うのは苦手だ、一回で理解してくれ」

「ありがとう。私を綺麗だって思ってくれて」

香織は微笑んだ。結婚とは絆を作る媒体なのかもしれないと思った。そして互いが思いやれる関係を作る器だと泰彦は確信し、香織の頭を抱えたままで話を続けた。

「この間は香織をパニックにさせちゃってすまなかった。だけど、どうしても話したいことがあるから聞いていていてほしい」

香織は小さくうなずいた。

「今まですまなかった。俺、結婚してからずっと市橋家の養子を務めるだけで、香織と面と向かって話すこともなく、離婚まで考えていた。結婚なんてこの程度だろうと思い込んで完全に冷めていた。

でも、こうやって幸せそうにピアノを弾く香織がホントなんじゃないかって思う。お母さんと香織の繋がりに邪魔されて、俺は本当の香織を見つけることができなかった。辛かったと思う。それなのに俺、少しも気づいてやれなかった。手を差し伸べることすらできなかった。香織を守ることなんて全くしなかった。

それに今もまだ香織は良くなったわけじゃない。だからこそ、これからも俺はそういう香織も全部俺が守る。それに、香織が入院してからわからないことだらけですぐに凹んでつまずいて悩んでちゃんと対応できなかったと思っている。

それでも香織はいつも俺を見ていてくれたよな。俺にはもったいないと思う。俺にとって香織は最高の人だ。香織、今まですまなかった」

香織の涙が彼女の顔を覆い尽くしていた泰彦のシャツの袖を濡らし始めた。

「泰彦さん、私が泰彦さんを大切にできなかったの。私のほうが謝るべきことだと思う。ごめんなさい。ごめんなさい」

「香織……」

香織は泣きながら香織の頭を抱えた泰彦のワイシャツの袖を握りしめた。

泰彦はもう泣くことも隠さず、香織は涙で襟元をぬらしながら、互いを思い合った。

そして互いを思いやれる夫婦としての一歩だと二人は感じ合っていた。

そして九月になった。香織はＨＳＰにふさわしい生活を目標にして穏やかに過ごすようになり、徐々に回復していった。発作が出ても小さなレベルで終わった。外出も控え、人混みを避け、刺激になるようなことは避けた。

そしてピアノに打ち込んだ。ＨＳＰならＨＳＰの良いところをピアノで表現できるなら、そして弾いて喜んでもらいたいと思い始め本格的に練習を再開した。泰彦は有紀からの厳しい指導のお陰で香織の病気やＨＳＰのことをよく理解し、「刺激」という文字を白い大きな紙に大きく書いて居間に貼った。それを見た美里と香織は大笑いをした。書かないと気をつけられないのが泰彦らしいと。

九月中旬に泰彦と香織、美里が海に出かけた。純一夫婦が海釣りに誘ってくれたのだ。泰彦たちは真っ白なフィッシングボートに乗った。

「みんな、楽しそうでいいわね」

香織はみんなを見ているだけでニコニコしていた。

「香織、これぐらいの刺激は大丈夫なのか？」

泰彦は船酔いで真っ青になりながら心配をして香織に聞いてきた。

「こうやって座って、みんなの様子を見て楽しむなら大丈夫だと思う」

「そかそか、俺は船酔いマックス。香織の横で一緒におとなしくしているよ」

そのうちフィッシングボートが予定した釣り場に着いたので、泰彦と香織以外のメンバーはそれぞれに釣り糸を垂らしてゆっくり釣りをしだした。釣りグループの3人は会話を楽しみながら釣り糸が海の中から引かれるタイミングを待っている。


晴天の空と穏やかな海に囲まれた香織と泰彦はボートにもたれていた。風が運ぶ潮の香りに包まれ、ボート近くの空を旋回するカモメをボンヤリと眺めていた。

「ね、泰彦さん。私、ピアノコンクールにチャレンジする」

「うん。……え？　香織が？」

「そ、私が。私、やってみたいの」

弱々しいはずの香織が、自分の意志で動こうとしている。

「十年のブランクがあるから、何処までやれるかなんてわからないし、かなり無謀なのはわかっているつもり。

だけど気にしないことにした。他人の評価なんて気にしない。私が弾きたいから弾くの。ピアノを弾いて生きてきて良かったって納得してみたいの」

しばらく沈黙が続いた。泰彦は香織の心情を受け入れるのに少し時間がかかった。

「そうか、自分の意志で歩もうと思ったのか」

「もう母さんとか泰彦さんのためでもなく、私らしく生きてみたいと思ったの」

「応援するよ。市橋家から遅咲きのピアニストが誕生するのか」

「やだ、そんなことおいそれと言わないで」

香織は恥ずかしくなり、泰彦の口を慌てて両手で塞いだ。

「では、香織爆弾発言記念に」

香織の肩を抱き寄せた泰彦は携帯で爽やかな空と海を背景に二人で写真を撮った。


「まずは、このコンクールに出場してみようかと思うの」

釣りから戻って一休みした後、居間のパソコンでしばらく検索していた香織が泰彦を呼びパソコンの画面を見せた。

「へぇ～こういうコンクールがあるのかぁ」

「そうなの、結構あるのよ。コンクールの前に先生のレッスンを再開したいんだけど」

「と言うことはまた東京のレッスンに通うってことか？　そうなると電車はまだ無理だろうから、とりあえず俺が車運転するよ」

「無理なことを言ってごめんなさい」

「俺は香織の白馬の王子様になりたいからやるよ」

「ありがとう。本当にありがとう。白馬の王子様よろしくお願いします」

泰彦は香織の嬉しそうな顔を見て満足だったが、そう話しながら気になった。王子様……そうだ有紀だ。未熟な自己愛王子じゃなくて、今の俺なら少しは成熟した自己愛王子になれたかなと一人で納得した。

母の祥子が居た頃の香織と今の香織とでは生活が百八十度変わった。以前は家事から家業の手伝いまで休むことなく動いていたが、今は、本来の香織として生活をするようになった。ピアノに再度向かう目標は自分らしい生き方を選択した証しだ。

診察は一ヶ月に二回で軽い投薬程度になった。疲れると頭痛はしても胃痛は消えていた。強く歯を噛むのは有紀のアドバイスとプレゼントですぐに収まった。発作もほぼ出なくなり見た感じは元気に見える。それにレッスンにも通うようになって充実した日々になっていった。


昼食を済ませた家族が居間のテレビで昼のニュースを見ていたとき、ソファに座っていた香織がいきなり立ち上がって宣言した。

「今から、母さんの部屋の遺品を処分してくる」

「え？　それ負担にならないのか？」

「香織さん、いいの？　また大変にならないの？」

泰彦と美里の声も聞き入れないまま祥子の部屋に向かった香織は部屋の前で立ち止まった。

「私は大丈夫になったの。だから母さんと真正面から向き合う。母さん、私は今から母さんの遺品を整理するから。邪魔しないで。

私はもう母さんの道具でもない、操り人形でもない、奴隷でもないの。だから、私を私でいさせて。香織を香織で居させてほしいの」

そう言って深々と頭を下げてから、部屋に入って整理を始めた。再び母の呪縛に襲われるのではないかという恐怖をはねのけるようにもう居ない母に対して話しながら。

「母さん、この化粧品は全部処分するからね。あの世では使えないし、母さんでもあの世に持っていけなかったからね」

「あ、このバッグ、母さんが気に入って外出のときによく使っていたね。これはもう少し私が持っていることにする」

「洋服、こんなにあったのね。気がつかなかった。処分するから文句言わないで」

香織の眼から涙がこぼれ頬を伝いポタポタと落ちている。ようやく母との別れを執り行えたのだった。心配をして香織の様子を窺っていた泰彦と美里は胸が詰まった。この家に生まれ、あの母に生まれ、気丈に振る舞ってきた生き様の清算だ。

先に居間に戻った泰彦と美里はソファに座った。美里が考え込むように話した。

「お義母さんを乗り越えようと思えたのかなぁ」

「そうだなぁ。俺たちが簡単にわかるものじゃないだろうからな。でも、安心したよ。香織が前向きに生きるためには乗り越えなきゃいけない人だったと思う」

「うん。そうだね。私、隣の西沢文具店に段ボールもらってくる」

そう言って美里は出かけた。しばらくすると香織が居間に戻ってきた。

「香織、大丈夫か？　無理になってない？」

「うん。夢中でやったから。そうしないといつまで経ってもできないような気がして。それで頭が痛くなってきたから止めたの」

「そうだな、とりあえず薬飲んで休もう」

泰彦が薬と水を入れたコップを持ってきた。それを飲んだ香織はソファに横になって眼を閉じた。その様子を見ていた泰彦は思った。「香織の心にはまだお母さんが巣くっているのか」と。


十月、香織は出場するコンクールを決め出場手続きを済ませた。先生からは、ブランクはあってもそれは練習でいずれは補える。それに香織の独特なテクニックと曲想の捉え方がなかなか良いという評価だ。いろんなコンクールに出てみたらと言われ香織は嬉しそうに話していた。

学生時代は出場したコンクールを総なめにし、音大を首席で卒業し、将来を嘱望され天才と呼ばれた過去を持つ香織は今はやっと母から解放されて音楽の世界にカムバックしたというに過ぎなかった。

泰彦は市橋不動産で徐々に力を発揮し、美里の機転の利く仕事ぶりに助けてもらいながら、一人二人と社員を増やし会社は徐々に安定拡大している。

「おや、市橋さん、今度は何をしているのかな」

と、事務所に集金に来た隣の西沢文房具店のおじちゃんが智に聞いた。

「これは、表札に名前を彫っているところでね、面白いよ」

「また面白いモノ見つけてきたね。どこからこんな材料を仕入れてきたんだ？」

話を聞きつけた美里が説明をしだした。

「その木の表札は木製表札を作っている私の親戚が送ってくれたモノです。お義父さんの腕なら表札の文字彫れるだろうって、不要のサンプルを送ってくれたの」

「何でも器用にこなす人だからなぁ。これ、うちのも作ってくれないか？」

「今回は無料ということでここのサンプルから選んでください。次はちゃんとお好きな表札を買っていただいて正式な商いにさせていただきます」

美里が話をまとめた。

智は器用なだけではなくて毛筆も巧みでセンスが良かった。発達障害の良い面が使えそうと思った美里は事務所の一部に智が手がけた表札を客の見える場所に設置して、「不動産契約をするとオリジナル表札が割引で作れる」というスペースを作った。

昔ながらの表札だけではなく、美里がネットでいろいろなデザインを調べ、今時の家にフィットするような表札を智にオーダーした。すると智は、

「忙しくなった」

とブツブツ文句を言いながらもコツコツ製作に励み、泰彦たちが困るようなことをしなくなっていった。さらに泰彦の提案でガラス張りの会長室を造り、そこで表札作りをしてもらおうということにしたのだ。智はご機嫌で受けた。

「こういうことは器用な者にしかできないものだ。そう思うだろ」

食事中も自慢げにニヤニヤしてとても満足そうだった。それから智は表札作りの名人として事務所の一角の会長室にこもるようになってから、事務所は平穏になった。

「モノは使いよう、と、よく言ったものだな」

泰彦は美里の計略と智の才能のタッグマッチに感心した。

こうやって智の負担は香織の代わりに泰彦と美里がうまく請け負うようになった。

美里は市橋不動産の看板娘の仕事と家事をこなした。香織はできるときに家事を手伝

うようにしていたが、香織はピアノを弾くのが仕事だと二人に応援されてからは遠慮せずに練習するようになった。

香織は水を得た魚のようにピアノと共に過ごした。泰彦から見た香織は水中で美しく舞う人魚に見えた。何よりも大切で、何よりも美しく、何よりも愛おしく。

4－2　香織の母

二歳半からさせられたピアノ教室のことを香織はおぼろげに覚えている。レッスンに行くために自転車の後ろに付けたチャイルドシートに乗せられて着くまでに寝てしまい、起こされて不機嫌なままの香織は母の祥子と先生を困らせた。

三歳半の頃、地元で有名な先生にレッスンをお願いできるチャンスが巡ってきたことがある。その先生のレッスン場に香織を連れて入った母は不安げな顔をしていた。

「じゃ、香織ちゃん、この音わかるかな？」

「ソ」

「じゃ、この音は？」

「レ」

「じゃ、次は二つの音を一緒に弾くね」

「ファとラ」

どんどん難度を上げてもすべて答える香織に先生は驚いて、最後は白鍵だけではなく黒鍵を含んだ重音でテストしてみた。

「ド、ミ、ファ、ファ#、ラ、シ、高いレ、ファ#、ラ、シ♭」

事もなげに考えることもなく当たり前のようにすぐ答えた香織に先生は驚いた。

「香織ちゃんは先天性の絶対音感の持ち主のようね。じゃ、何か弾けるかしら？」

しばらく考えていた香織は曲をポツポツと小さな両手で弾きはじめた。するとしばらくして先生が演奏を止めた。

「う～ん、左手の和音がちょっと違っているところもあるけど」

祥子がためらいながら先生に伝えた。

「香織はまだ片手ずつの曲しか練習していないので、両手はまだ……」

「え？　香織ちゃん、この曲はどこで覚えたの？」

「テレビで聴いた曲を弾いたの」

三歳半で即興したのだ。

「この子、天才だわ」

それから母は狂喜乱舞して香織を仕込み始めた。

四歳頃、真冬でなかなか温まらないピアノの部屋で毎日練習させられた。寒くて手がかじかんで動かない。母は香織の冷たい手を両手で包んで温まるまでさすってくれた。毎回のレッスンにも祥子は付き添ってくれた。

五歳頃になると、ピアノを弾くことが香織の楽しみになり、毎日祥子が横についてくれていた。勘のいい香織は次々と曲をこなした。週一のレッスンに行っても次々と曲が進み面白いように弾けるようになっていく。

曲が駆け足で進むにつれ祥子は教えることができなくなったのを境に母もピアノを習いだした。しかし香織に追いつくことも、追い抜くこともできなかった祥子は怒って辞めてしまい母は香織の側で毎日練習を見ることはなくなり、ピアノの莫大な費用をつぎ込むのが祥子の役目になった。


その母のお陰で今の私がいる。コンクールの課題曲を弾き込み区切りが付いたところで休憩をした香織はソファに横になり子供の頃のピアノと母の回想をしていた。

子供は勝手に大きくなる程度の価値観しかないかに見えた祥子だが、改めて思い出すと優しい気配りをしてくれた母でもあった。しかしそれは香織を仕込むことで自分の夢を叶えるためであり、香織を愛してくれたとは到底思えなかった。

二歳半からピアノと母のセットで過ごした時間は長い。ピアノが弾ける香織がかわいいだけで、ピアノを弾かない香織はメリットのない子供だと肌で感じ、母が側に居ても母からの愛は与えられない、そして求められない虚しさを味わうだけだった。

香織が一歳半のときに、おもちゃの小さなグランドピアノを母方の祖母に買ってもらった。香織はそのピアノを毎日延々と弾いていた。

「この子、ピアノ向いているのかもしれないね」

祖母のその一言で祥子の夢を娘に託す旅がスタートした。

ピアノを始めた頃の祥子は練習に熱心だった。しかし、自分がピアノを香織よりも弾けないことで嫉妬をしてから、香織が一人遊びでピアノの練習を忘れると激しい折檻をするようになった。弾けば「下手くそ」と罵詈雑言を浴びる。弾かなければ「役立たず」とモノが飛んでくる。

今までは「親の代理達成の心理で、子供の成功・達成＝自分の成功」だったが、自分の才能が香織より劣っているという嫉妬のほうが勝っていて香織に対しての興味をなくしたのだろうとカウンセリングのときに担当の松田が話をしてくれたことがある。

結局、祥子は自分しか愛せなかったのだ。しかしカウンセリングを続けていくうちに、自分の感情だけで相手を判断するのは一方的で稚拙だと気がついてから、香織の母に対する見方が徐々に変わっていった。

「DVをした酷い母だ」という見方ではなく事実だけを客観視したら「DVをした母」になる。そして何故DVをしたのかという見方もしてみる。さまざまな見方で母を客観視すると母への憎しみが減り、心が軽くなることを香織は知った。

小学校一年の秋、遠足があった日のことだった。

学校から歩いて三十分の西山公園の紅葉を楽しみ、また徒歩で学校まで帰るという遠足で自宅に帰ってからピアノの練習をしないで昼寝をしてしまい母に怒られた。

「あんたは何があったってピアノの練習はサボっちゃいけないのがまだわからないのか。そんな悪い子はうちの子じゃない」

庭に放り出され、庭の水まきに使っているホースで頭から水をかけられた。冷たい風が吹き始める秋の夕方、水は冷たかった。ホースの口から流れ出る水は香織だけなく庭の土まで濡らし、泥水の上にしゃがんだせいで靴下もスカートも泥だらけになった。そして星が見える夕飯の時間まで外に放置された。

「香織、夜ご飯、食べないなら片付けるよ」

という母の言葉でその光景を横目で見ていた父がようやく庭で寒さに震える香織を玄関まで呼んで泥まみれの服を脱がし、冷たい身体をバスタオルに包んで助けてくれた。それでも父は、

「練習をしないとこうなるのはわかっていただろ」

と一言だけだった。

ソファに横になりながらその光景を思い出す香織は冷静に考えた。罪の意識もなく当然のことをしたと思っているだけだろう。今の香織にはそう思えるようになっていた。

祥子の折檻でずぶ濡れになった香織は風呂場で温かいシャワーを浴びてから夕ご飯の食卓に向かった。また怒られるのではないかとビクビクしながら椅子にそっと座ったが、母はいつもの母に戻っていて何事もなかったように夕食を食べることができた。香織は自分の居場所があること、家族の一員として存在してもいいことを改めて感じ、安堵した。逆らうことを避ければ、母と食事ができる。ピアノの練習さえすれば生きていけると思った。

客観的に思い出しながら、親が悪いとか子供が悪いとかのジャッジでどちらかを責めるのは無意味だと思うようになった。ただ、そういう事実があった、そしてその事実に対して香織自身がどう受け取ったかというところに視点が行くようになった。母はそういう生まれ育ちをした人で、私は自分の意見も言えない子供だったということになる。もしあの秋の遠足の後に折檻されたとき、

「遠足があって疲れて寝てしまったけど、後からちゃんと練習する」

と言えたら母はどういう返事をしたのだろうか。香織は過去に戻ってみたくなった。

母の部屋で暴れ、次に遺品を整理した。母を思い出すと真っ白だった景色が徐々に霞が晴れていくようにわかりだした。真っ白だった景色は母から受けた精神的な抑圧だ。ＤＶの記憶があっても精神的なダメージは潜在意識に刷り込まれ表面の意識から消える。その自分自身の潜在記憶に刻まれた母に向かうように、

「母さん、私はもう母さんから離れるからね」

「私は私のためにピアノを弾くから」

「母さんは自由に生きた。だから、今度は私が生きる番」

香織は母との別れの言葉を口にした。最初の頃は言葉が重かった。しかし日々口にしていくうちに母の呪縛から解放された。

そういう香織を見ていた泰彦が声をかけた。

「泉永寺の和尚さんに来てもらおうよ」

それで十一月にようやく四十九日と納骨を済ませた。

泉永寺の和尚が法話で話した。

「仏教の言葉で諸行無常というものがあります。『無常』の意味はこの世の一切のものは生じたり滅したりして、一定のままではないということなのです。市橋祥子さん

が亡くなるのも諸行無常。ずっと永遠に命は無いということなのです。

祥子さんが亡くなった悲しみで家族が一生泣き続けることはないように、泣くこともいずれはなくなる。それが諸行無常です。何事にも強く執着せずにあるがまま受け止める力こそが真理の力かと存じます」

法務も法話もすべて終えて満足そうな和尚が寺に戻り、家族で命日のために買った茶菓子を囲みお茶をした。

「和尚さんの話を聞いていてね、心の中の母もいずれは消えるのかもしれないって思えた」

「あぁ、いずれは消えるというより、気にしなくなるかもな」

泰彦がボソッと答えた。

「そうね。母さんは私に夢を託しながら、嫉妬で私を潰して、結果、何がしたかったのかって考えるのよ。母さんは自分が大切だっただけかなって。取り憑かれたように生きてきたと思う。強い執着ね。だけど、結局、何にも残らない無常なのね」

「有紀に教えてもらった、自分のことしか考えない人は『未熟な自己愛』。お義母さんは未熟な自己愛の代表的な人だったのかもな。そういうお義母さんを認めて受け止めるもんだと和尚さんが言っていたよな」

「今になってみると、母さんのことが嫌いでもないし、私の母さんはあの母さんしかいないって感じかな」

と言いながら香織は突然智に声をかけた。

「ね、父さん、私は父さん好きよ」

「当たり前だ」

茶菓子を頬張りながらいつものように淡々としている。

「父さん、美味しい？」

「うん。これは旨いな」

トンチンカンでもそんな父が好きな香織は微笑んだ。少しずつ母の脅威が消えていく、そして違う見方ができるようになり香織の心は少しずつほぐれていった。虐待した母にはそうする理由があり、それだけのことをしたのだと思えるようになっていった。それでも時々、声を荒らげた母の言葉がふと蘇って心を曇らす。

「あんたにピアノを仕込んだのは跡継ぎだからだよ」

「あんたが音大行くまでに投資した分を儲けてもらわないとこっちは大損だわ」

母は自分の見栄のために香織にお金をかけた。まるでドールのように。

小学校五年の秋。ショパンの演奏ならヨーロッパ一と名声の高いピアニストのラストコンサートが開催されることになった。ピアノの先生から一緒に行きましょうと声をかけられた祥子は二軒隣のよしむら洋装店に香織を連れていき、ベルベットのワンピースを作らせた。それに合わせて靴も帽子もバッグもそろえ、どこのお嬢様かと思うほどの格好で東京のコンサート会場に向かった。

会場に来ていた観客は香織に視線を向ける。

「あら、おしゃれなお子さんね」

と声が聞こえる度に恥ずかしくてうつむいた。慌てて作らせたベルベットのワンピースには裏地がなくてゴソゴソとどこかかゆく、コンサートを聴いている余裕は全くなかった。唯一の記憶は、高齢の演奏者がどの曲でどこを間違えたかだけだった。

仕上がったコンサート用のワンピースが自宅に届いたとき、祥子は自慢した。

「これだけのものを着せれば、誰が見ても田舎者とは思えないだろ。先生もさすが市橋さんだって思うに決まってる」

虚栄心だけのために作ったワンピースはそのコンサートに出かけたとき以外は一度も着なかった。着ると自分でなくなる喪失感で胸が悪くなるからだ。あのときの切ない気持ちが心によぎる。ドールのような扱いが母の仕打ちだった。

いつになったら私は過去の記憶を清算できるだろうと発作的に蘇る母の記憶にため

息をついた。しかし過去に翻弄されているだけでは先に進まない。私が世界の真ん中で一番不幸なわけじゃない。いつしか香織はそう思うようになった。そして『子供は親にされたことを、その子供が親になり自分の子供に同じことをする』という連鎖が続くことも知った。母も自分の親にDVされたのかもしれない。家庭環境も厳しかったのかもしれない。私が母だったらどうなっていたのだろうと思うようになった。

田舎育ちの礼儀も作法も常識もなかった母を諌めてくれる人も居なかった。そして祖父と祖母は母が嫁いでから次々と他界してしまい、無能な父の代わりに母が家業を守り君臨した。そういうすべての因縁で市橋家の悲惨な家庭環境ができ上がったのだろう。

大切な人だから、愛しているから、母の介護もできたのではないか。

自分に問いかけてみると、「嫌いじゃない」とだけ思考が動く。それはまた香織にとって都合の悪い母を認めたくないからだろうか。

そして何が良いか悪いかなどはさておき、母なりに精一杯生きていたのではないのだろうか。そういう疑問に至ったとき、あの母さんに無条件に愛されたかったと湧き上がる思いを持つ自分は、本来、心のどこかで母を求めて、母を愛しているのではないのかという考えに香織は行き当たった。

カウンセリングの記録を見た有紀が松田と話をした。

「香織は母親が亡くならなかったら救われることはなかったのかも」

「多分、そういうタイプだと思います。香織さんの人生は今からなんじゃないでしょうか」

「だね。ここまで来たから、もう少しかも」

「はい」

有紀はもうちょっと背中を押せば、香織の心は安寧になるのではないかと思った。ただ香織の成長には痛みも苦しみも伴うこともあるだろう。有紀は心から願った。

香織は泉永寺の緑生い茂る桜の木を見て、

「母さんと一緒に泉永寺の桜を見たかったな」

と思った。いや、思えるようになった。

「好きだから嫌い。嫌いだから好き。どっちも同じってことかな。愛の反対語は無関心だし」そう思いながら母を思っても不快にならなくなっていた香織だった。

そして年を越して二月。祥子の一周忌を迎えた。その頃の香織はすべてを受け入れればどんな母でも愛せる、そしてＤＶをした母でも母なりに愛してくれたからこそ香織が愛することを知ったと思えるようになっていた。

「母さん、ありがとう」

家族全員で母の墓に花を供え、長かったようで短かったこの一年に感謝した。そして、

「父さん、泰彦さん、美里ちゃん、一年本当にありがとう」

香織は心から感謝した。

しかし、人間は意識の上で納得できても、養育の中で歪んだ心理は底知れぬ深淵の奥で業を織りなし、それぞれの人生にツタのように絡まるかもしれない。

三月末。また泉永寺の寂しい桜が咲いた。香織は泰彦と共にその桜を見に行った。

「母さん、この桜、どうして見たかったのかな」

「お義母さんは、桜というより深紅の薔薇ってイメージだからなぁ」

「そうよね」

すると泉永寺の和尚が境内の桜を見ていた二人に気がついて歩いてきた。

「どうしましたか、お二人そろって」

「こんにちは、和尚さん。二月の一周忌ありがとうございました」

「いやいや、こちらこそ」

「また今年も桜が咲きましたね。境内いっぱいに咲く桜が綺麗で」

香織が桜を見上げて話した。

「なるほど。ここの桜で良ければいくらでもゆっくりしてくだされ」

「はい。和尚さん、実は、母が亡くなる前にここの桜を見たいと言っていましたが、見る前に亡くなってしまったので、今年は母の代理で来させていただきました」

「そういうわけがあったとは。なるほどなるほど」

「それで今、二人で桜を見ていて、あの母がどうしてここの桜をもう一度見たいって思ったのかなと話をしていたところです」

和尚がしばらく桜を眺めてから話した。

「それはこの世に対する執着でしょうなぁ。『もう一度』この言葉は永遠にという言葉にも繋がると思うのは私だけでしょうか。あのお母さんはまっすぐ生きた人だと思いますよ。人間らしいというか、いや、人間という生き様を出し切った人だと思いますよ」

二人は和尚の言葉に何も返せなかった。

「人間という生き様ってどういうことかしら」

「人間は欲があってこそ生きていられるとか和尚さんが話していたな」

「お母さんは生存以上の欲、強欲ってことよね。誰に対しても遠慮なんて全くなかった」

「俺たち、経験を重ねていったら和尚さんのような心持ちになれるのかな」

「そうね。いつかなれたら……」

二人はもう一度寂しい桜を見上げて語った。美しく咲く桜も花びら一枚ごとに舞い落ち、その代わりに緑の葉が吹き出すように繁り、夏を越え、秋になれば枯れ落ちる。この桜のあるがままの出で立ちを人間の生き様に当てはめても人はなかなか認められないだろう。智慧を持たない無明の人間が妄念・欲望である煩悩に忠実に従うのは単に苦を生み出す業であることに二人はいつしか気づくことができるのだろうか。

4-3　パンドラの箱

「今日で最後の診察にしましょう。市橋さん、本当にご苦労様でした」

三木医師がにこやかに話した。

「本当にお世話になりました。また来るかもしれませんけど」

香織はお茶目な顔をして三木に視線を投げかけた。

「いやいや、もう来なくて結構ですが、ひとつだけ心に留め置いてほしいことがあります。通院は終わりですが完治したわけではありません。また過度なストレスに見舞われると悪化しますから日々の過ごし方に注意して」

「寛解ですね」

「そ！　そうです。寛解ですからくれぐれも気をつけてください」

「先生、ありがとうございました」

香織は深々と頭を下げて診察室から退出し玄関ホールの精算コーナーに向かって歩いていた。するとと前から男性が歩いてきた。

「香織さん？」

それは院長で有紀の父の成田祐一朗だった。

「はい、こんにちは。いろいろお世話になっております」

「以前にうちのロビーのピアノを弾いてくれたね。素晴らしい演奏だったよ」

香織が返答をしようとしたとき、祐一朗が持っていたカルテの隙間からペンが落ちた。そのペンは香織の前まで転がってきたので香織はペンを拾い差しだした。

「はい、どうぞ」

「申し訳なかった。ありがとう」

渡したペンと同時に彼の手に触れた。

この手に触ったことがある。この手に記憶がある。そう感じた瞬間、フラッシュを焚かれたような激しい記憶が香織を襲った。頭の中がチカチカと光り、見たことのある記憶の断片に誰かが見え隠れする。そして、その記憶の断片がだんだん繋がりピースになって思い出したのは、この成田祐一朗と愛し合った記憶だった。

「ゆうい…さ…ん…？」

そして香織は気絶した。


香織には誰にも言えない過去があった。

十年前、東京の音大四年生の七月中旬。有紀が東京で開催される学会に参加する父の祐一朗と一緒に出向いてきた。

紳士の風貌を備えた祐一朗は香織が子供の頃から憧れてきた「素敵なお父さん」。ロマンスグレーの髪に知的なメガネ、そして身長百八十センチの長身。身に纏う服は上品で抜かりがない。これこそが最高の父親像だ。

夕方の六本木で待ち合わせをしていた香織の前に静かに黒塗りの高級車が停車し助手席のウィンドウがすっと下がる。運転していたダンディーな祐一朗が言った。

「香織さん、こんにちは。有紀が乗っている後部座席に乗りなさい」

「はい。ありがとうございます」

後部ドアを開けると、元気な有紀が待っていましたとばかりに香織を引っ張って車に乗せた。

「東京で香織と会えるなんて嬉しい。ね、お父さんが素敵なお食事ご馳走してくれるって言うからお付き合いお願いね！」

「うん。有紀に言われてちょっと張り切って新しいワンピース着てきたけど、これでいいかな？　こんな高級車に私なんて場違いすぎて遠慮しちゃうけど」

「いいの、いいの、そんなこと気兼ねしないで。香織は何着ても綺麗だし、香織は大親友だから。ね、お父さん」

「そうだね。有紀の一番の友達だ。香織さん、遠慮しないで甘えてくれればいいから」

「私のお父さんとは大違い。うらやましすぎちゃって言葉が出ません」

「香織、緊張しちゃってかわいいよね。お父さん」

「そんなに緊張することでもないだろう。じゃ、予約してあるラウンジに行こう」

「あ、はい。すみませんがお願いします」

香織は後部座席から運転席の祐一朗を見ながら恥ずかしそうにお辞儀をした。香織が前回祐一朗と会ったのは高校生のときだった。久しぶりの再会に香織の胸の鼓動が高鳴る。鼓動が有紀に聞こえるかもしれないと焦り余計にドキドキする。

食事は六本木のスカイラウンジ。落ち着いた大人の世界だ。田舎者の香織は大学で東京に居るといっても、こういう場所は未経験で居心地が悪かった。有紀は慣れているせいかリラックスしている。その様子を見ていた祐一朗は香織がピアノを弾けば落ち着くかと気を利かして聞いた。

「香織さん、クラシック以外の曲は弾けるかい？　例えば、ポピュラーとかスタンダードジャズとか」

「はい。聴いたことがある曲なら何とか弾けると思います」

「じゃあ、ゆっくり流れるような曲で、ムーンリバーとか〝The Shadow of Your Smile〟とかどうだね？」

「あ、それなら大丈夫です。軽い即興でいいなら」

そう聞くと、ボーイを呼びさりげなくチップを払いながら小声で話した。しばらくするとさっきのボーイが戻ってきて祐一朗に何かを伝えた。

「ＯＫ。香織さん、あそこのピアノを弾いてもらえないかな？」

「え？　私が？」

「そうだ。その様子だと場慣れしていないラウンジらしく落ち着かない様子だし、ピアノを弾けば香織さんもリラックスできるかなと思ってね」

「わかりました」

香織はホッとした。

「じゃ、ボーイさん、お嬢さまをご案内して」

ボーイに連れられて薄暗いラウンジの中、手元に小さな照明が当たるグランドピアノに案内された。スカイラウンジのピアノは夜の帳を楽しむ大人の顔に見え、少し背伸びをしないと雰囲気に呑まれそうだ。

それでもゆっくりピアノの椅子に座り眼を閉じた。ピアノに触れた瞬間ピアノと香織の世界が一気に広がる。眼を閉じ集中する。肩の力が抜ける。そして落ち着きを取り戻した香織は美しい音色を奏で始めた。何曲か弾き終えたときに客から拍手が寄せられた。するとピアノに一番近いテーブルの老夫婦が話しかけてくれた。

「お若そうに見えるけど、とっても素敵な演奏をされるのね」

「とっても良かったよ」

「ありがとうございます」

小さな会釈を丁寧にしてテーブルに戻った。香織のオリジナリティは音選びに特徴がある。ジャズモダンを代表するビル・エヴァンスのような独特でお洒落な和音を使う。それはまるで印象主義の絵画を前にしたように聴き手の想像を上回るものだ。

「ステキだったよ。香織。さすがね。ね、お父さん」

「そうだ。香織さん、ステキだ。私が今まで聴いた弾き手の中で一番素晴らしい。感動したよ。ありがとう。またこういうところにお連れしてもよいかな」

「はい」

香織は誉めてもらえた嬉しさと恥ずかしさを抱きながら素直に答えた。

七月下旬、祐一朗は仕事で東京に行くと香織に連絡をして、ピアノのあるレストランに招待した。香織は異次元のような大人の世界にまた足を踏み入れることになり少し有頂天になった。香織は市橋家の暮らしが慎ましいというわけではなかったが都会の優雅な趣に溢れる店は香織の想像を遙(はる)かに超えた贅沢な世界だ。そして祐一朗のダンディーな振る舞いと香織に対する優しさはそれ以上に香織を満足させるものだった。

「何もかもが驚きです。食事もこの場所に集う人たちも田舎者の私には慣れないことばかりで尻込みします」

香織はスカイラウンジのテーブルで祐一朗に恥ずかしそうに話した。

「香織さん、そんなに尻込みするところではないよ。確かに家庭の雰囲気とは随分違う世界だから君の年齢だとそう思うのも仕方がないとは思うが」

「はい。家の暮らしは全く違います。家族で外に食事に行ったことはあまりないのですが、行ったとしてもこういう場所には出かけることはなかったと思います。あ、それに地元だとこういうスカイラウンジが元々ないわ」

香織は失笑した。同郷でも洗練された紳士とウブな大学生ではやはり世界が違う。

「それに、言いにくいことですが、私の両親は変わっていて家族円満でも楽しい家庭でもないので有紀のお父さんみたいな優しい人に会ったのも初めてで夢心地です」

「褒めてもらって光栄だね。ありがとう。香織さんのご家庭の事情は有紀からも時々聞いていたから知っている。私は娘の親友として、有紀を守ってくれた人として大切にしたいと思ってる。いや、感謝しているんだよ」

含んだような祐一朗の話し方ですぐに察しがついた。高校一年生の夏休みの神社の出来事で香織が有紀を助けた感謝だ。それに香織の両親の異常さは有紀の父なら当然聞いているだろう。そして神社の一件をどう処理するかで祐一朗と香織の両親が話し合いをしたが、常識のない祥子の態度で機能不全家庭だということは一目瞭然だったことは香織も知っていた。だから余計に祐一朗に心を開く香織だ。

「うちの両親は親らしい親じゃないので。大学に出させてもらえただけでもありがたいと思わなきゃいけないいんですが」

口ごもりながらうつむいて言葉した香織に、

「その話は控えよう。私も理解しているからね。それよりも私が東京に来たときにこうやって一緒に美味しい物でも食べてもらえたら私はとても嬉しい」

と祐一朗は話した。父や母と比べたら祐一朗は違いすぎる。市橋家の会話は人の悪口が基本だ。しかし祐一朗はそういうことは口にしない。それだけでも香織は驚くばかり。


「お父さん、祐一朗が本当の父だったら香織は幸せだろうと思った。

「お父さん、ありがとうございます。うちの両親と比べたらあまりにも違いすぎて。有紀のお父さんは私から見たら異次元の大人です」

物を知らない田舎の女子大生の正直な感想だ。

「こちらこそだよ。こんなにかわいいお嬢様を独占させてもらって、それも美しいピアノの調べまで拝聴できるとは本当にありがたい」

「そんな……恥ずかしいです」

「いやいや、演奏を聴いていた人たちの反応を見てもわかるだろう。私はちょっと気分がいい。いや、自慢したいぐらいだ」

祐一朗は優しく笑った。

祐一朗は香織をアパートまで送り届け丁寧に挨拶をして帰った。アパートの部屋に帰った香織は一目散に縫いぐるみを抱き締めながらクルクルと回り踊る。

「有紀のお父さん、ステキ」

「ワン、ツー、スリー、ワン、ツー、スリー」

と三拍子のワルツを口ずさみぬいぐるみと踊る。新しい父ができたような気分だ。都会の暮らし向きを感じさせる極上の一面を見せてくれる。そしてなによりも香織を大切にしてくれる。香織の心は経験をしたことがない幸せに埋もれた。

不遇な家庭で育った子供にすればそれは夢心地になるのは当然だ。それに香織の父と祐一朗は比較にならない差がある。愛されたくても愛されなかった子供の寂しさは乾いた砂漠であり、祐一朗の存在はオアシスだ。砂漠で彷徨(さまよ)って初めて見つけたオアシスがどれほどに喜ばしいものか。それは機能不全家庭で育った不遇な香織にとって味わったことのない至福の喜びとなった。

「市橋さん、最近どうしたのかしら。演奏が生き生きしてるように聞こえるけど」

大学の講師が香織の演奏を聴いて話した。

「いえ、何も変わりはありません」

「そうかしらねぇ」

不思議そうな顔をする先生を前に密やかな喜びを噛みしめた。

「有紀のお父さんのお陰」

香織は嬉しかった。演奏力は職人的技能が必要だがそれと同時に曲の解釈や表現も重要になる。祐一朗がもたらす喜びがその肥やしになるのは当然だろう。

晴れた空、そして曇り空、雨の空、すべて美しく感じる。電車の中から見える様々な景色が新鮮に映り、花屋に並ぶ花々が喜びを歌うように感じる。都会のせわしない人混みまでが色濃く感じる。香織はジャンプしてそのまま空に浮かび風を感じ雲の中を駆け巡り高い空から見える町並みや自然の風景にバラ色の息を吹きかけて世界中を幸せにできるような心地だ。人に大切にされる喜びを知った香織は四肢をうんと伸ばし初めて呼吸をしたように生き生きと輝いた。


八月初旬。夏休みで帰省する生徒が多い中、香織は母の罵声を嫌い実家に戻らず十月にある発表会に向けて練習に明け暮れていた。そんな中で祐一朗から連絡があった。

「今度はショッピングでもいかがかな」

「はい。喜んで」

二人は銀座を歩いた。東京の大学にいても銀座に出かけるのは老舗の楽器店で海外の楽譜を買うときだけ。ウィンドウショッピングすらしていなかった香織には驚きの経験だ。銀座中央メインの通りを歩いていた祐一朗が思い立ったように話した。

「香織さん、今日は何かプレゼントをしよう」

「え？」

「何か欲しいものはないのかな?」

「そこまでしていただく理由がありません」

「いいんだよ。甘えてごらん」

「えっと……そう言われても」

「おっと、通り過ぎるところだった。この百貨店のジュエリーショップに行こう」

香織は困惑しながらついていった。高級そうな百貨店の入り口に入るとエアコンが効いて涼しい。それに落ち着いた雰囲気に包まれる異空間に気後れしながら歩く香織だ。エレベーターで六階にある店に着くと、

「香織さんに似合うものをプレゼントするね。さて、何が似合うか……」

祐一朗はそう話しながらジュエリーを次から次へと見ている。香織は驚いた。まずプレゼントというものをもらった記憶がほぼなかった。もらったと言うなら有紀が誕生日にくれたノートや縫いぐるみレベルで百貨店の高級ジュエリーショップでプレゼントをもらうなど前代未聞の話。香織はただ祐一朗の後ろについて歩くだけだ。

「うーん、そうだな、ネックレスがいいだろう。あ、君、この女性に似合うかわいいネックレスを出してもらえないか」

「承りました。少々お待ちくださいい」

呼ばれた店員が丁寧に応えて何点かのネックレスをショーケースの中から選び出す。

「あの……私、そんな高価な物をいただくなんて申し訳ないので……」

「私からの気持ちだから。それにここまで来て断られても私が困るよ」

祐一朗がクスッと笑った。

「任せてくれるかな」

そこまで言われた香織は仕方なしに了解し、深く丁寧に頭を下げた。

「とりあえず何点かご用意させていただきました」

店員が用意したネックレスが祐一朗と香織の前に並ぶ。香織に似合いそうなネックレスは小さなダイヤモンドをあしらった星や花のモチーフでかわいい。

「そうだな、ではこれをお願いします」

祐一朗が選んだネックレスは小さなダイヤモンドで形作られた花で愛らしいものだ
った。包装をしてもらい店を出た二人は百貨店の中にあるカフェに向かいお茶をする
ことにした。明るいカフェの窓際に並ぶテーブルを選びくつろいだ。

「さて、香織さん、これを開封してみよう」

「はい。わかりました。恥ずかしいけど」

そう言いながら小さなジュエリーケースを開けてネックレスを取り出し少し持ち上
げてみると小さなダイヤモンドがキラキラと光る。

「とってもかわいい」

「では、つけよう。ネックレスをもらえないかな」

ネックレスを持った祐一朗が香織の首に手を回しネックレスをつけた。首に触れた彼の手からシトラスの甘いオーデコロンの香りがした。香織は祐一朗の手に異性を感じ心が揺れた。素知らぬ顔をしたが心臓の鼓動が彼に聞こえてしまうのではないかと心配をして祐一朗の顔を覗いた。そんなことに気がつかない祐一朗が、

「うん。似合うね。これにして良かった」

とネックレスを見つめながら言葉する。その目線が眩しく感じた香織は、

「ちょっと鏡で見てきます」

そう言って慌てて化粧室に駆け込んだ。

「私、どうしたんだろう」まだ心臓がドキドキと高鳴っている。鏡を見ると頬が赤みをさしていて香織自身が驚いた。「この気持ちって何だろう」そう思いながら頬をパンパンと軽く叩いて席に戻った。

「ありがとうございます。大切にします」

「それは光栄だな」

冷たいカフェオレをストローで回すとコップの中の氷がカランカランと小さな音を立てて涼しそうに舞う。香織は場が持てずストローを急いで口にして飲み、椅子の背もたれに身体を預けた。

「あ、そう。ドレスを買わなきゃいけなかったんです」

「おや、そうなんだ。どんなときに着るドレスかな？」

「はい。大学の秋の演奏会用です。選抜なので出られるかはわからないけど、どちらにしてもドレスを着るときはあるし、百貨店に来られたし、このかわいいネックレスに合うドレス選びにお付き合いいただけませんか？」

「それは楽しみだ。お付き合いしよう」

　それから二人はゆっくりカフェオレを飲んでから百貨店内のドレスショップに向かった。するとジュエリーショップのよりさらに絨毯が分厚い。歩くとその都度足先が埋まるほどだ。豪華な装飾の店内を眺めた香織はまた場違いな異世界に来たと思い心細くなった。

「いらっしゃいませ」

「あのぉ、このネックレスが映えるようなドレスをいただきたいのですが」

「あら、かわいいネックレスですね。それではお色はお嬢様の感じなら淡いピンクとかブルーがよろしいかと存じます」

　そう言った店員が少し奥にあるドレスを見せた。

「どれも似合いそうだね」

　祐一朗がにこやかにドレスを見て、

「このピンクのドレスはどうだろう。やさしいピンクで上品だと思うよ」

「はい。私、特別にこんなのっていう希望もないので、それでいいと思います」

「試着されてはどうでしょう」

店員に言われるがままフィッティングルームで着替えた。ドレスはオフショルダーでしっかりしたサテン地。シンプルで清楚なスタイルで綺麗なAラインの裾が広がる良質なものだ。店員に背中の編み上げをしてもらい祐一朗の前でお披露目をした。

寄り添っている店員が眩しいように眺め言葉を口にした。

「お似合いですね。こんなにドレスがお似合いなんてうらやましいです。どうせ女性ならお客様のような女性に生まれたかったです」

「あのぉ、どうでしょうか……」

恥ずかしそうに香織が聞いた。

「そうだね。すごくいいと思う。あ、ネックレスがちょっと歪んでるな」

そう言いながら香織のネックレスを触った祐一朗は香織の肌に触れた。その瞬間、互いに異性を意識し、たじろいだ。

「他のドレスも試着されてはどうでしょうか」

店員に誘われるまま他のドレスも試着したが結局最初のドレスになった。香織は最後に試着したドレスを脱いで着替えている間にドレスは大きくて分厚い立派な紙袋に包装され、すでに会計を済ませた祐一朗が持ち、帰り支度をして待っていた。

　気まずい帰りの車中、香織は思い切って話しかけた。

「あの、今日は本当にありがとうございました。私、お返しなんて何もできないし、どうしたらいいのかすらわからないんです」

「そうだね、だったら東京のお父さんが買ってくれたと思ってもらえないだろうか」

「え。東京のお父さんですか。有紀のお父さんじゃなくて」

「そうだ。東京のお父さんにしよう。それにプレゼントしたことを有紀が知ったら焼き餅を焼くだろう。これは二人の秘密だ」

　彼は笑って香織を見た。そう言われた香織は嬉しそうに微笑んだ。お父さんという響きが何よりも嬉しい言葉だった。優しい、頼もしい、甘えられる。そして思いもしなかった高価なプレゼント。香織の理想の父親が現実に目の前に居る。

「お父さん」

「ん？」

「あ、すみません。つい口にしてしまいました」

　呼んで確認したくなった香織は赤面して車の窓に顔を向けて見られないようにした。そしてさらに心の奥で動いた恋心にも気づかれないように、そして芽生えた恋心に気づかないように外の景色を眺め続けた。

祐一朗からの連絡はなかった。連絡がないことに香織は半分安堵していた。あの異性として感じた感情に戸惑い、このままで終わったほうがいいのではないかと思っていたからだ。しかしそう思っていられるわけにはいかなくなった。有紀が祐一朗の出張するタイミングに合わせて一緒に上京するという連絡があった。

「香織、久しぶりに行くよ。香織のアパートに泊めてね」

無邪気な有紀を無下にはできなくて引き受けた。困惑したのは香織だけではなく祐一朗も同じ気持ちだった。このまま会わなければ終わることだろうが顔を見たら自分の感情がどう動くかはお互いにわからないまま三人はカフェで会った。

香織と祐一朗は素知らぬ顔をして挨拶をする。彼は二人で会ったことなどなかったように平然としていた。香織はもらってからずっとつけているネックレスを外し右手の中に収めて握りしめていた。その秘め事のような感覚に戸惑いながら二人を複雑な思いで見つめた。

「香織、元気ないの？」

「え？　ごめん。そうじゃないの。課題曲がうまくできなくて」

苦笑いをして答えた。

「香織でもそんなことあるの？　そうじゃなくて恋人でもできたんじゃ？」

有紀は前屈みになってにやけながら香織を煽った。

「そんなことないよ。そんなことあるはずないわよ。練習しなくちゃいけないし」

慌てて否定しながら祐一朗を見ると彼は困惑した様子でコーヒーを飲んでいる。

「確かにね。日本一の音大なら練習だよねぇ」

簡単に納得してくれた有紀に感謝だ。すると祐一朗が立ち上がって帰ろうとした。

「じゃ、私は仕事があるからここでお先に失礼する」

「わかった。お父さん、またね」

「あ、いろいろありがとうございます」

彼は支払いをして慌てた感じでカフェを出ていった。

「ね、香織、私行きたいところがあるの。今から準備していこうよ」

「え？　何処に？」

二人はいつもの調子で祐一朗のことなど忘れたかのように楽しみ、有紀はアパートに一泊して帰った。有紀を見送った香織はこの二日間を気まずく思い出した。「有紀、ごめんなさい。変な気持ちになっちゃって疲れちゃったよ」と心の中で詫びた。まだ祐一朗のことが引っかかっていてもどかしいままだ。

「これってやっぱり恋なのかな」

考えると祐一朗の顔が浮かんでくる。ダンディーな立ち居振る舞いを思い出すと胸が熱くなる。香織の中で祐一朗はどんどん大きい存在になっていった。

香織の部屋には祐一朗からプレゼントされたピンクのドレスはクローゼットに入れないで飾ってある。このドレスを買うきっかけになった十月末に音大のホールで開催される演奏会になんとしてでも選抜されて演奏する姿を祐一朗に見てもらおうと思っているからだ。

「東京のお父さんに演奏を見てもらいたい」

今まではただ好きなピアノを弾いているという意識だったが、今回初めて他人のために弾きたい、見てもらいたいという気持ちが芽生え香織は頑張った。このような気持ちで熱くなり努力するのは初めてで香織からしたら驚く感情だ。


選抜テストは九月十日。もうそんなに余裕はない。香織は練習した。レッスンでは先生に自分から意見を言い、どうしたらもっと良くなるか、選抜に選ばれるにはどうしたらいいのかと質問をし、健気に励んだ。

「どうしたの？　市橋さん。今回はやる気いっぱいね。人が変わったみたいよ」

「はい。聴いてもらいたい人がいるので」

「そうなの。じゃ私も応援しなきゃね。ここまで前向きな市橋さんは初めて」

とさらに厳しいレッスンになった。

「この曲を弾きこなす。最大の演奏ができるように、私のすべてを注ぎ込む」

香織は練習に練習を重ねた。


香織から祐一朗に初めて連絡をした。

「おや、どうしたんだね」

驚く彼の声が電話口から聞こえた。心臓の音がまた速くなる。

「東京のお父さん、ネックレスとドレスありがとうございました。お礼らしいことはできませんが、だけどももし私が選抜に選ばれたら十月の発表会の演奏を聴きに来てもらえませんか。買っていただいたネックレスとドレスを着て演奏したいんです」

祐一朗は一呼吸置いて静かに返事をした。

「では、選ばれたら演奏会に行くことにしよう。香織さん、頑張って」

「はい。ありがとうございます」

香織は拳を強く握って誓った。なんとしてでも選抜されると。


夏休みの大学は練習室に通う学生の行き来があり休みといえども緊張した空気だ。

「市橋さん」

人見知りであまり同級生と関わらない香織は学生たちから遠巻きに見られている。

才能がある香織は周囲から一目置かれているが、香織が内気で会話に入らないこともあり『孤高の市橋』というあだ名がついていた。そういう環境だったので普段あまり声をかけられることもない。なのに自分の名前を呼ばれて辺りを見まわした。同じピアノ科の三崎優子だ。

「あら、三崎さん。こんにちは」

「こんにちは。演奏会選抜はバッチリだよね。当然と言ったほうがいいかな」

「そんな、私一生懸命練習するだけで……」

恥ずかしくて下を向いた香織に三崎は苛立って皮肉を言った。

「そんなことないでしょ。市橋さんはこの大学屈指の天才だって有名じゃん。私なんて足下にも届かないんだけどな」

「………」

香織はどう対応したら良いかわからなくて黙っていた。

「ま、どっちにしたって選抜候補一番なんだから。うらやましいわ。またね」

「はい。また」

香織を見つめる三崎の顔は歪んでいた。

「あの女のおとなしさ、マジにムカつく」

三崎はイラついた。海外留学も考えようと両親から言われている身で選抜に選ばれるかどうかのスレスレの成績で板挟みになって追い込まれていた。

三崎は地方出身で彼女が育った県の中では独壇場で優秀だった。しかし国内トップレベルのピアノ科に入学してからの挫折は大きい。弾いても弾いても追いつかない。どんなに練習しても届かないレベルの高さに苦しんだ。三崎が一ヶ月かけて必死に仕上げた曲を香織は一週間でクリアする。それは才能の差としか言えない事実だ。大学からの冴えない自分は親の期待どころか自分への期待も失い流浪している。


夏休み明け、香織は選抜メンバーに選ばれた。今までにないほどの努力をした結果だと受け取り本当に喜んだ。すぐに祐一朗に電話をした。

「あの、私、選抜メンバーに選ばれました」

祐一朗も実の子を思う親のように喜んだ。

「よくやったね。おめでとう。必ず行こう」

祝福の言葉を贈った後は心が痛んだ。香織を一人の女性として感じたときから心が揺れる。精神科医として考えれば単なる脳の誤作動だと思うことにして喜んで香織の演奏を聴きに行くことにした。選抜には香織だけではなく三崎も選ばれた。

「三崎、凄いじゃん」

「おめでとう」

三崎はまわりから祝福され世界が変わったように感じる。両親は当たり前だと言いながら喜んだ。一つ責任を果たした感が強い。それに空は広く高く美しく見え、安堵の世界が広がり勝ち誇る力が湧き上がるような気持ちがした。

十月二十五日、大学の発表会。学生たちは楽屋で準備にいそしんでいた。

「東京のお父さん、見てくださいね。私、最高の演奏をお父さんに捧げます」

そう思いながらドレスを身に纏った。一方の三崎は暗い顔をしている。腱鞘炎が悪化して手首が思うように動かない。右手首の激痛を抑えるために規定以上の痛み止めを飲んで待機していた。

「ブー」

開演時間のブザーが鳴って案内のアナウンスが流れた。演奏会は午後一時、三時、そして六時三十分から総勢二十名の学生が演奏をする。午後一時からの演奏二番手の三崎はすでに舞台袖で待機していた。三崎の手は限界だった。

「ちくしょう。今までの頑張りが無駄になるなんて許せない」

次第に脂汗が額ににじむ。香織は一時からの最終演奏者で七番目だったので舞台袖一番奥で待機していた。そして三崎の出番となり会場にアナウンスが流れた。

「三崎優子、曲はスクリャービン ソナタ二番「幻想ソナタ」嬰ト短調 作品十九」

三崎がステージに出て挨拶をしピアノに向かった。そして静かに丁寧に和音を摑み演奏を始めた。優しい風合いの曲にあった三崎の演奏はなかなかのスタートだった。

「三崎さん、いいみたいね」

香織は楽しく演奏を聴いていた。後半の高度なテクニックを披露する部分に入ったところでいきなり演奏が止まった。観客はざわついている。香織が舞台を見ると三崎はピアノの椅子に座ったままうなだれていた。そしてしばらくすると立ち上がり観客に向けてお辞儀をして舞台袖に戻ってきた。彼女は泣いていた。

「三崎さん、どうしたの？」

香織は驚いて泣いている彼女の前に歩み寄って聞いた。

「腱鞘炎が酷くてもう弾けない……」

そのまま三崎は崩れて泣き伏した。スタッフが気を遣いながら三崎を楽屋に連れていった。アナウンスは何事もなかったように次の演奏者の紹介をして先に進む。三崎の辛さは相当だったんだろうと香織は想像した。弾きたくても弾けないジレンマに眉をひそめる。そうこうしている間に香織の順番が近づいてきた。

「東京のお父さんは来てくれているかな」

祐一朗のことを考えると心が温かくなる。そしてアナウンスで香織の名前が呼ばれると思った瞬間、

「キャー」

三崎がボトルに入っている数人分のコーヒーを香織めがけてかけたのだ。

「バシャッ」

ピンクのドレスの半分がコーヒー色に染まった。驚いた香織はその場に倒れた。

「あんたが邪魔だったのよ。あんたも演奏しないでいいのよ。あんたなんか大嫌いよ！」

観客席にまで届く大声で三崎が叫んだ。スタッフだけではなく側に居た先生たちも三崎を押さえようと集まってきた。

「止めてよ。離してちょうだい。私は精一杯したのに報われないなんてありえない」

「静かにしなさい」

「痛いじゃないの。離してって言ってるんだから」

三崎の激しい抵抗を他の生徒は呆れて見ていた。

三崎の大声すら耳に入らない香織は呆然として倒れたままだ。すると先生が近寄ってきて、

「市橋さん、このドレスでは弾けないわ」

そう言ってアナウンスルームに急いで向かい一部の演奏は終了させ、香織は三部の最後に演奏することになった。すると祐一朗が、

「失礼。市橋の身内です」

と、舞台裏の人たちに失礼がないように声をかけながら香織のところに慌てて駆けつけた。祐一朗は観客席で香織の出番を待っていたら叫び声がして香織に対する罵声が聞こえたので舞台裏に回って様子を見に来てくれたのだ。

「お父さん」

香織は祐一朗の顔を見て泣き出した。コーヒー色で汚れたドレスを着た香織を立たせて控え室に一緒に向かった。

「お父さん、お父さんに演奏を聴いてもらおうと思ったのに」

泣きながらうわごとのように香織はしゃべる。

「とりあえず着替えるんだ。私は説明してくるからね」

そういった祐一朗は先生と話をし、すぐに手はずを整え、

「三部に間に合うように戻ると説明してきたから、今からドレスを買いに行こう。それに少し休憩もすべきだ。三部の開演は六時三十分からだから時間は十分にある」

「はい」

着替えを済ませた香織は祐一朗の車に乗った。

「お父さん」

車中の香織はあまりのショックに涙が止まらない。

「一体何があったんだ」

「三崎さんという同級生が私がステージに出ようとしたときにコーヒーをかけたの。三崎さんは腱鞘炎が酷くて演奏を途中で止めちゃった二番手の人。そしたら私にまで『演奏をするな』みたいなことを叫んでこうなったの」

「そうだったのか、わかった。済んだことはしょうがない。その三崎さんという子にもそれなりの理由があってのことだろう。さて、一番近いドレスショップはどこだ」

そう言いながら車のナビでドレスショップを検索した祐一朗は車を走らせた。

香織は祐一朗の素敵な父の見本のような立ち居振る舞いに感動していた。香織の父ならあり得ない。雲泥の差に半分は悲しく、そして半分は嬉しかった。

しばらくするとドレスショップに到着した。

「さぁ、香織さん、私がドレスを買うから納得のいく素敵なドレスを探そう」

「はい。ありがとうございます」

香織はもう遠慮することはなかった。言われるままに礼を述べた。二人でドレスショップに入ると今度はシンプルで白一色のスタイリッシュな内装の室内だ。様々なドレスがそれぞれ映えるように並んでいる。

「似合う物があればいいのだが」

祐一朗は率先してドレスを選び始めた。たまたま先に来ていた客で手を取られている店員が対応できなかったのもある。

「すみません。別のお客様の対応が終わるまでお待ちくださいませ」

そう言った店員が紅茶を出してまた急いで元の客のところに戻った。しかし二人はドレス選びに奔走して紅茶どころではなかった。多少余裕があるといっても演奏を控えているので早めにドレス選びを済ませたい。

「うーん。これかな。いや、こっちだ」

焦れば迷う。祐一朗がドレス選びをして迷っている様子が紳士らしくなくて笑った。

「お父さん、おかしい」

「え？　そうか？　いや、今は余裕がないからな」

すると濃紺で美しいドレープが目を奪うドレスが出てきた。それにエレガントな雰囲気のシフォン生地を贅沢に何重にも使い、独特の透け感と張りのあるオーガンジーで包み込んだもの。背中は深いV字に開いていて夜の演奏に丁度良さそうなドレスだ。

「これだ、これを試着してみよう」

前回のように優雅に選ばない祐一朗は慌ててドレスをハンガーから外した。

「香織さん、早く着替えて」

「あ、はい」

香織は慌ててフィッティングルームに入った。着替えようとしたが背中はひもで縛るデザインだった。店員は不在で、困った香織がカーテンから顔を出して、

「お父さん、一人で着られないんです」

「それは困ったな。香織さん、いいかな、私が手伝っても」

「はい、お願いします」

普通の買い物なら店員の手が空くまで二人で紅茶を飲んで待つだろう。しかし二人とも焦っていたので香織の試着に二人は気まずい気持ちも感じることがなかった。ドレスショップのフィッティングルームはドレスを試着するためにかなり広めなので祐一朗は余裕で入れる。遠慮なくフィッティングルームに入り香織の背中を締め出した。

「これは経験がないからよくわからないが、上から順序にタスキをかけるように締めていけばいいみたいだな」

「はい。お願いします」

「ドレスを着るというのがこんなに難しいとは思わなかった」

と言いながら祐一朗が奮闘していると香織はいきなり彼のほうに身体を向けて、その胸に飛び込んだ。

「香織さん、こらこら」

「お父さん、今日はビックリしてまだ混乱してます。もしお父さんが居なかったら私

どうしていたのかと思うだけでも胸が詰まります。お父さん、ありがとう」

そういって彼の胸に顔を埋めた。祐一朗は驚いている様子だったが、本当の父と娘のようにあしらっていた。

「そうか、そうだよね。大変だっただろう。とにかく離れてもらおうかな」

「はい」

素直に香織は向きを変えてドレスをちゃんと着せてもらうことにした。

「これはこれでいいね。私はこの濃紺のドレスがいいと思う」

「申し訳ありません。お手伝いいたします。あ、お着替え済まされたんですね。このドレスなら髪飾りも付いているんですよ」

そういった店員が見せてくれた髪飾りは同じ濃紺の布で作られていてカサブランカを象ったコサージュにキラキラ光るスパンコールがあしらわれている。店員が髪飾りを髪に付けると香織の小顔はさらに強調され、まるで人形のようだ。他のドレスと見比べないで慌てて濃紺のドレスを購入して車に戻った。時間は二時半。

「どこかで休憩をしたほうがいいね」

「はい」

「致し方がない。私のホテルの部屋に行こう」

そう言った祐一朗は宿泊しているホテルに車で向かった。

「疲れただろう。とにかく少し休もう」

「はい」

到着したホテルは東京の一流ホテルだった。そして部屋に案内されると壁一面がガラスで東京が見渡せるような大きな角部屋で香織は驚いた。そして白くて長いソファは何人が座れるのかわからないぐらいゆったりした広さのものだった。

「お父さん、こんな素敵なホテル初めて」

キョロキョロしている香織を見た祐一朗は笑った。

「そうだね。こういうところにくることはなかっただろう。さ、とにかく座って、いや、横になると良い。私は飲み物を頼もう」

そう言って白いソファに座って電話で飲み物とケーキをオーダーした。

「ソファ、ふわふわ」

気持ちいいソファの感触に香織が笑った。

「やっと笑顔が出たね」

「お父さん、ありがとう。あ、すっかりお父さんなんて呼んでいました。すみません」

「いや、大丈夫だ。お父さんと呼べばいい」

「コンコン」

「ルームサービスです」

するとと飲み物とともに美味しそうなケーキがいくつも並んでいる。

「さ、しっかり食べてから休むといいよ。お腹が膨れると眠りに入りやすい」

「はい。いただきます」

二人はケーキを食べながらお茶をし、たわいもない会話をして一時を過ごした。

「少しはリラックスできたかな？」

「はい」

「もう少し横になってみたらどうだろうか」

そう祐一朗が言うと、香織は祐一朗の肩にもたれた。

「これなら安心できます」

「ソファは広いのにこんなにくっつかなくてもいいだろう」

祐一朗が笑った。

「それでもお父さんの側がいいです。とっても安心できるから」

そう言った香織は眼を閉じた。

二人は三部の時間に間に合うようにホテルを出て車に乗り込んだ。香織は祐一朗のお陰で随分リラックスできたようで演奏に向かう気持ちになっていた。

「三部、最後の演奏になります。市橋香織、ショパン幻想曲 へ短調 作品四十九」

場内にアナウンスが流れる。濃紺のドレスで颯爽とステージに立った香織は堂々としていた。祐一朗は驚いた。あんな気弱で繊細な彼女がステージに立つと豹変したような強さとしなやかさを持ち気品溢れる出で立ちに誰もが心を奪われた。


演奏会が終わりドレスを抱えた香織は祐一朗が待つ車に駆け寄った。

「お父さん、すべて終了しました。今日は本当にありがとうございました」

無事に演奏をした爽快感と祐一朗に演奏を聴いてもらえた喜び、そしてこうやって本当の父のように車で待っている存在が嬉しかった。

「香織さん、素晴らしい演奏だったね。無事に終えることができて良かった」

「はい、お父さんのお陰です」

香織は嬉しそうに返事をした。

「これから一緒に夕食を取ろう。私が宿泊するホテルのレストランでいいかな？」

また元のホテルに戻った二人は照明を落とした静かなレストランに向かった。

二人が座ったテーブルは夜を感じるロウソクの灯りでゆっくりできる雰囲気だ。

「演奏を聴いてもらえて私はなによりも嬉しかったです。それにアクシデントでもお父さんの対応で事なく済んで……ホントに素敵すぎて言葉がありません」

「そんなに褒められても困るなぁ。とりあえず今夜の食事を楽しもう」

そう言いながら笑った。そしてボーイを呼んでオーダーしていた彼が聞いた。

「香織さん、お酒は？　私はここに泊まるから飲もうと思う」

「あ、お酒ですか。あんまり飲んだことはないんです」

ちょっと困った顔の香織に祐一朗は答えた。

「無理はしなくていいんだよ」

「いいえ、大丈夫です。いただきます」

いつまでも子供だと思われるのが嫌だった香織はムキになって答えた。

「では、このシャンパンも」

メニューの中からさりげなく選ぶ彼に大人を感じる香織は胸がキュンと高鳴った。

しばらくして運ばれてきたシャンパンを眺める香織が言った。

「綺麗なグラスですね。余計美味しそうに見えるわ」

「美味しいといいのだが、じゃ、まず乾杯をしよう。今日は一日ご苦労だった」

「はい。ありがとうございます」

グラスを合わせ、香織はシャンパンを一気に飲んだ。

「あ、飲んじゃった」

「香織さん、お酒いけるのかもしれないね」

嬉しくなった香織はシャンパンをまた飲んだ。

「もうそこまでにしよう。料理が来るから食事も楽しまないとね」

「はい。お酒って美味しくて心地がよくなるんですね。楽しくなってきました」

香織は最後のデザートまでしっかり食べた。

「今夜は本当に美味しいお食事とお酒でとっても満足。お腹いっぱい」

酔ったせいか開放的になっていつもの口調よりも砕けた話し方になっている。

「じゃ、そろそろ帰ろう。タクシー乗り場まで送ろう」

「はい。あ、そう、昼間にお部屋に忘れ物をしたんです」

「あぁ、それは取りに戻らないといけないね」

レストランを出て部屋に向かった。香織は祐一朗の後ろを歩いて背中を眺めていた。香織は彼への気持ちを抑えることはもうできないと考えながらエレベーターに乗り廊下を歩いた。

部屋に戻りドアが閉まったと同時に香織が立ったまま祐一朗の胸に飛び込む。

「お父さん、今日は私帰りたくないです」

そう思い切って話した。

「香織さん」

「私、女性として愛してほしいんです」

しばらくそのままだったが、祐一朗は少しずつ香織に手を回した。

「香織……」

そして祐一朗はためらった末に香織をしっかり抱き締めた。

「祐一朗さん」

「香織」

祐一朗は香織を抱き上げてベッドに運んだ。


カーテンの隙間から朝日が差し、目を覚ました香織は驚いた。香織は全裸で、その横で祐一朗が眠っている。昨夜の記憶を辿った。「そう言えば私……」

想い出した香織の顔が真っ赤になった。そして慌てて布団の中に潜り込んだ。

「私……」

潜り込んだ布団の中に祐一朗の身体が見える。この人に愛されたんだと思った香織は世界が反転したぐらいの驚きを覚えた。すると祐一朗の眼が開いた。

「香織」

彼は裸の香織をたぐり寄せて抱き締め話をした。

「おはよう。香織。私は君を一人の女性として受け入れてしまった。これで良かったのか、いや、一線を越えた行為を今どうこう考えることすらできない」

朝の陽を受けた香織の肌は艶やかに光る。桜貝のような淡いピンクの愛らしい唇。長いまつげは香織の眼を一段と華やかに飾る。初々しい彼女はまるでビーナスだ。

「祐一朗さん、大好きです」

そう言う香織を祐一朗は抱き締めた。


それからの二人は禁断の愛を求め合う男女として愛を紡ぐことになった。この世がこれほど喜びに満ち溢れるものなのかと喜ぶ香織は祐一朗を求め、歯止めをなくした祐一朗はこれほどにと思うぐらい香織に愛を注いだ。惜しみない愛を互いが貪るように確かめ幸せに酔う間に十一月が過ぎ、クリスマスには愛し合うようになって二ヶ月が経過していた。そこからは香織の音大卒業試験に相当する一月末の公開卒業試験で練習に明け暮れる日々が始まり二人は逢瀬(おうせ)を止めた。

「この試験さえ終われば。また祐一朗さんと一緒に過ごしたい」

そう言う香織に、

「そうだね」

電話口で返答をする祐一朗は苦渋の決断で香織を突き放そうと考えていた。

一月末の音大卒業試験。祐一朗は大学近くに車を止めて香織を待っていた。

「祐一朗さん、首席で卒業できました。私、会えない分ものすごく頑張った」

祐一朗の車に乗り込みながら寒さで吐く息が白い香織だが、寒さなど嬉しさでかき消して全く気にならない様子だ。

「そうだったのか。トップであの音大を卒業するのは至難の業のはずだが」

「先生が背中を押してくれたの。それに祐一朗さんが見守ってくれたから」

「離れていたが応援していたよ」

「ありがとう。そう思っていたからできたんだと思ってるの。祐一朗さんのお陰」

香織は祐一朗が居てくれたらもう怖いものなどこの世には存在しないと思っていた。

車をスタートさせ冬景色の街並みを走る。祐一朗は運転しながらゆっくりと話しだした。

「もうすぐ春だ。香織は卒業したら地元に帰る予定だったね」

「そうするつもり。母に帰ってきなさいと言われているから」

祐一朗が間を置いて、そして静かに告げた。

「では、香織、私たちはもうここで終わりにしよう」

淡々と聞こえた言葉に、香織は半身を引き裂かれるような痛みを感じた。

「えっ、どうして？　私を嫌いになったの？」

「いや、そういうことではない。考えた末の話だ。私は有紀の父親だ。許されないことを私たちがしてきたのはわかっているはずだ」

「わかっていても嫌です。そんなの」

香織は泣いてぐずった。

「香織、わからなければいけない。わかってくれ」

今までにない強い口調で祐一朗が香織を諭した。

「線を引くのは私も辛い。しかし、大学卒業を機に別れよう」

香織は下を向いたまま否定した。

「わかりたくないです。別れたくもないです」

「とりあえず、今すぐではないから落ち着いてほしい」

「祐一朗さんの気持ちがわからないわけではないです。でも私にとっての祐一朗さんは今までで一番大切な人。あなたを失うなんて私に死ねと言ってるのと同じこと」

「冷静に考えよう。君が一生を添い遂げる人は私ではないことは違いないはずだ」

「……それでもそんなの今は考えられない」

「とりあえず今日はおめでとうのパーティーをして二人で過ごそう」

先のことを考えないでおこうとしている香織は今はこの幸せだけで良いと眼を閉じた。車は二人とは別に先の道へと静かになめらかに快適なエンジン音と共に進んだ。

二月、祐一朗は香織に会おうとしなくなっていった。香織は連絡をくれない祐一朗に焦りを感じ悩み始めていた。

「本当に彼と別れるなんて考えられない。私はこれからどうやって生きていったらいいの。彼だけが私の人生すべてを支えてくれた初めての人なのに」

そう考えただけで憂鬱だ。

しかし香織は母から強く釘を刺されていた。大学を卒業したら必ず家に戻って家業と家事を手伝うことが条件だった。それに逆らうことはできないことは重々承知している。祐一朗との出会いがなければ実家に戻ることに拒否感もなかっただろう。蛍のようにあっちの水とこっちの水を知ってしまえば甘いほうを選ぶのは当然のことだ。

三月、もう実家に帰る時期になった。嫌なことが重なる。祐一朗と別れること。そして実家に帰ること。これで自分の人生は終わりだと香織は思った。虐げられた実家での生活を思い出す度に香織の心は冷えていく。

「あんたは市橋家の働き手なんだからね。とっとと帰ってくるのよ」

電話口で母に押しきられる。香織の人生は母のレールから外れることができなかったのだ。憂鬱な日々が続く。心は押しつぶされ、いくらもがいても抜け出せない深い穴に落ちたままの夢を見ては飛び起きる。

「祐一朗さん、助けてください」

飛び起きて涙する香織には彼しか頼りにする人が居なかった。しかし夢で見る祐一朗は背中しか見えない。心を押しつぶされるような苦しみは香織を疲弊させた。

そして祐一朗から、東京に出かけるから会おうという連絡が入った。香織のアパートにいつもの黒塗りの高級車が止まる。いつもなら車に向かう足取りは軽いが、今日は重い。一歩また一歩と車に近づけば近づくほどに祐一朗が離れていくような感触だ。

「こんにちは」

車に乗った香織はさみしそうに挨拶をした。

「香織、元気がないね」

「…………」

「すまない。そんなことを言う立場ではなかった」

「……私の特技は諦めることだった。子供の頃からずっと。でも今回はなかなか難しくて困ってるの。どうしたらいいのかな」

香織の眼からポロポロと涙がこぼれ落ちる。

「泣くつもりはないんだけど、涙は勝手に出てきちゃうんです。困りました」

笑いながらハンカチで涙を拭う。祐一朗は言葉を返せず黙って車を走らせていた。

「さて、まだ肌寒いだろうが表参道を歩こう」

「そうですね。お別れの散歩になりますね。でも、でも、いやです。まだ割り切れてないの。祐一朗さんを失いたくないの」

顔を振ると涙まで四方にこぼれ落ちる。

「香織、大人なんだから。勇気を持とう。私も苦しいのは事実だ」

「祐一朗さん」

表参道に到着するまでずっと香織は泣いていた。泣いていたというよりも涙が勝手にこぼれ落ちて止まらなかった。

「さぁ、歩こう。二人で」

駐車場に車を止めた祐一朗が助手席に回って車のドアを開け、香織に手を差し伸べた。

「…………」

言葉が出ない香織は祐一朗の手を取り車を降りた。車を降りるために手を添えてくれる人がもう居なくなる。そう思うだけでまた涙がこぼれ落ちる。

賑わう表参道だが二人の目にはさみしそうな人通りに見え、皆そそくさと急ぎ足で歩いているように感じる。その中を二人はゆっくり踏みしめながら歩いた。

「あなたと歩む道はいつも光り輝いていました。あなたと過ごす夜は満天の星に手が届くような幸せに包まれ、生まれて初めて二人という言葉を知りました。だからこの世の中には怖いものなど何一つとしてないと思えました」

「香織」

「今日という悲しみがなくなり、私を生涯照らしてくれるお星様が私の手のひらに降りてきてくれたらと願うのですが」

香織はそう言って手のひらを開いた。何もない手のひらを見つめながら言葉した。

「これから私は一人なのね」

立ち止まる香織は開いた手をキュッと握って泣いている。

「香織」

祐一朗は人目も気にせず香織を抱き締めた。

「本当にすまないことをした。香織、私は香織を愛している。いや、しかし愛したことが間違っていた。立場をわきまえずに香織を不幸にしてしまった。私は……」

祐一朗の腕に力が入る。強く香織を抱き締めた。

「さようなら。さようならね」

「香織、愛している」

「もうそれ以上言わないで。私は、私は……」

「もういいの。祐一朗さん、私はとても幸せでした」

香織は顔を上げて祐一朗を見つめ涙をこぼしながら微笑んだ。

「ありがとう」

「香織、まだ表参道をさほど歩いていない。まだもう少し」

香織は祐一朗の口を押さえた。

「私を愛しているならせめて最後にわがままを言わせてください。これ以上愛しいあなたの目に私が映らないほうが、優しい言葉で私を包むあなたの口を開かせないほうが互いに良いのでしょう。祐一朗さん、ここで終わりにします。さようなら」

そう言う香織の口は震えていた。そして涙をこぼしながら微笑んで丁寧なお辞儀をして表参道の道を先に歩いていった。

三月の東京の空はもうすぐ春の風が吹きそうだ。しかしまだどんよりした曇りで心が冷えるほど寒い風が吹いていていた。

「涙は涸れないのかしら」

心の中でつぶやいた。香織は原宿から電車に乗り涙を流したままぼんやりとしていた。何も考えられない。枯渇して乾いた大地。歩いても歩いても雲が切れないグレーの空。歩いて歩いて、そして歩いて彷徨い尽くしても何処にも到着できない。

「私の目的地は何処だったの？」

迷子になった香織は行き先がわからない。それでも歩く。歩いているといきなり足下のレンガが崩壊していき香織は落ちる。底のない暗闇にどんどん落ち続ける。

「どうしました？」

香織は誰かに言葉をかけられフッと気がつくと電車に乗って座りながらバッグを落とし、香織も落ちるような姿勢でうつむいて倒れかけていた。

「あ、すみません。大丈夫です」

「でも、顔が真っ青よ」

「ついうたた寝をしていたようです。ご心配ありがとうございます」

声をかけてくれた人に感謝しながらバッグを拾い身体を起こした。何が起こったのか見当がつかない。どれだけ時間が経ったのかもわからない。血の気が引いて朦朧とする。何をしていたのかを思い出そうと頭に手をやり考えてみた。ただアパートに帰ろうとしていたことだけはわかった。

フラつきながら帰るとすさまじい倦怠感に襲われそのままベッドに倒れ、全身麻酔で一気に意識を失うように眼を閉じた。

この日を境に香織の脳は香織の強いショックを回避するために祐一朗との記憶をすべて封印した。が、十年後の今、祐一朗の手に触れて記憶の封印が解けたのだ。

気絶した香織が目を覚まし辺りを見まわした。病院の処置室らしい。祐一朗の手に触れてからの記憶がない。底知れぬ深淵から突然湧き上がった過去の時間に香織はめまいを覚えた。そして香織は地獄に落ちた。そのとき、看護師の声が聞こえてきた。

「市橋さん、目覚めました？　私が見えますか？」

「は、はい」

ショックで返事をするのがやっとだった。すると連絡を受けた純一がやって来た。

「香織さん、気絶したって連絡受けたから駆けつけたよ。まずは血圧から測るね」

そう言って脈拍や血圧を測定し始めた。

「廊下で気絶したことはわからない？」

「廊下を歩いていたのはわかっているけど、その後は覚えてない……」

そう返事はしたものの、心ここにあらず。祐一朗との記憶が蘇りパニック状態だ。

「特別な異常はなさそうだなぁ。香織さん、低血圧だったよね」

「はい」

「う～ん、大丈夫だと思う。理由はわからないのが正直なところだな。とにかくしばらく横になって様子見て」

「純一さんありがとう」

とにかく人と話す状態ではない香織はそこまで話して目をつむった。祐一朗との記憶が蘇った香織は激しいショックに襲われた。香織は気絶したまま死んでしまえば良かったのにと我が身を呪う。彼を愛していた。そして愛された。確かに大学時代に最高の父親像の祐一朗に出会い追い求めた。二人で過ごしたあの頃の記憶が脳裏を駆け巡る。こんなことは誰にも言えない。どんなことをしても隠し通すしかない。

「すみません。もう大丈夫なので自分で帰ります」

「え？　ご家族への連絡をしなくてもいいの？」

「はい。このとおり、どこも何ともないようですから」

と香織は慌てて身支度をしてそのまま病院を後にした。そして近くのファミリーレストランに立ち寄って正気が戻るまで時間を過ごした。親友の父と愛し合ったなど香織からしたら鬼畜の行為だとしか思えない。

祐一朗は憧れだった。自分の父とは違い父親としてのすべてをそろえている特別の人だった。「なぜ、あんなに愛してしまったの。どうして彼じゃないといけなかったの」と何度も自問自答した。あまりにものショックで涙すら出ない。


「ただいま」

「おかえり。帰りが遅かったね。どうした？」

「本屋さんとかいろいろ立ち寄っているうちに時間経っちゃったみたい」

「珍しいこともあるな。ま、通院も終わって気持ちも軽くなったのかな？」

「そうね。お世話になりっぱなしだったからこれからは夫孝行しないとね」

「そうか。じゃ、甘えますのでよろしく」

仕事中だった泰彦が自宅の居間に置き忘れた物を取りに戻り帰ってきた香織と顔を合わせた。泰彦はいつものように明るく香織を迎えた。その分、香織の心は重い。裏切りをしていた。記憶を封印しないで祐一朗と愛し合ったことを覚えていたら泰彦と結婚したのだろうか。それとも黙ることが辛くて話したのだろうか？　いや、それだったら泰彦との結婚はなかっただろう。相手が親友の父親だ。

「あり得ない。あり得ないことを私はしてしまった」

香織は自分の部屋で頭を抱えて悶々（もんもん）とした。しかし、苦しみを見せるわけにはいかない。家族の前では楽しそうに振る舞わなければいけないと覚悟をした。

そのとき、

「香織、どう。通院完了の気分は？」

有紀から電話がかかってきた。

「うん。ありがとう。スッキリしたような気がするけど、だからってまだまだだとは思うよ。ま、そのときには有紀に甘えるからお願いします」

「わかった。お願いされたからね。じゃ」

　一番の問題は有紀だ。彼女を裏切っていたのは自分だ。心がえぐれるほどの苦しみが襲う。阿修羅の世界に彷徨う妄執の輩になり生きていくしかないのだと涙した。

　それから香織は努力した。家族の前でも有紀の前でもいつも笑顔でいた。楽しそうにした。そして当然のように発作が再発した。過呼吸や不安発作、頭痛。ふいに香織を襲う発作を隠すために、成田病院と離れた精神科に行ってもらった薬を隠して飲んだが家族に薬が見つからないかと思うだけでもストレスになる。それに服薬をしても寝るときに発作が襲う。止められるならと思えば思うほどひどくなる。発作を隠すために香織は芝居を打った。

「泰彦さん、お互い別の部屋で寝てもいい？」

「え？　何故？」

「最近、泰彦さんのいびきが大きくて一緒に寝るのが辛いの」

「すまない。だけど、別の部屋は寂しいが香織に迷惑かけられないよな」

　残念そうな泰彦に申し訳ないと思いつつ、

「ごめんね。私が耳栓すれば……」

「いや、大丈夫だ。別の部屋で寝るからな。安眠は大切だ」

　香織はとにかく発作を見せたくない。

「泰彦さん、ごめんなさい」

香織はただ大粒の涙を床に落としながら立ちすくんだ。

それから香織は何かに取り憑かれたようにピアノに向かった。まるで自分を切り刻むように、必要以上にピアノに自らの身体を叩きつけて音を鳴らした。アンデルセンの童話で赤い靴を履いた少女が踊り狂うしかなかったように、魂を悪魔に搾取されたかのように弾き続けた。それは泰彦や美里どころではなくいつもは無関心な智でさえ、

「香織はどうした。顔つきが違うように思うが」

と、言うくらいだ。でも、ピアノに向かう以外ではいつもの香織だった。泰彦や美里が練習が無理にならないようにしたらどうかと聞いても、

「ん？　気のせいじゃないかな。打ち込んでいるうちに人相が悪くなったかな」

と冗談を言って笑い過ごしていた。

有紀の父を愛し、愛された自分が許せない。自分が憎い。いたたまれない感情をピアノにぶつけた。悲しみ、痛み、苦しみ、もがき、後悔、裏切り、背徳、渇愛。様々な感情を指先で鍵盤に落とし込み、心に棲む香織の様々な感情を吐き出した。時には氷のように冷たく、強い感情がほとばしるように、哀れな己を諌めるように。凄まじ

い気力の限りを尽くした演奏でコンクールで次々と賞を勝ち取る日々を繰り返した。

翌年の春、香織は三十二歳で「遅咲きの桜」と愛称されるピアニストとしてデビューをした。コンサートや交響楽団との共演をこなし、ＣＤデビューも果たし、これからのピアニストとして活躍を期待された。

〝「遅咲きの桜」と呼ばれる市橋香織は十年ものブランクがなかったような力の持ち主だ。これからを十分に期待できる素晴らしいピアニストが誕生した〟

〝『日本から世界に発信するこれからのピアニスト、遅咲きの桜こと市橋香織』〟

音楽関係の雑誌以外にも取り上げられ有名人になり始めた。南康夫(みなみやすお)プロデューサーの力添えで発売できたＣＤの売れ行きも順調だった。

市の会報や地元の雑誌、テレビ、ラジオの依頼等演奏以外の仕事も徐々に増え、市や県の行政等を含む様々なところからコンサート依頼が相次ぎ、香織は忙しい日々を送るようになった。

「香織すごいな。有紀が言っていたのは本当だったな」

「え？　何が？」

「有紀がさ、香織はピアニストとして将来を嘱望されたすごい天才だって話してくれたことがあったけど、俺は全くわからなくて。気にもしてなかった。すまない」

「お兄ちゃんはやっぱり鈍感なのよ。私はすごいって最初からわかっていたけど」

美里は得意げだ。

「後付けだったらなんとでも言えるぞ」

家族は喜びながらも驚く日々が続いた。

しかし、香織は世間の評価など全く気にしていなかった。いや、気にする余裕がない。罪悪感に苛まれ、ただ息を殺していた。

「お前は何をした。さぁ、答えてみろ」

阿修羅が責める夢を何度も見ては飛び起きる香織は逆に有名になればなるほど罪を犯した自分の過去がいつしか人に知れるのではないかとおののいた。しかしピアノの演奏をする香織は凛（りん）として艶やかに舞う美しさは不動だった。タレンテッドの本領だと思わせる、ステージで脚光を浴びる香織は発光するかの如く輝いた。

〝至高の技で表現力が増し「遅咲きの桜」市橋香織は進化していく。奥行きと深みのある演奏は演奏を重ねるごとに開花していくようだ〟

絶賛される香織は逆行するように症状がどんどん悪化し薬が一段と増えていった。そして副作用で時々呂律が回らなくなったり、記憶が怪しくなる日すらあった。そのうち家族に見破られてしまうのではないかと不安を抱くようになった香織はデビューした年の九月に東京にスタジオを作り拠点にした。マンションをリフォームしたスタジオは防音仕様のピアノルーム以外に広めのＬＤＫがあり、他に部屋が三つ。香織がストレスなく過ごせるようにと気を配った泰彦が購入したものだ。泰彦に無理をさせて申し訳ないと思いつつも、今を凌ぐためにはこうするしかないと考え甘えた。

「泰彦さん、ありがとう。無理させて申し訳ないです」

「いや、もう少し早くこうすべきだったよ。しょっちゅう東京に出かけなきゃいけなかったし、香織を電車に乗せて疲れさせることのほうが心配だった。一緒にいる時間はこれから少なくなるけど、互いに行き来もできる距離だ、これで良かったはずだ」

泰彦は満足げに笑った。

スタジオの一人暮らしは苦しみを隠さなくてもよくなった分は楽になったが、阿修羅の世界の住人として孤独に生きていた。

「有紀、私はそんなに強くない。でも、あなたに祐一朗さんのことは言えない。有紀に嘘をついていることが辛すぎて生きている心地がしない。私は有紀と泰彦の力で自分を取り戻したと思っていたのに、自分はそれほどの価値のある人間じゃなかったの。ごめんなさい」

スタジオで泣き叫ぶ香織の声は誰にも届かない。香織はあの神社で怪我をしたときに死んでいれば良かったと何度も思った。

「泰彦さん、ごめんなさい。あのとき巡り合わなかったら、あなたを不幸にすることはなかったのに。私がすべて悪いの。私が至らなくて、私が弱すぎるから、有紀のお父さんと愛し合ったの。そんな私には、泰彦さんを愛する資格なんてない」

夜の帳が降りると激しい後悔で幾晩も幾晩も苦しむ日々が続いた。

4-4　二重苦

九月に東京を拠点にしてから、多忙なほうが余計なことを考えないで楽だと思った香織は来る仕事すべてを受けた。しかし忙しくなればなるほど不慣れな仕事に翻弄され失敗するようになっていった。十月に入りミスは確実に増えだした。取材と移動日のダブルブッキング、執筆の締め切り日の間違い等々、演奏ならストレスもなくこなせてもそれ以外の仕事は香織を余計に追い込みＨＳＰの繊細な心は音を立てて軋む。

「市橋さん、今日の午後から取材をお願いしている『ミュージックライフ』ですが約束の午後一時を過ぎてもいらっしゃらないので、どうしたかと思って電話しました」

「すみません。時間を間違えてしまって。後二十分でそちらに到着するのでお待ちいただけますか？」

「わかりました。急いでくださいね。こちらの時間がタイトなので」

香織は携帯電話を握りしめて必死に謝りながら走った。

別の日。演奏会のドレスや装飾品を違う会場に送ってしまい大騒ぎになった。当日の演奏会に着るドレスがないことに気がついた香織は会場の担当者の力を借りて演奏時間ギリギリに近くにあるホテルの貸衣装に駆け込みどうにかなった。

「市橋さん、間に合って良かったですね」

「ごめんなさい。本当に。こういうミスって本当に血の気が引くのね。怖かった。私がドレスを送った先は次のコンサート会場だったなんて」

香織はガックリと肩を落とした。

「間に合ったから良しとしましょうよ。演奏は今からですがメンタル大丈夫ですか？」

「そうねぇ。申し訳ないけど十分演奏開始時間を遅らせてもらえないかしら」

「それなら大丈夫です。十分ならよくあることですし。市橋さん、お願いします」

演奏は集中だ。香織はあるだけの気力を使って心を整え、それから舞台へと向かった。

集中を切らすことなく演奏を終えた。演奏は香織の命の泉のようなものだけに心地よくできたときは笑顔も出た。ホテルのドレスを返却し新幹線の駅まで辿り着いてまた落ち込んだ。予約したチケットを見たら乗車日を間違えていた。

「何から何までミスばっかり」

そう口にした香織はホームのベンチに腰を下ろしガックリした。すると携帯が鳴った。

「『月刊マイン』の塚本(つかもと)です。メール添付でいただいた原稿ですが、もう一度書き直しをお願いできますか。期限は三日後でなんとかお願いします」

相手の声が香織を責めているように感じる。まともな原稿を書けない香織を軽蔑しているような空気にも耐えられない。HSPは心が折れるほどの痛みを受ける。

余計なことを考えないように仕事をすべて引き受けた。そして依頼された仕事を断ると悪評がつくのではないかという怖さもあって断れなかった。母のマルバツだけのジャッジの世界にはグレーゾーンがない。母に受け入れてもらうためにすべて母の言うままに従ってきたが、社会に放り出された今は自己責任で判断しなければいけない。その結果突き当たる壁を初めて一人で真正面から受け止めることになった。まっすぐな生き方しか知らない香織には嘘も方便という認識もなかった。

くつろげない、休めない、居たたまれない、自分を許せない。やっと母から脱却できたと思ったが染みこんだ考えや習慣はそう簡単に修正できるはずもない。ピアノに時間を費やしてきた香織は泰彦が言うお嬢様そのもので社会との接点も少なく、世間を知らなかった分の社会的洗礼を受けたというわけだ。

病院で投薬量を増やしてもらえばその分副作用が強くなる。また、前日に何を話したか、何を約束したかも覚えていないことがしょっちゅうで仕事は徐々にパニック状態になった。

それに香織はミスをする自分が許せずに深い絶望感に落胆する。相手に申し訳ないと思えば思うほど母に罵倒されたあの苦しみがこみ上げてくる。しかし、自分の勝手で東京にスタジオを構えたわがままを考えると泰彦に愚痴をこぼすこともできない。

一人で祐一朗との過去と仕事のストレスを抱え込むのは厳しい試練だった。

ベッドに横になり眠ろうとするとミスをして迷惑をかけた相手が責めてきて飛び起きるのは毎晩になった。過呼吸発作は一日に数回出るようになり睡眠不足も手伝って一気に衰弱した。倦怠感で身体を起こすのもやっとになり時間があればソファに身体を預ける。目を閉じても迷惑をかけてしまった相手の顔や言葉や場所が渦を巻いて脳裏から消えることがなく、寝ても寝た感覚すらない。香織はどんどん疲弊していった。

十一月の中旬に週末を利用して泰彦がお昼過ぎにスタジオに来てくれた。泰彦はスタジオの引っ越しから来るチャンスがなかった分、楽しみにしていた。

「香織、ずっと仕事や野球とかで来られなかったが、電話をしても香織はすぐに切るから様子がわからないまま時間だけ経っていって心配はしていたよ。様子はどうだ?」

高速道路のパーキングで買った二人分の弁当で遅い昼食を取ろうとＬＤＫの食卓で広げながら泰彦は香織に聞いた。

「うん。えっと、あ、お茶淹れるから待っていて」

香織から見える泰彦は罪もなく幸せそうで異次元の人のように感じ焦った。

「香織、少し痩せたんじゃないのか？」

「そうかな。はい、お茶どうぞ」

「で、仕事はどうだ？」

スタジオを作ってから失敗だらけで泰彦から電話がきても返答する余裕すらなかった。しかし泰彦を目の前にしてつい心がほぐれた香織が話しだした。

「泰彦さん、私実はミスばっかりしていて……もうダメになりそう。泰彦さんに迷惑にならないようにと思って電話では話さなかったの。やろうと思えば思うほど失敗するし、あなたに無理言ってスタジオ作ってもらったから言えた義理もないと思うと辛くて黙っていたの。でも顔を見たら……」

香織が持つお弁当の割り箸が震えだした。

「香織、電話してもすぐに切ってしまうし、ミスをたくさんしたといっても、よくわからん。ちょっと落ち着いて話そう」

仕事のミスだけではなく祐一朗とのこともすべて話してしまいたい衝動に駆られる

香織だが、どうしてもそれだけは話す勇気がない。話を選んで泰彦に話すことが辛かった。全部言えない苦しみで生きた心地がしない。それでも仕事のミスを一つ一つ声を震わせながら説明をした。

「そうだったのか。もっと早く来れば良かったな。一人で悩んで辛かっただろう」

「うん。こんなに怖い日々があるなんて思わなかった。ミスをするって情けないし、迷惑そうに言われると針が心に刺さったみたいで」

「HSPだからなぁ。余計につらかっただろう」

「……また病院に行って服薬していたの」

「服薬？　病院？　あれだけ元気になったのに、それも俺に隠していたのか？」

「ごめんなさい」

「香織、俺たち離れていても夫婦だぞ。そんなことまで隠す理由が俺にはわからない」

泰彦は怒って大きな声で叫んだ。香織の持つ割り箸はガタガタと震えている。

「こんなことになるならスタジオなんて作るべきじゃなかった。俺は香織がそこまで隠し事をすることが一番嫌だ」

「ごめんなさい」

「俺は今まで香織のために頑張ってきた。心理学なんて無縁の人間だったから専門用語も知らない。夫婦といってもどう接していいかもわからず毎日悩んだ。それは一緒にやっていこうという気持ちもあったし、新婚時代はお義母さんの壁でうまくいかなかった分頑張りたかった。それに俺は香織と繋がっている自信があったよ」

「ごめんなさい」

香織の割り箸はさらにガタガタと震えているが、泰彦にはそれは見えていない。

「だけど、今は俺に黙ってここまで詰まったなんてルール違反だろ。どうして隠した、どうして言えなかったのか教えてくれ。香織」

泰彦の大声が終わると部屋の中は物音一つ聞こえない静かな部屋に戻った。そしてそのまましばらく沈黙が続いた。

「すまん。つい大きな声を出してしまった」

声を荒らげ、泰彦が我に返ったとき、香織は割り箸を持ったまま硬直していた。

「香織？」

香織は返事をしない。

「香織？　香織？」

やはり返事がない。泰彦は慌てて香織の顔を覗いて聞いた。

「香織、どうしたんだ？」

「泰彦さん、ごめんなさい。ごめんなさい」

つぶやくように言葉にする香織がいきなり叫んだ。

「いやぁー。やめてー！」

両手で頭を抱え、身をよじって叫んだ。泰彦は瞬間に後悔した。また香織をパニック状態にさせてしまったのだ。

「やめて。もうやめて」

泰彦は慌てて香織を抱き締めた。

「香織の話も聞かないで一方的に話をして責めてしまった。香織、ごめん」

泰彦の腕の中でもがく香織を押さえるので精一杯だ。

香織は叫んで身体をよじったために食卓の椅子から落ち床に転がった。

「みんなでミスを責める。泰彦さんも私を責める。私の居場所は何処にもないの」

泰彦は香織の言葉を聞いてハッとした。香織は完治していない。有紀が言っていたとおりで完治ではなく寛解なのだと。回復したと思っていても根こそぎの完治はないと言うことだ。寛解からまた悪化してパニックを起こしたと泰彦は理解した。泰彦は床でもがく香織を抱き留めながら電話をした。

「有紀、泰彦だ。香織がパニックを起こした。俺が大声を出して責めてしまったんだ」

「え？　泰彦、何がどうなったの？　落ち着いて説明して」

「今、パニックを起こしている香織を抱き留めているので精一杯なんだ。どうすればいいのか教えてくれ」

「わかった。パニック発作になると呼吸が短く浅くなるの。だからまずゆっくり長く深く呼吸をさせることね。『四秒間吸って六秒間で吐く』これをさせて。そうすれば落ち着くと思う。それができたら水を飲ませ、ソファに寝かせ音楽を聴かせる。眼を閉じてもらい、やさしくマッサージしてあげるのよ」

「わかった。わからないことだらけだけど、とにかくやってからまた連絡する。じゃな」

「必ず連絡してよ」

　泰彦は電話を切り、丁寧に香織に語りかけた。

「香織、俺と一緒に呼吸をしよう。四秒吸おう。一、二、三、四。そうそう、やろう。もう一度、一、二、三、四。そしたら次は六秒吐く。じゃ、吸うところから吐くとこまで一緒にな。吸うぞ。一、二、三、四、はい。じゃ、吐く。一、二、三、四、五、六。そうそう。落ち着いて身体の力を抜こう……」

　ぎこちなく呼吸を始めた香織だが徐々に泰彦と一緒にゆっくり呼吸するようになると身体の力も抜け始めた。

「香織、うまいぞ。そうだ。一緒にリラックスしよう」

香織をリビングのソファに座らせて、水を汲み一口香織に飲ませる。

「さぁ、もう少し飲もう。そうだ、うまいぞ。ゆっくり飲もう」

泰彦は香織をそっと抱き締めて褒める。次に泰彦は香織が疲れているときに好んで聴く映画「シンドラーのリスト」をかけ、そっとマッサージをした。

また香織を追い込んでしまった。そのつもりがなくても、香織をこんなに愛おしいと思っていても、つまらない苛立ちで苦しませてしまった。香織は香織で迷惑をかけないようにと思い込んで黙っていたことへの配慮もしなかった。パニック発作を起こすまで悪化していることすら知らなかった。「俺は少しも成長してない」、そう思い後悔して泰彦は泣いた。

「有紀、なんとかパニック発作は収まったよ。ありがとう。本当に助かった」

香織がソファで眠ったことを確認してから別の部屋に行って有紀に電話をした。

「泰彦、よくやったね。ま、パニック発作が起こった原因を作ったのは微妙だけど」

「そうなんだ。俺がついつい。香織がガラス細工だってことをすっかり忘れていたよ」

「そうね、確かに香織はかなりのＨＳＰだからなぁ。逆に考えたら泰彦がよく頑張ってると思うけど。家族の理解がなくて悪化したままの患者さんは多いから、私は泰彦を尊敬してる。それに香織の代わりに感謝してる。ありがとう」

「とんでもないよ。俺、これからどうしたらいいか不安だ。離れているからなぁ」

「そうね。私もすぐに香織の具合を見られるわけでもないし」

「限界はあるよな」

「うん。でもね、香織も成長してもらわないとね」

「香織が成長……できるのか？」

「できると思う。時間はかかるけど諦めないでいこう。本人が乗り越えたと思っても深層心理はそんな簡単に変わらない。だけどできないわけじゃない」

「あぁ、そうだったよな。もっと見守る力をつけないと香織を守れない」

「私が思うに、香織から連絡がないときほど何かあるんだよね。スタジオできてから連絡なかったからなぁ。私ももっと気をつけていれば良かった。反省だな」

「寛解だと思っていて、俺、甘かった。それにＨＳＰのこともすっかり忘れていた」

「とにかくこれからね。また何かあったら連絡して。必ずよ。泰彦」

「わかった、ありがとう。じゃ」

香織と楽しい時間を二人で過ごせると思っていた泰彦はガックリと肩を落とした。

「俺が何をしたっていうんだ。どこまで試練をくぐらないといけないのか。俺、それなりに頑張ったけど、まだ足らないっていうのか」心の病の深さに打ちのめされた泰彦はすぐに香織の側に行くことができなかった。「俺は耐えられるんだろうか」

　スタジオに来るためにオーバーワークをして運転してきた疲れもあり、香織のパニックのショックでの疲れもあり、床に腰を下ろしたまま眠ってしまった。


　泰彦は床の冷たさで目が覚めた。どのぐらい寝てしまったのかもわからなかった。とりあえず身体を起こそうとしたときに驚いた。香織が泰彦のすぐ横で同じように冷たい床に座って寝ていたのだ。やつれた顔に痩せた身体の線を感じた。

　香織は好きにしていたわけじゃなく香織なりに苦しんでいたんだと気がついた。泰彦は疲れ切って何もかも捨ててやりたいような感情に溺（おぼ）れたことを後悔した。

「俺だけが辛いわけじゃなかった」

　自分に言い聞かせて身体を起こし香織を抱いてそのままベッドに寝かせた。抱き上げたときに感じた。香織の身体が軽かった。そして腕も足も細くなっている。スタジオで仕事をするようになってどれだけの心労があったのかと泰彦はやるせなくなった。

「泰彦さん」

　ベッドに横になった香織が目を覚まして泰彦を呼んだ。

「ごめんなさい。また迷惑をかけちゃった。本当にごめんなさい」

「いや、いいんだ。それよりも身体冷えただろう。温かいコーヒー淹れるからな」

「うん」

弱々しい香織の返事に言葉が詰まる。コーヒーを淹れながら泰彦は考えた。香織は健常者じゃない。もっと気を遣わなければいけなかったのにスタジオを作ったことで満足しきって香織を見ていなかった。それになんとかなるだろうと高をくくっていた自分がダメだったんだと反省しながらコーヒーをカップに注ぎベッドルームに運んだ。

「さ、コーヒーだ」

気まずい雰囲気の中、二人はコーヒーを飲んだ。

「あ、お昼の弁当そのままだったな。すまなかった。俺、怒っちゃって。もうお昼ご飯じゃなくて夕ご飯になっちゃうな。というか今は五時か。夕食ならもっと美味しい物を食べたかったな」

泰彦は笑った。まだ素直に笑えない香織が話を戻して謝った。

「私が原因だから怒っても当然なのに、私が発作起こしてまた迷惑かけちゃって」

「いや、そうじゃないんだ。香織の発作が収まってから床で寝たのはそれなりの理由があったんだ。さっきも話したけど、俺なりに頑張ってきたのにまた発作で……俺疲れてさ、これから香織を支えていく自信を一瞬なくしたんだ。それで香織の側にいることができなくて座ったまま寝てしまって」

「いいの。こんな面倒な妻なんて捨ててくれてもいいの」

香織の眼から涙が落ちた。

「お前を捨てたら俺が満足するとでも思ってるのか？　そうじゃないだろ」

「だって、ずっと迷惑ばかり」

「俺そんなに強くなくてさっきは自分に負けたよ。だけど、目が覚めたとき、香織が横に居てくれて嬉しかったんだ。こんな俺の側にいてくれたんだなって。それも冷たい床に。確かに一瞬揺らいだよ。これからやっていけるのかって。でもそれ以上に俺は香織が大切だ。だからこれからも一緒に頑張りたいんだ。それに香織を守りたい」

「泰彦さん、ごめんなさい」

嘘つきは私だと香織は叫んで謝りたい衝動に駆られた。その罪悪感と泰彦への申し訳なさと彼の尽きない愛に涙がさらにこぼれ落ちる。

「謝らなくていいんだ。香織はそのままでいい。俺も悪かった。ごめん」

泰彦は香織の涙を指で拭い笑った。香織は心が痛んできしむ音が聞こえた。

コーヒーを飲んで香織が落ち着いたところで食べ損ねた弁当を食べることにした。

「香織、かなり痩せたみたいだから食べるんだぞ」

「はい。しっかり食べます。泰彦さんの分も食べますから」

「そりゃ食べ過ぎだぞ」

泰彦はいつもの様子に戻っている。しかし香織の心はくすんだままだ。でもいつまでもそんな顔はしていられないと思い、できるだけ笑顔を作ろうと励んだ。食べながら泰彦が仕事の話をしだした。

「香織はこういう仕事はしたこともないからミスしたのも仕方がないと思う。だから割り切ることが一番だ。これからはもっと仕事は絞って楽にしたらどうだろう」

「うん。とにかく仕事は減らさないともう無理だと思う」

香織の手はまた小刻みに震えだした。すると泰彦は彼の手で香織の震える手をそっと包み、そして香織を抱き寄せた。

「大丈夫だからな。落ち着こう」

しばらくそのまま時が流れた。

「さ、香織、とにかくお弁当食べよう」

「うん」

口に運ぶ弁当は砂の味だ。香織はそれでも美味しそうに見えるように必死で振る舞った。泰彦の優しさが辛くてしょうがない。それを知っていて嫌がらせしているのかと思うほど泰彦は優しい。泰彦は弁当を食べてから香織を居間のソファに座らせて茶を入れた。茶は温かくほんのり湯気が立っている。

「香織」

香織の横に座っていた泰彦は香織を抱き寄せ、ゆっくり話しだした。

「世の中うまくいくことばかりではないよ。人は失敗をして学ぶものだと会社に勤めて知ったよ。結構怒られたんだよな、上司にもお客様にもさ。香織はスタジオで仕事をするようになって初めて社会に触れた。うまくいかなくて混沌とするのも無理がないよ。そんなに自分を責めたってどうにもならないんだよな」

「そうね。私、社会人としてちゃんと働いたことないし。市橋不動産の事務っていっても、家事もあったからフルタイムで働いていなかったし」

「だから、落ち込まなくて良いよ」

「そうなのかな」

「香織、現在のスケジュールはどうなっているんだ」

バッグの中から手帳を出して見せた。

「え？　こんなに？　こんなに仕事入れたら誰だって詰まるぞ」

「え？　そうなの？」

「そうだ。もっと休もう。まだ実家に居た頃なら俺が側に居てアドバイスしたりして難なくこなせていたからこうなるとは考えてなかったよ。すまなかった。それにしても香織は本当に真面目すぎるのが欠点だし、ＨＳＰだから余計だ」

「お仕事の依頼が来れば受けるものだと思っていた。断ったら申し訳ないと思った」

余計なことを考えたくなくて仕事を詰め込んだと言えない香織は、泰彦にこれ以上語る言葉はなかった。

「わかった、俺が手伝うよ」

「え、それはいくら泰彦さんでも申し訳ないわ」

「いや、このままで放置できないぞ」

「ごめんなさい。泰彦さん。スタジオまで用意してもらって、仕事まで」

「そんなこと気にしなくていい。香織には俺がいる」

市橋不動産の仕事をしながらマネージャーの仕事を請け負う形で仕事の依頼はすべて泰彦が受けるようにした。それにコンサートは美里が同行することにしてスケジュールのミスもなくなった。週末は泰彦と美里が交代でスタジオで過ごすようにした。それで香織は仕事のストレスからは解放されるようになった、しかし泰彦がスタジオにいるときは罪悪感に縛られながら楽しそうなフリをする苦痛の日を過ごし、彼が帰った後に発作を起こし服薬をするという悪循環が続いた。

十二月。一人スタジオで夜を過ごす香織はベランダに出て月を見ながら考えていた。何故あんなに彼を愛したのか、どうしてあのとき親友の父だとわかっていても気持ちを抑えられなかったのだろうと思い起こす。

それにマネージャーをしてくれる泰彦から離れることもできず、二重苦の地獄が続く香織は夜な夜な「シンドラーのリスト」のサントラを聴いて自分の気持ちを慰めていたが、この状態をもう終わりにしたいとも思い始めていた。

心配をしていた有紀がスタジオに遊びに来た。

「一度はスタジオに来たかったんだけど、へぇ〜素敵なスタジオね」

「ありがとう。来てくれて嬉しい。ゆっくりしていくよね」

久々の明るい会話が楽しい。親友はとても大切だ。ただ自分の裏切りさえなければ。

「香織、泰彦から香織がパニック発作を起こしたって電話かかってきたときは驚いたよ。あとから話を聞いたけど、また一方的な話し方をしてパニック発作を起こさせたから。一方的な話し方をしないようにしばらくロープレで訓練したよ」

「え、ロープレしたの？　そこまで……元々は私が悪いのに」

「誰が悪いとか悪くないとかの問題じゃないの。香織はすぐにジャッジしちゃうからな。そこも修正していかないとダメだし、まずは香織の心の成長を促すカウンセリングしなきゃ。あ、お昼どうしようか」

「近くにタイ料理のデリバリーがあるから頼む？」

「うん。タイ料理歓迎」

携帯で検索をして二人で料理を選び電話で注文したあとに泰彦から電話があった。

「ヴァイオリニストの幸村明日香という女性とデュエットをする話が来たんだよ。演奏会を決める前にその幸村さんが香織に会ってから決めたいって言ってきて、今すぐに会いたいからって、こっちの承諾もないままもうそっちに向かっているんだ」

「え？　いきなり？　どうしてそんなことになるの？」

「それがさ、幸村というヴァイオリニストはわがままで一旦言い出したら誰も止められないので有名らしくて……俺と電話していて、『じゃ市橋さんがオフなら私が会いに行きます』って電話切っちゃったんだよ」

「とにかくスタジオに向かっているから対応を頼む」

「わかったわ。ナイスタイミングで有紀が居るから私は安心よ。また連絡するから」

香織は面食らったまま携帯を切った。

「香織、どうしたの」

「有紀、実は今度セッションするかもしれないヴァイオリニストが演奏会を決める前に私と会ってみたいと言ってここに向かっているんだって」

「は？　何様？」

「だよね。すごい話すぎて……怖い」

「そうね。せっかく香織とゆっくりしようと思った初日からこんなことになるなんて」

「ピンポーン」

二人は顔を見合わせた。

「タイ料理なのか、幸村さんなのか、どっちかしら」

香織は襟を正して玄関に向かいドアを開けた。

「こんにちは。市橋さん？」

初対面など全く気にもしない風の高校生ぐらいの若くて愛くるしい美少女が香織がデリバリーで頼んだらしいタイ料理の袋を片手に持っている。その出で立ちは頭からつま先まで見事なロリータファッション。そしてしかと香織の目を捉えて言い放った。

「私、幸村よ。初めましして。マネージャーのご主人から連絡あったわよね。ごめんなさい、私せっかちだからいきなり来ちゃって。市橋さんが頼んだタイ料理のお代は私が払っておいたから私も一緒に食べてもいいわよね」

そう言った幸村はタイ料理が入っている袋を片手で持ち上げて見せて家に入って玄関で靴を脱ぎだした。

「あ、え？」

勢いのすごさに押されて香織は部屋に入れてしまった。

「有紀、タイ料理と一緒に来ちゃった」

5　リカバリー

5－1　変化

　玄関から部屋に戻ってきた香織の後ろからチョコンと顔を出した幸村が有紀を見て笑顔で挨拶をした。

「こんにちは。初めまして。幸村です」

「はぁ、初めまして。成田有紀です」

「あら、有紀さんは市橋さんのお友達かな。一緒にタイ料理食べるから。よろしく」

　有紀は我に返って強い口調で言い返した。

「ちょっとあなた、そんな身勝手な振る舞いしていいと思ってるわけ？」

「あら、気に障ったかしら、ごめんなさーい」

　幸村は悪びれもせずに微笑んで丁寧に頭を下げ詫びた。まるでバレエのレヴェランス（お辞儀）のように優雅に振る舞う姿に強気の有紀ですら驚いて閉口する始末だ。

するとと幸村はダイニングテーブルにタイ料理の袋を置いて、

「さ、一緒に食べましょうよ」

と当たり前のように椅子に座り美味しそうな匂いのする袋を開けだした。

有紀は両腕を組んで首をかしげながら、常識を逸脱して振る舞う幸村を見つめた。

「幸村さん、本当は結構シャイなんじゃないの？」

有紀は試すように聞いた。

「そんなことはないです。私に限って」

と言いながら言われたくない事実を受け止めきれずに幸村の顔が赤くなった。

気持ちを切り替えた二人もダイニングテーブルに座った。

「ねぇ、幸村さん、私たちはあなたのこと知らないんだけど、まずは自己紹介してくれないかな。それにここに来た理由も」

有紀は腕を組んだまま幸村に話す。

「まぁ、仕方がないわね。じゃ、まずは自己紹介ね。幸村明日香、十七歳で高校二年生、身長百五十五センチ、体重内緒、ヴァイオリニスト、東京在住。それで、ここに来た理由は市橋さんの演奏を聴いて好きになったから。それに一緒に演奏するって話が出て……とにかく会いたくて来ちゃったってわけです」

「高校生でプロの演奏家？」

有紀は驚いた。

「うん。期待の星だってよく言われる」

「ねぇ、有紀、その幸村さんなら私知っている。天才だと言われるプロの演奏家なの。まさかその幸村さん本人だとは、唐突な出会いすぎて私もすぐに気がつかなかったわ」

香織は笑い、有紀は噴き出した。

「すっかり幸村さんのキャラに負けたよ。甘えん坊でやんちゃでかわいいよね」

「そうなのよ、許せちゃった」

二人で笑った。幸村は長い髪をツインテールにして洋服はピンク基調のフリルたっぷりのロリータで珍しいがとてもその服装が似合っていてかわいい。ヴァイオリンをタスキ状態で背中にしょったまま無邪気な顔をして眼を丸くしている。

「甘えん坊だなんて失礼ね。私はもうちゃんとお仕事して自立してるのよ」

ちょっとふくれっ面の幸村に有紀が、

「幸村さんは香織に会いたくてどうしようもなかった。連絡を取って断られるのも怖い。だったら行ってしまって懐に飛び込んでしまえばなんとかなるという勢いで来た。だけど、本当はドキドキ。だからつっけんどんな話し方でガードしてるのかな」

「う」

図星だったようで幸村が詰まった。すると香織が、

「幸村さん、よろしくね。驚いたけど仲良くしてください」

「ま、その顔を見ると少しは反省しているみたいだし、いいわよ。仲良くしましょ」

有紀にそう言われた幸村が話しだした。

「ごめんなさい。いきなり押しかけて。こんなことをした理由は有紀さんの言うとおり。恥ずかしかったからつい。それで私は市橋さんの大ファンなの。あなたの演奏好きなのよね。それに美人で孤高の人って感じなんだけどお高くなくてアンニュイ感がなんとも言えないくらいステキなの。

それに演奏の感性が私と似てるのかな。ここはこういう感じなんて思うとおりに、いいえ、それ以上の歯ごたえのある演奏なんて私聴いたことないぐらいで」

幸村は謝るだけ謝ると今度はどんどん得意げに香織の説明をしだした。

「あら、そんなに褒めてもらっちゃって申し訳ないわ」

「市橋さん、人の評価はちゃんと受けないと失礼よ」

幸村はまたふくれっ面になった。

「香織、幸村さんの強さを少しもらったほうが良いかもね」

有紀がまた笑った。

「はぁ、そうなのね。褒めてもらうと申し訳ないと思っちゃって」

香織は少し困惑した。

「幸村さん、背中のヴァイオリン、降ろしたら？」

「あ、忘れていた。これは失礼」

「幸村さん、そのヴァイオリン、確かストラディヴァリウスじゃなかったかな」

香織がおぼろげな記憶を辿って幸村に聞いた。

「うん。そうだよ。プロになれたら買ってもらう約束をパパとしたの。この子はパパからのご褒美。そして私の親友」

ヴァイオリンを降ろした幸村はストラディヴァリウスを抱き締めて話した。

「へぇ、親友がストラディヴァリウスなんてすごい」

有紀が意味ありげに話した。

「そ、親友なの。この子は私を裏切らない。絶対にね。パパもママも誰も信用しない。このストラディヴァリウスで演奏するときが一番幸せなの。このストラディヴァリウスと市橋さんと三人一緒に演奏したいって思った。市橋さんなら信用できそうで」

「なるほど、直感ってものかしらね」

有紀は一人で納得して続けた。

「幸村さん、香織をよろしく」

「うん。いいよ。市橋さん、有紀さん、よろしくお願い申し上げます」

幸村は立ち上がって丁寧なレヴェランスで御挨拶をした。

食事を終えてから簡単な曲をデュエットし納得した幸村は満足して帰った。ようやく落ち着いたスタジオでソファに座った有紀が話しだした。

「育ちはよい子なんだろうな。贅沢に育ってるのは一目瞭然だけど、さみしい子なんだよね。おそらく」

「そうみたいね。誰も信用できないなんて余程のことがあったんでしょうね」

「そうだろうな。誰でも辛いことはあるよ。自分自身で乗り越えるしかないからね」

「うん。そこだよね。私、幸村さんよりも子供だなって感じた」

「香織は自分を出さないからな。幸村さんから学ぶといいよ。さっき、香織は自分の評価を受け入れないって言われてたよね。そこが香織には足りないのよね」

「言われて考えてみたらそうね。褒めてもらってるのを否定したら褒めてくれた相手を否定することになるから素直に受け入れないとダメなのね。自分の思い込み、えっと歪みね。自分の歪みで相手の言葉を聞き入れないのは子供だってこと」

「そ。ありがとうって言えばいいだけだよ。今日はいい勉強になりました」

「はい、先生」

「しかし、すごいロリータ旋風だったねぇ」

つむじ風のような幸村が去ってホッとした二人はそれぞれに背伸びをしてゆっくり茶を飲んだ。

そして二人は東京タワー一階玄関前の期間限定イルミネーションを見ようと散歩に出かけた。

「今だから言えるけど九月にスタジオで一人で仕事をしだしてからミスしちゃって、それが一回じゃなくて次から次とミス連発でパニック起こして発作と不眠と食欲減退で痩せてだるくて」

「泰彦から聞いたよ。服薬もしていたんだって」

「うん。私、仕事できないんだって三十になって自覚するなんて笑えちゃう」

「そんなに自虐的にならないの。辛いなら辛いってすぐに言えば良かったのに」

「スタジオだけでも贅沢だと思ってたからそれ以上負担かけたくなくて。ピアノを弾いてるだけならストレスないけど、社会の中で暮らすのって大変ね。そう考えたら十七歳の幸村さんは私よりずっとずっと大人」

「彼女なりに未熟なところはあっても強さがあるから。自分という幹っていうのかな」

「幹。自分。強さ。私には全くないような気がする」

「香織は控えめすぎる。いいところなんだけど幹をもっともっと太くしないとね」

「どうすれば太くなるんだろう」

「そうね。ロープレだな。香織は美人で立てば芍薬座れば牡丹歩く姿は百合の花だよね」

「え、やだ、とんでもない」

「ブー。ダメダメ」

有紀は笑いながら指を交差してバツをした。

「今、ロープレ中。私が評価したらまずはありがとうと言ってみて」

「わかった」

「香織はとっても美人で立てば芍薬座れば牡丹歩く姿は百合の花だよね」

「あ、あ、ありがとう」

「香織のその服、素敵ね」

「ありがとう」

「日本でピアニストといったら市橋さん。それぐらいすごい！」

「あ～ありがとう。ありがとう。う……口の中で虫唾が走るみたい。気持ちが悪い」

香織は身体をかきだし、それを見た有紀が笑った。

「自分の評価が正しいわけじゃないんだよ。他人から見た評価を素直に受けるのも強さね」

「うん。ありがとうって言うと、なんだかスッキリして気持ちも良いわ」

香織にとっては新鮮な発見だった。

「ピアノの練習も大切だけど、会話の練習のほうがもっと重要だな」

「うん」

東京タワーが見えだし、坂を上っていくと、

「あ、イルミネーション見えた。ほら」

香織が東京タワーの足下に広がる光を指さして見せた。

「イルミネーション素敵！　行こう、香織」

走り出した有紀の後ろを追いかけながら東京タワーよりも有紀の話し方に改めて魅力を感じた。すると有紀が立ち止まって振り返り、

「でもさ、ここまで元気になってるなら安心した。来て良かった」

そう言いながら香織を抱き締めた。

香織は後ろめたさを感じていたが有紀の明るさと一緒に居る楽しさで祐一朗との隠し事はすっかり忘れて過ごした。

5－2　齋藤

香織の状態を心配していた音楽プロデューサーの南からマネージャーをつけてはどうかという話が来た。適任だと思われる人物が現れたからだ。

香織より三歳年下の三十歳男性でクラシック関係の仕事を探しているという。作曲家だが新しい世界で音楽に関わっていきたいらしい。香織は面接をすることにし、すぐに泰彦に電話をした。

「へぇ〜南プロデューサーの紹介ならいいかもしれないね」

「うん。それにいつまでも泰彦さんと美里ちゃんの力を借りるのも申し訳ないし」

「そうだなぁ。マネージャーの仕事はそれはそれで面白いけど。俺はやっぱり市橋不動産の仕事で頑張りたいからな。もし面接して良ければお願いしようよ」

「うん。そうする。泰彦さん、いつもありがとう」

三日後、南の会社の応接室で面接が始まった。

「失礼します」

と、弱々しい声が聞こえたと同時に応接室に入ってきた。身なりには気を遣わないラフな感じで、くたびれたスニーカー、ダボっている今時のパンツ、シャツはパンツの上におしゃれでというより気を遣わないままの出しっぱなしで、丸メガネをかけ、頭は緩いパーマでくしゃくしゃくしゃ。都会ならどこにでも出没するような感じだった。

このような粗末な風貌でもなお隠しおおせていないくらいに顔立ちが美しく整っているのには驚いた。しかし全体的にやさしく気弱な感じがする。

「えっと、市橋香織です」

応接室のソファから立ち上がり挨拶をした。

香織はその男性の風貌をもう一度上から下まで眺めたまま返事をした。今風のイケメン美形だが、そういう雰囲気はおくびにも出さない態に好感が持てる。すると、

「すみません。こんなんで。齋藤健太（さいとうけんた）っていいます。よろしくお願いします」

とペコッと長身の身体を折った。

「ま、齋藤君、座って話をしよう」

「はい」

南プロデューサーは続けた。

「三十歳独身、結婚歴無し、結婚志望無し、お金無し、お前身長高いよな」

「あ、百八十二センチです」

「そうだろうな、痩せてるのはうまいもん食ってないからだろ」

南にからかわれても素直にうなずいて笑っている。おとなしそうな性格のようだ。

「こいつは音楽を聴き分ける力はあるし、香織さんと同じ大学のピアノ科なんです」

香織は驚いた。それに、同じ学校というだけで一気に近しい存在に感じた。それに同じピアノ科となると同属の人に会えたことが単純に嬉しかった。

「はい、そうです。市橋さん。恥ずかしながら市橋さんと大学一年間は被っています

から知っています。というよりも大学でも有名でしたよ。ピアノ科堂々の首席で卒業されましたし。僕もピアノ科でしたが、作曲に魅せられて道を外れて今に至ります」

彼は苦笑いをして頭をかいた。

「お前、気がつくのが遅すぎるだろう。ま、耳は確かだし、何度かうちの仕事でバイトしてもらったけど、気配りとかうまいし、サクサク動くし、これならきっと香織さんのお手伝いができると思ったわけです。東京には才能があっても世の中で脚光を浴びることのない奴ってゴロゴロいますからねぇ。ま、齋藤君もそのうちの一人だな」

「あのぉ、具体的にどのようなことをしていただけるのでしょうか？」

香織がやっと話した。泰彦と美里が請け負ってくれている仕事だけではなく、クラシック音楽のアーティストとしての立ち位置も熟知しているアドバイスやサポートは力になる。さらにネット配信のサポート等々。

「はぁ、それはとても助かりますね」

「で、こいつ男だけど、妙な色気もないし手を出す心配もないかなと思いましたから」

香織は彼の風体を見ながらちょっと笑った。

「それはわかります。大丈夫そうです。あ、齋藤さん、失礼」

つい口を滑らした香織に対して、

「いや、構うような奴じゃないですから」

と南が笑うと齋藤はうなずきながら苦笑した。

「ここまでの感性を持っている付き人は今のところ見当たらないしねぇ。ま、こんな話をしていてもきりがないから、市橋さん、隣のピアノで一曲、齋藤に聴かせてやってください。その感想を聞いてから考えてもいいかなと思いますし」

「はい。じゃ、そうさせていただきますね。齋藤さん、よろしくお願いいたします」

「こちらこそ」

齋藤は、またペコッと長身の身体を折った。

録音スタジオの重厚なドアを南が開けると、漆黒のピアノが香織を待っている。

「あのぉ、何を弾けばいいのでしょうか？」

すると腰の低い齋藤が、

「先月、品川のコンサートで弾いた中の、華麗なる大円舞曲をお願いできませんか？」

「あ、はい。わかりました」

香織が弾き出すと南は両腕を組んでうんうんと納得しながら聴いている。そして齋藤は目を見開いたまま真剣な面持ちで香織を見つめていた。

「ありがとうございます。率直な感想をお伝えしてもよろしいですか？」

斎藤は堪えきれないような面持ちで弾き終えた香織に話した。

「はい。どうぞ」

「いきなりすみません。演奏を聴かせていただけて感動しました。品川での演奏は音が響きピアノが歌っているように聴こえたのですが、間近で聴くとまた違いますね。市橋さんの独特な繊細さ、それにダイレクトに響くタッチは他に類を見ないものだと思うんです。それにまず音そのものが違います。すごく芯を捉えた音が素晴らしい。それに曲を掌握する能力の高さもさることながら、その集中力に圧倒されました。この曲の解釈を考えると……あ、すみません。勝手にベラベラしゃべっちゃって」

夢中になって話す斎藤は途中で気がついて真っ赤になって恥じた。

「市橋さんは稀有(けう)な才能を持つ世界的な天才だと僕は思っています。僕が選ばれたなら目一杯サポートをしたい人だと思ってここに来ました」

つんのめりながら斎藤は思いきって本音を話した。その一気に吐き出したような強い口調に驚いた南と香織はお互いの顔を見て互いに何かを確認したようにうなずきニッコリした。そして、南は自慢げに笑いながら話した。

「どうですか？　市橋さんと斎藤君、いいコンビになると思いますよ」

それから、ちょっと風変わりな斎藤を付き人にし、二人三脚を始めることになった。

「泰彦さん、この間話したとおりマネージャーの面接をしたの。齋藤健太さんっていう男性だけど、私と同じ大学のピアノ科で良い人みたいだからお仕事頼んだの」

「そうか。香織が良いと思ったならOKだよ。とにかくこっちに連れてきてからだな。俺と美里が担当している仕事の引き継ぎもあるしね。楽しみだな」

「そうね、今度の日曜日に連れていくから楽しみにしていてね」

香織は電話を切りながらホッとため息をついた。泰彦から逃げられるという安堵感だ。祐一朗との過去を隠しながら彼の側に居ることは未だに苦痛だ。泰彦に会う度に心の中で「頑張れ、隠し通せ」と思いつつ接するのはあまりにも心が痛い。

そして日曜日。市橋家に齋藤を連れて香織は帰った。

「え〜ステキ！　齋藤健太さんね。よろしく。美里です」

一番喜んだのは美里だった。

「香織の夫の泰彦です。香織は繊細ですから何かと大変だと思いますがお願いします。実は付き人を私と美里ができる範囲はお手伝いしていましたがこっちも仕事がありますし、ようやく一息いれられるので助かります」

「冴えない人間ですが頑張ります。こちらこそよろしくお願いします」

齋藤はまたペコッと長身の身体を折った。智も齋藤には好意的だ。

「あの母親より齋藤君のほうがいい」

するとと美里が口添えをした。

「お義父さんの一言はストレート直球すぎていつもすごいからね」

全員で爆笑した。美里は久々の長身イケメン痩せ型、高学歴、独身、二歳年上というカテゴリーに惹かれてずっと齋藤と話をしていた。

「あ、僕、貯金ないので」

低姿勢であっけらかんとしてストレートな齋藤に美里は、

「これからマネージャーして香織さんにたっぷりもらえばいいのよ」

と身勝手な希望的観測で盛り上がっていた。

「これで俺も安心だし、いい人で良かったよ」

「実直な人柄を感じる人だから安心もしたし、美里ちゃんのいいお友達になりそうね」

そして家族が一人増えたような和やかな昼食になった。

昼食後、泰彦と香織と齋藤で仕事の引き継ぎやこれからの仕事の打ち合わせをいろいろと進めていった。そして打ち合わせが終わってから、香織はピアノの練習を始めた。

「齋藤君、良かったらここらへん案内しちゃうけどいいかな?」

「あ、はい。助かります」

斎藤に声をかけた美里は彼を連れ出した。香織は練習をしながら斎藤のことを考えていた。どうこれから接すればいいのか、どこまで話したらいいのか、わからなかった。斎藤は香織の演奏を聴いてどういう精神状態かぐらいは察する力がある。東京での地獄の暮らしを黙っているわけにもいかないだろう。悩みながらただただ弾いた。

そんな香織の苦しみを露ほども知らない智と泰彦はソファに座り、表札の種類を増やしたほうがいいとか、いや、オーダーして注文すればいいとか、楽しそうに話をしている。二人の息も合うようになり市橋不動産は充実した会社になっている。そのとき、香織が地元に帰ると有紀に伝えていなかったのを思い出して慌てて連絡をした。

「香織、冷たくない？　夕食のご馳走持って純一と押しかけるよ！」

と有紀は香織の返事も聞かないで電話を切った。

「美里ちゃん、夕食のご馳走持って有紀と純一さんが乱入するらしいわ」

夕食前に有紀と純一が市橋家を訪れた。

「おぉ〜憧れの有紀さん」

「それに斎藤君と、香織さんと、幸せすぎるぜ！」

美里は絶叫していた。

「美里ちゃん、僕もいるけどなぁ」

純一が困ったように存在をアピールした。

「それと、純一さん」

香織は後付けで歓待した。

「僕はどれだけ薄い印象なんだろう」

そして夕食。有紀が用意してきたすき焼きでまたわいわいと騒がしくなった。有紀は齋藤を気に入り、

「この人なら香織を任せられそう。だけど、香織は繊細だから取り扱いは慎重に」

「はい。有紀さん、気をつけます」

「よしっ」

ガヤガヤとした食事の中、いくつも仕事が重なっていた香織は、

「ごめん。仕事の疲れが溜まっていて疲れたから横になってくる」

と話しながら歩こうとしてよろけた。

「僕がお連れします」

すぐに齋藤が立ち上がって、香織を支えて連れていった。

「もうすっかり付き人だね」

「いい人で良かった」

と夕食は賑やかに続いていく。ベッドに横になった香織に斎藤が聞いた。

「香織さん、ＨＳＰですか？」

「……わかるの？」

「はい、妹もでしたから」

「え、そうなの」

「で、薬は飲まなくてもいいのですか？」

「え？　そこまでわかるの？　じゃ、私のバッグから薬持ってきてもらえないかな」

「了解です」

一旦、居間に戻り、香織のバッグとコップに汲んだ水を持ち、

「香織さんに飲み忘れたビタミン剤を持っていきます」

斎藤の丁寧な対応に全員が満足した。

「香織さん、薬持ってきました。これは抗不安剤ですね。この薬ならしばらくすれば楽になりますね。飲んで落ち着いて寝てください」

「ありがとう。助かったわ」

違和感のない斎藤に安心した香織は発作も起こさないでぐっすり朝まで寝た。

翌朝、香織と齋藤は家族と別れて東京に向け車を走らせた。高速道路に入ってしばらくしてから香織が話しだした。

「昨夜は本当にありがとう。助かったわ。ＨＳＰっていうのも有紀が教えてくれなかったら全く知らなかった。まさか自分がなんて思ったけど本を読んだときは、あぁ、そうだったんだって納得したわ」

「知る人はまだまだ少ないようですね。でも、自分がＨＳＰだと気がついた人にとってはとてもありがたいカテゴリー分けだと思います」

「そうねぇ。ホントにそう思う。だけどどうして私がＨＳＰってわかったの？」

「演奏する曲を聴いてそうじゃないかなと感じました。ピアニストや他の芸術家でＨＳＰやギフテッド、タレンテッドは多いですからね。そして実際にお会いして確信しました」

「そうだったの。ＨＳＰ繋がりになるなんて珍しい話ね」

「確かに」

「それに妹さんがＨＳＰって昨日の夜聞いたけど、大変じゃない？」

「いえ、もう大変じゃないので」

「え？」

「えっと、妹は三年前に死にました」

「え？」

齋藤は困った顔をしてちょっと考え込んでから話した。

「あ、ちょっと止まってもいいですか」

「あ、いいわよ」

「ちゃんと話したいので、時間をください」

齋藤はしばらく走って高速道路のパーキングエリアに入って駐車場に車を止めた。

「いずれは話すことになるかなとは思っていましたが、つい口にしちゃって、それに驚かせてしまいました。すみません」

「謝ることじゃないでしょ。びっくりしたけど」

「はい。妹は三年前に自殺しました」

香織は息を呑んだ。

「妹の自殺は僕が原因でした」

「え？　え？　本当の話？」

さすがに香織は驚いて声をあげた。

「今更、嘘ついてどうしろと」

齋藤は気にしていない様子で笑った。

「ホントの話です。でも自殺について話すのはまだ厳しいのでいずれということで」

「わかったわ。誰でも話したくないことはあるから」

「すみません。僕、なんでもほいほい言っちゃうから注意しないといけなかったのに」

齋藤は捉えどころのなさそうな目線で外を見た。

「僕はかなりショックでそのまま作曲やめちゃいました。そんな気持ちになれなくて」

「当たり前でしょ。自分が原因だなんて話すぐらいだし」

「はぁ。言われてみればそうですよね」

「そういうところが天然だよね。齋藤君って不思議な人」

「すみません」

運転席に座ったままペコッと長身の身体を折り、話を続けた。

「まぁ、それに妹が生きている頃は実家暮らしでしたが、妹が自殺してから実家を出て無職のくせにアパート暮らしをしていました。貯蓄が底をつく頃に付き人の話をいただいて、お手伝いができるかなと思って面接に伺わせていただいたという次第です」

「なるほど、そういう経緯だったの」

「はい」

香織は思い出して誘った。

「ね、ここのソフトクリーム美味しくて有名なの。休憩して食べましょう。寒いときに食べるソフトクリームも乙よね」

「はい。じゃ、僕買ってきますから車の中で待っていてください」

齋藤がソフトクリームを買い、車に戻った。ソフトクリームを食べながら周りの景色を眺めていた。たくさんの車がパーキングエリアに出入りをしている。だからといってここで出会った人全部と知り合うわけはなく、HSPというカテゴリーで繋がった齋藤とは必然性の運命で出会ったのだろうと香織は行き来する車を眺めながら思った。

「齋藤君、美味しいでしょ」

「あ、はい。かなり濃厚ですね」

「好きなのよ。ここのソフトクリーム」

寒空にザワッと風が吹き、背面の建物を囲むように立っている木々が揺れた。

「HSPって風に揺らぐ木々のように敏感に繊細に、人の何倍もの感受性で揺らぐのよね。私は生きることが辛くてしょうがない。カウンセラーの有紀にたくさん助けられてここまで元気になったけど、まだそんなに強くなれなくて」

と香織がつぶやくように話し、ハッとして聞いた。

「そういう齋藤君もＨＳＰなんじゃないの？」

「え？　僕が？　そうだったら売れっ子の作曲家になってないと理屈が合わないような」

と笑った。

「私、ＨＳＰだけじゃなくて他にもあって、苦しみの渦の中で生息しているような感じかな。……何が何やらわからないまま仕事の依頼があるから受けているって感じ」

「そういう感じは見えていました」

齋藤はわかっていた。あの音色、あの迫力、華奢な身体からほとばしる力。それは相当の苦しみから湧き出ているのではないかと感じていた。

「もう抗不安薬ばれちゃったし、察しが良すぎて隠せないかもね」

「実は、妹を亡くしてから三年何もしてなかったのではなくて、三年間心理学を勉強していました。だから多少わかるようにもなったと思います」

「だから、察しが良すぎるわけね」

「はい。それに妹も精神科に通っていましたから薬のことも多少は知っています」

「便利なマネージャーを見つけたわけねぇ」

「えっと、お役に立てればいいのですが」

と齋藤は頭をかいた。

「で、仕事の話になりますが、一週間後に静岡のコンサート控えていますから調整に入りましょう。今日はスタジオに戻って休んでいただいて、明日からお願いします」

「はい。了解いたしました。今日は甘えてゆっくりします」

香織は笑顔で答えた。久しぶりに癒やされた。市橋家に戻っても、有紀と話をしても、秘密を持った以上緊張状態でしか対応ができずずっと耐えてきた辛さが嘘のように感じられ楽になった。阿修羅の世界に休日が舞い降りたような気分だ。それが束の間であったとしても今日はそれでいいと香織は思った。


齋藤と東京に戻り二人三脚で仕事をする日々を過ごした。南プロデューサーが言うとおり良いサポートができるタイプで香織とは阿吽（あうん）の呼吸だ。同じ音大のピアノ科卒だからか不思議な安堵感の中で香織は楽しくスムーズに仕事をこなせるようになった。

「四国のコンサートの選曲の相談をしたいというオファーです。現地の確認も今回はありますが、遠方での打ち合わせなので僕が一人で行ってきます」

「あ、明日までに雑誌のコメントをある程度まとめておいてください」

「今度の取材には季節感のある洋服のほうがいいです。顔映りとしては中間色の優しい風合いが似合うと思います。撮影するからおしゃれな場所を指定しておこうかな」

「手配したホテルですが、狭そうだったのでシングルじゃなくてツインの部屋を取りました。ゆっくり休んでください」

「香織さんのホームページは少しブログの更新を増やしたほうがいいと思います」

等々、様々なフォローをするのには香織も助かる以上に驚くほどで南プロデューサーに会う度に齋藤を紹介してくれて感謝していると都度都度お礼を言うぐらいだ。齋藤にすっかりお任せの仕事スタイルで順調な日々が過ぎて翌年の二月になった。

ＨＳＰを配慮し負荷がかからないような仕事になるように齋藤が配慮していたため、香織のストレスは軽減していった。スタジオを作った当初ミスを連発しダウンした頃から比べたら信じがたいくらいだ。しかし過去の冒瀆(ぼうとく)と背徳を足した阿修羅の世界に居すわったままで未だに薬の量は減らず。過呼吸に苛まれ、悪夢は香織を苦しませた。しかしさすがに齋藤の前では一切そういう苦しい姿は見せまいとして踏ん張った日々を送っていた。

三月初旬のある日。

「ピンポーン」

「あら、誰か来る予定あったかしら」

「いや、ないはずです。僕、見てきます」

齋藤が玄関に行ってすぐに、

「あ、困ります。あ」

という声が聞こえた。すると幸村が廊下からひょこんと顔を出して挨拶をした。

「市橋さん、こんにちは」

唐突な出会いはこれで二度目。香織は冷静に受け止めた。

「こんにちは。お久しぶりね。また私の顔でも見たくなったかしら？」

香織はニッコリと笑った。玄関から戻ってきた齋藤は不信感満載の顔をしている。

「で、齋藤君は幸村さんのこと知っているよね」

「ストラディヴァリウスを背負うロリータドレスの女子高校生として有名です」

「さすがによく知っているわね。幸村さんそのフリフリのドレスとっても可愛い」

「はい。市橋さん、お目が高くて光栄です。今日のポイントはドレスと同じ布で作ったツインテール用のリボンとバッグです。おそろいでオーダーしました」

「幸村さん、今日はどんなご用なの？」

「はい。この間お話をしていたデュエット決めましたのでご報告に参りました」

「僕も市橋も了承していませんが」

納得のいかない齊藤に対し幸村はあっさりと答えた。

「あら、この間、市橋さんからＯＫもらってます」

「あ、そうそう、幸村さん、デュエットの曲はどうするの？」

「一応候補は書いてきました」

そう言ってロリータのかわいいブルーのバッグから一覧を出して見せた。

「なるほど。ちょっと合わせてみながら選曲したほうがいいかしらね」

「書いてないのですが、実は最後のアンコールにぜひお願いしたい曲があります」

「あら、どんな曲かしら」

「シンドラーのリストです」

「私、大好きな曲なのよ。嬉しいわ」

「え？　市橋さん好きなんですか？」

「そう。癒やされるのよね。切なさが好き。ちょっと合わせてみない？」

「はい。お願いします」

ピアノルームに二人で入って合わせてみて香織は驚いた。一瞬ストラディヴァリウスの力かと思ったがこの重厚でやるせない美しい旋律は幸村の力だ。この曲のもの悲しさを引き出すテンポとたわみのある音はホンモノだと感じた。ホントの天才だという証しがワンフレーズでわかるほどの力に香織は驚き、そして酔いしれた。そして幸村はほんのりと涙していた。弾き終わった香織は立ち上がり、涙をこぼした幸村を優しく抱き締めた。

「幸村さん、ごめんなさい。抱き締めちゃって。でも幸村さんの音を聴いて私すごく切なくて。それに泣いているから」

「唐突にすみません。私、市橋さんなら信用できると思ってます。その甘さでつい泣いちゃいました。市橋さんもシンドラーのリストが好きって聞いてたし」

「そうだったのね。私はシンドラーのリストも幸村さんも大好きよ」

「市橋さん、練習がてら、また来てもいいですか？」

「いいわ。いらっしゃい」

笑顔になった幸村をとても愛おしく感じた。二人がデュエットするコンサートは正式に決まった。これからコンサートのために練習も始まることになる。香織は何かしらの予感を感じた。それも不思議と心が温まる感触だ。


四月中旬。岡山のコンサート帰りで新幹線の移動中だった。

「スケジュールこなしていくうちにあっという間に春が来ちゃった。ずいぶん君に助けてもらったわ。いつもありがとう」

「とんでもないです。香織さんのマネージャーさせてもらうなんて贅沢です」

「あら、そんなに言われるとお給料上げないとダメかな」

香織が笑った。

「実はね、プライベートなことだけど」

としばらく間を置いて話しだした。

「東京のスタジオを作ったのは家族から逃げるためだったの。収まっていた過呼吸や不安発作、身体症状の胃痛や頭痛までするようになってしまって。そんなところを家族に見せたくなかったから」

「家族に隠す必要があるのかがまず疑問ですが」

「確かに。それはそうだけど」

苦しみの理由を話せない香織は困惑して言葉を詰まらせた。

「香織さん、僕の本音はですね、同じ音大のピアノ科なのにこれだけの差がある。どうしても埋められない才能の差がある。僕はとてもうらやましく思っていました。この人の才能をもっと育てることができたらとも思っていました。嫉妬しても仕方ないかもしれませんが、僕には嫉妬するほどの能力もないですし」

と齋藤は一旦話を区切って軽く笑った。

「僕には初めて会ったときから香織さんの繊細さが見えました。気のせいかとも思うのですが、見えたとしか表現ができなくて。そんな言い方したら変態に感じますよね。すみません、知った風なことばかり並べ立てて。で、その繊細さの中に苦悩がチラホラ見え隠れして、どうしても気になってしょうがなかった。だから思い切って聞いてこれからどうするか等々コペルニクス的転回をしたいと感じていました。香織さんはまだまだ伸びしろのある天才ですから、僕としてはこのままで終わらせたくなくて」

「ありがとう。じゃ、もう少し、私のこと聞いてくれるかな。私を知ってくれないと始まらないと思うし」

平日昼の新幹線グリーン車は誰もいなかった。その中で二人は誰に遠慮することなく話を始めた。香織は父や母のこと、子供の頃の生活、有紀との神社の出来事をぽつぽつと話した。


新幹線は名古屋駅に停車した。

「そうでしたか。それはHSPじゃなくても辛いですよ。ふつうに」

「うん。それはそうだと思うけどね」

「それに虐待だけじゃない。それマルトリートメントっていいます。虐待は四つ。『暴力、性的暴力、心的暴力、ネグレクト』。香織さんの場合はそれにマルトリートメント。養育怠慢・無視放置など突き離す行為それに親の夫婦喧嘩も含まれます」

「あぁ、そういうことなのね。だったら私はマルトリートメントフルコースなのね」

香織は笑った。

「私、母に立ち向かうほど強くもなかったし、言われるがまま従っていた。そしてご機嫌を取って自分を守っていたの。有紀はそういう私をずっと守ってくれていたの。

だから神社のあのとき、今考えてもよくあんなことしたなって思うぐらいね。母が亡くなって緊張が解けてから転換性障害で倒れて入院してからHSPだと知り、家族も助けてくれて、やっと乗り越えて自分らしい生き方ができるようになっていたの」

「なるほど。リカバリーできたんだなぁ、みなさんの協力で」

「そ、本当に家族も有紀も助けてくれたの。入院している頃なんて大変だったし、暴れたりもしたし、もうどうしようもなかったな。それに今みたいに病識も持てずにボーッとしていただけだったと思う」

「その頃の香織さんに会ってみたかったです」

「もうあの頃の私はいないから見られなくて良かったわ」

斎藤はちょっと残念そうに笑った。そして香織は続けた。

「幽霊みたいだったかもね。自立心も全くなく誰かに依存して生きることが当たり前だったけど、そういうことも気がつかないで漠然と暮らしていただけだし。それで一旦回復したけどまた悪化しちゃって」

と先を濁した。さすがに祐一朗とのパンドラの箱を開けるわけにはいかなかった。

しかし斎藤は勘が鋭く香織の心の苦しみを見抜いていた。具体的にまでわかるはずがないが、このままではと考え込んだ。

そしてようやくスタジオに戻った。齋藤がコーヒーを淹れてくれた。コーヒーの香りが部屋に漂う。齋藤の優しさが癒やしになりこういうときはよく眠れる香織だ。しかし実家に向かう足取りは重く、泰彦との連絡も途絶えがちになっていっている。香織が土日の仕事の場合、泰彦は野球をするようになっていたので気持ちは多少楽だった。家族にいつまで隠し事をして避けるようにしなくてはいけないのかと思うと憂鬱でしかない。そして実家に帰るのは義務だと思えば思うほど心が重くなり、東京と実家の往復をもう終わりにしたいと思うようになっていった。


岡山から帰った次の日、香織の携帯に見たことのない番号から電話がかかってきた。

「幸村です。こんにちは。今いいですか?」

「幸村さんだったのね。いつも驚かせてくれるわよねぇ。いいわよ。どうぞ」

電話越しに香織は微笑んだ。

「あの、練習に行こうと思ってますが、いつならいいですか?」

「そうねぇ、ちょっと忙しかったからお休みもしたいし、来週の火曜日なら大丈夫よ。良ければお昼二人で食べてもいいし。朝十一時でどうかしら」

「ありがとうございます」

幸村の携帯番号を登録しながら香織は笑っていた。

そして火曜日に幸村がやって来た。

「今日はよろしくお願いします」

「遠慮しないで、あ、幸村さんは遠慮しないよね」

幸村は苦笑いをしている。もう唐突な行動をしなくてもお互いにわかっているから驚くようなことはもうしませんという眼差しをしていた。

「それじゃ、まずは食事に行きましょうか」

幸村は笑顔で返事をする。愛くるしい子供だと香織は一人で微笑んでいた。

「そうね、背中の親友はどうするの？」

「あ、えっと、できれば一緒に居たいんですが」

「わかった。食事のときだけ降ろすのは大丈夫ね」

「はい」


マンションを出て賑わう大通りを歩いた。

何故かしら幸村の笑顔が懐かしく感じる。そして穏やかな空気感で二人は癒やされ眼を閉じると大地がすべてを包み込んでくれるような気分になる。

「どうしてかしら。あなたといると落ち着くの」

「実は私もそうなんです。すごくリラックスできる」

「不思議ね。有紀はカウンセラーなの。だから有紀に聞くとわかるかもしれない。でも、有紀に聞かなくてもそのうちわかるような気がする」

うんうんと幸村はうなずいた。

「市橋さんは清楚で嘘をつかない優しさを感じるんです」

「ありがとう。シンドラーのリスト同志ってことかな」

「あ、きっとそうです」

幸村は嬉しそうにうなずく。香織は香織でありがとうを素直に言えて嬉しかった。地道に練習していた甲斐がある。後から有紀に報告するのが楽しみだ。

「あ、市橋さん、ここどうですか？」

幸村が指を指したのは雑居ビルの地下のオムライス専門店だ。

「じゃ、ここね。行きましょ」

レンガ造りの壁に観葉植物が這（は）っている。レストランのドアは中世のヨーロッパを思わせる木製。押すと「ギィ」と鳴る。少々暗めの照明とレンガと漆喰と木で造られたお店は少女が憧れるような雰囲気を醸しだしている。

「かわいくていい感じ」

テーブルに着いた幸村が見渡しながら満足そうに話した。

キノコとチーズのデミグラス風ソースを頼んだ幸村に便乗して同じ物を頼んだ香織はちょっと感じる違和感を呑み込むように水を一口飲んだ。すると幸村が唐突に話しだした。

「私の母は継母なの。継母が嫁いできたのは私が小学三年生だった。どうしても新しいお母さんを受け入れられなくて家族の中で孤立した。その頃にはすでにヴァイオリンを習っていていつも一緒だったヴァイオリンに逃げたんだと思う。ずっと練習していた」

「そうだったの。それは辛かったわね」

「今考えると、なじもうとしなかった私にも問題はあると思うようになったけど、まだ小学生だったから反発したの」

「なるほど、幸村さんの反発、わかるわかる」

うんうんと香織はうなずいた。

「それで最初の頃の継母は仲良くしようと努力してくれたんだけど、そのうち無視するようになっていって……パパの前では仲良ししている風を装うけど二人になると虐めてきて、女の嫌なところをたくさん見せてくれたわ。パパに話してもわかってもらえなくて、中学になった頃には孤立していた。パパは仕事で海外とか行くと長期間不在だし、コンビニのお弁当を買って神社でよく食べたわ。ホントのママは小学校一年のときに病気でもう目を覚まさなくて今はお墓の中で寝ている。ママは寝ているだけだからって思ってるの。だからよくママのお墓に行ってヴァイオリンを弾いている」

「お母さんはまだ生きているのね。幸村さん切ないわ」

「さみしい」

香織は幸村の手を取って握って話をした。

「私は実母から虐待を受けたの。幸村さんと同じでピアノが友達だった。私の場合は有紀も大切な友達。いいえ、ピアノも有紀も親友ね」

「同じですね」

「うん。同じだね」

「だからですか？　シンドラーのリストに惹かれるのって」

「そうかもしれない。あのメロディーを聴くと私だけじゃないって慰められるような、それに抱き締めてくれているような気持ちになって癒やされるのよね」

幸村は同じ感覚を持っていると知った香織の手を握り返して話をした。

「うん。そう。映画のような辛さとは違うし、甘いって言われるかもしれないけど、でもそう感じる。だから好き。私のストラディヴァリウスの次に好き」

うんうんと首を縦に振る幸村はかわいい。

「なるほどねぇ。よくわかるわ、幸村さんのその気持ちが心に刺さるほどわかる」

「やっぱり市橋さんは私が信用できる人だった。間違いなかった」

幸村は泣いていた。ずっと孤独だったんだろう。ヴァイオリンを唯一の生き凌ぐための鎹にして孤独な時間を過ごしてきたのだと思うと胸が熱くなる。二人でシンドラーのリストを奏でたときについ幸村を抱き締めたのは苦の共有ができたからだと香織は感じた。そして香織も幸村も名声を欲して弾いているわけではなく奏でる先に感じる美しさに触れたくて音楽と共に居たことも理解した。

「幸村さんとは言葉を交わさなくてもわかるのかも」

「はい。そうだと思ってました」

幸村は嬉しそうに返事をした。

「あ、ただ、私は弱虫だから幸村さんより子供なの。この間有紀に随分言われてね。幸村さんみたいに芯のある人になりたいの」

「それはわからなかったけど、なりたいと思えばなれるんだと思ってます。私、諦めなかったの。きっと市橋さんみたいな人が友達になってくれる日が来るって。だからストラディヴァリウスと一緒にずっと待ってました」

幸村の言葉を聞いた香織は心を強く打たれた。

「この子は強い」

私も強い人になりたい。いや、強い人になろうと香織は思った。

年は違えども心許せる友人ができた。人付き合いが苦手で友人と言えば有紀ぐらいの香織にとって大きな変化だ。心の変化を感じた香織は有紀に電話をした。

「有紀、強さって何のことなのか少しわかったかもしれない」

「あら、香織、何かあったな」

「うん。褒められてありがとうって言えたの。それに打たれ強くなりたいって思えた」

「そうか、それなら百点だな。幸村さんの影響だね。あの子は悲しい眼をしているけどしたたかな強さを持っている。いいお手本になるよ」

　有紀に祐一朗のことは言えない。でも幸村のように強くなれば言えない勇気を持てるのかもと思えた。が、祐一朗と肌を重ねたあの瞬間を思い出すと罪悪感が怒濤(どとう)のように湧き上がる。辛い面持ちのまま香織は仕事をこなし夏が過ぎ、秋が過ぎた。

　十二月中旬ある日の午後、スタジオでの取材が終わった。

「今日、美里ちゃんの誕生日のはずだったような」

　思い出した香織は泰彦に電話をして確認した。

「やっぱり今日、誕生日だったわ」

「誕生日ですか。今日は間に合わないですし……来年は頑張ってプレゼント買いたいです」

齊藤は美里に思いを寄せていた。そしてそれは香織からしたら一目瞭然だった。

「そうねぇ。来年なんて遅すぎるでしょ。今年の誕生日にプレゼントしちゃいましょう。熱い思いはさっさと伝えなきゃね」

「え、今年ですか」

「そ、最初に買うなら定番でペンダントとかブレスレットかしら」

「はぁ。貴金属ですか。買ったことがないので助けてください」

齋藤は真剣に腰からペコリと頭を下げた。

「いつもお世話になっていますから、お任せください」

香織は張り切って携帯で探し始めた。

「う〜ん、初めてならここのブランドかしら。でも、美里ちゃんのタイプだと……」

とすぐに電話。

「あ、有紀、今いい？　あのね」

あののんびりやの香織の行動の早さに齋藤は口を開けたまま眺めていた。そして口を閉じる前にプレゼントは決まった。

「これね」

香織に携帯の画像を見せられた。

「なるほど。これ買えばいいんですね」

「そう。きっと美里ちゃん、ものすごく喜ぶと思うよ」

香織は早速、齋藤の携帯にショップのＵＲＬを送った。

「齋藤君にも遅咲きの桜が咲くかしらね」

香織は微笑んだ。すると齋藤がいきなり言い出した。

「話変わりますが……えっと、香織さんのために曲作りました」

「え、私に」

「はい。なかなか言い出せなかったけど、プレゼント検索してもらっていて、僕からもって僭越ですが今ならって勇気出しました」

と言った齋藤が自分のバッグからゴソゴソと手書きの楽譜を出して、香織に渡した。

題名は『Sublimation（サブリメイション）』。

「昇華？」

「はい。Sublimationって、昇華の英語です」

そう言った齋藤は検索した携帯を香織に見せた。

「昇華を辞書で調べると『固体が液体になることなしに、直接気体になること』ですが、もう一つの意味があり『ある状態から、さらに高度な状態へ飛躍すること』なんです。それを心理学的用語として捉えるなら」

さらに齋藤は検索をしてまた香織に見せた。

〝社会的に実現不可能な（反社会的な）目標や葛藤、満たすことができない欲求から、別のより高度で社会に認められる目標に目を向け、その実現によって自己実現を図ろうとすること。例えば、満たされない性的欲求や攻撃欲求を芸術やスポーツ、学問という形で表現することは、昇華と言える。（Wikipedia）〟

「ピアノは香織さんを昇華させるそのものじゃないかなって思って。そこからイメージを膨らませてみました。クラシックじゃなくてポップスの曲ですが」

食い入るように香織は譜面を読んだ。

「切ないポップスね。綺麗で痛々しくもあり、瑞々しく、風が吹く、そして水の流れを感じる」

「はい、ＨＳＰと水の相性っていいですから、そこも取り入れました。このメロディーならピアノだけでも十分聴けるし、他の楽器とならバッハ風にアレンジしてもいいかなとも思って。気に入っていただけたら嬉しいけど」

香織は無言でピアノに向かい弾きだした。メロディーが流れる。ピアノの弦からほとばしるメロディーが香織を包み、そしてスタジオを巡り、そのまま一気に外に流れ出て暗い曇り空をやさしく払いのけて青い空に変えていくような強さとしなやかさを感じた。香織は弾いている途中から泣いていた。

「私がどうしてピアニストになろうとしたのか、遅咲きの桜と呼ばれてもピアノが弾きたかったのか、ようやく理解した。ピアノを通して私は昇華しようとしたのね」

ピアノを演奏してもストレスがかからず、コンサートをこなしても悪化しない。ピアノは香織を昇華させる唯一のものだったのだ。

「母さん、ありがとう。私は母さんに生きる力をもらっていたのね」

有紀や泰彦、美里の力もあっての今だとも強く感じた。彼らがいなかったら今の自分は存在すらないだろう。彼らの愛を礎にしての自分だと香織は改めて思った。

そして今まで何度泣いただろうか。痛かったり、苦しかったり、寂しかったり、そして嬉しかったり、幾度も泣いた。だけど今、こんなに心が解放され手足に付けられていた鉄の錘が一気に外れたような感触を感じるとは。

「齋藤君、これこそが困難な状況にもかかわらず、しなやかに適応して生き延びる力のレジリエンスなんじゃないのかな。レジリエンスの意味の中の『しなやかな強さ』はピアノと共に生きてきたから持てた強さなんじゃないのかな。いろんなことがあった。この世は地獄だと思っていた。だけど、周りに救われ、愛されていたことに気がつかなかったのは私だった。私は母さんを愛していた。そう、愛していたの」

ピアノの椅子に座り泣きながら香織は話した。

「今日はほんとうの私が生まれた誕生日ね。齋藤君、ありがとう。今日の夕食、美味しいもの食べに行きましょう。あ、それよりも、明日はオフだし、今URL送った美里のプレゼントとケーキを買ってこのまま実家に行って驚かさない？」

「はぁ、展開が速すぎて」

「いいの。これは命令ですから、そうしてください」

齋藤が書いてくれた曲が素晴らしいために有紀と泰彦にいち早く聴いてもらいたかった。そしてピアノが香織をいつも助けてくれていたことも伝え、二人に心から感謝がしたかった。阿修羅の世界の住人でも言えるときに伝えておきたかったのだ。

「有紀、今夜、時間ある？」

「いきなりどうしたのよ」

「素敵なことがあるから、市橋の家に来てもらえないかなって思ったの」

「時間は大丈夫よ。行けるけど」

「じゃ、純一さんもできたら連れてきてね」

「うん。わかった。いいことあるということで期待して行くから」

「じゃ、よろしくお願いね」

香織は積極的に事を進めた。やれることはしておこうと思っていた。阿修羅の世界はそんなに居心地がいいわけではない。いずれは阿修羅の世界から抜け出して香織自身を昇華させる覚悟をしていた。罪を作った人間が幸せになることは許されない。完璧主義で自分に課したルールに厳しい香織が揺るぎのない覚悟をすることは当然だ。

実家に到着したのはその日の夜八時前。スタジオを出たのが五時。プレゼントとケーキを買うために奔走して市橋家に到着するにはなかなかタイトな時間だった。市橋家の駐車場に着いて車から出ようとしたところで、有紀と純一の車が到着した。

「ちょうど良かった。私も今到着したところ」

香織は有紀夫婦を迎えた。

「こんばんは、香織さん。お、齋藤君もいるのか」

「純一さん、お久しぶりです」

純一と齋藤は結構馬が合い趣味の話や本の話等々長々と楽しそうにする。

「さて、では、今夜は二大イベントが待っていますからね」

と香織が三人を市橋家の玄関へと向かわせた。みんなで集まった居間はいきなり賑やかになった。すると香織は齋藤の背中を押した。

「さ、ガンバだよ」

恥ずかしそうに美里の前まで行った齋藤を見てみんな何が始まるのだろうと一瞬静

かになり様子をうかがったその瞬間、

「美里さん、お誕生日おめでとうございます」

これでもかというぐらいにまっすぐに起立して、両手でプレゼントを差しだした。

「以前から好きでした。お願いします」

その場にいた全員が一瞬固まったが、次の瞬間、

「え？　そういうことだったの。齋藤君」

「だから、さっき、香織がプレゼントならって相談してきたわけだ」

「は、美里を好きになる男がまだこの世にいたのか」

純一、有紀、泰彦の三人は大騒ぎ。

「あらあら、齋藤君、プレゼント渡すだけなのに告白までしちゃった」

香織は驚きながら笑った。

「え？　そういうこと？　まぁ、彼らしすぎてステキよ。それにあのお二人さん、お似合いだと思うよね」

「でしょ」

隣同士だった有紀と香織は大満足だ。

「えっとさ、こういうことって人前でするかな。頭おかしくない？」

美里は顔を赤らめながら文句を言った。

「美里、素朴でいい奴だから許してやれよ」

泰彦がヘルプを入れた。

「お兄ちゃんに言われなくたって、そのぐらい十分わかってる」

美里はふくれ面で齋藤に、

「このプレゼントはもらうから、後は察してくれないかな。恥ずかしすぎるでしょ。それにね、私はバツイチですからね、後から文句言わないでよね」

と言いながら齋藤の手のひらの上にあるプレゼントを受け取った。すると、

「万歳！　万歳‼」

まわりは万歳三唱をして拍手。

「どうした。二人は結婚したのか？」

と空気が読めない智は拍手が終わった頃にぼそりと言い、みんなの爆笑を買った。

「さ、お誕生日のケーキを食べましょう！」

香織は東京で急いで買ってきたケーキを出した。

「これは旨そうだな」

一番反応したのは存在感の薄い智だった。

「あ、お義父さん、忘れていた」

と美里。

「私はいつも何処にも行かないでここに居るが」

それで全員が大爆笑した。

泰彦はいつもの義父の反応に苦笑しながらロウソクを立てて火をつけた。すると齋藤が張り切って祝った。齋藤と美里らしい告白タイムと発達障害らしい空気の読めない智の見事な寸劇は美里の誕生日を笑いへと誘い引き立てた。プレゼントを開けて嬉しそうな美里は齋藤との会話を弾ませている。

「実は齋藤君が私に曲をプレゼントしてくれたの。それがものすごく素敵だったから、私としてはみんなにすぐに聴いてもらいたくて帰ってきたようなものなの」

「え？　私の誕生日はおまけ？」

「美里ちゃんのことも当然」

香織は美里にウインクをした。

「うん。安心した。ね、健太」

「あ、はい。美里さん」

また齋藤は顔を真っ赤にして頭をかいていた。美里はこれを機に『健太』と呼び捨てをしたからだ。だが有紀と純一は齋藤が美里を呼び捨てにできないことを茶化して笑った。

「じゃ、香織、齋藤君が作ってくれた曲を聴かせてくれよ」

泰彦が待ちきれずに口火を切り、それを受けた香織がピアノの前で説明をした。

「題名は私とピアノの関係を表すようなものだったの。題名は『Sublimation』」

「昇華ね。昇華って心の中の動きを意味するものもあるの」

有紀がうんうんとうなずきながら訳した。

「要するにピアノは香織さんを昇華させてくれる大切なパートナーだということだね」

純一が確信するように言った。

「はい。そうだと思いました」

そう言った齋藤の後に香織が続けて話した。

「どんなに具合が悪くてもピアノだけは違った。ピアノだけ弾けたのはこういうことだったって気がついたら、あの母さんに素直に感謝できたの」

「香織、本当によい付き人で幸せだな。そう考えたら美里はおまけみたいなものだ」

と泰彦が笑ったら美里は泰彦の太ももをつねった。それを見た齋藤が、

「はい。いや、美里さんのことはちが、あ、違うというか、以前から、えっとわからなくなった。とにかく僕が作った曲を香織さんが皆さんに聴いていただきたいということもあって、僕としてはすごくありがたい一日になりました」

と焦りながら説明をした。

「やっと私が見えた気がしたの。みんなの力のおかげで苦境を乗り越えてきて、ピアノで私は自分を取り戻した。私のすべてと言っても過言じゃないなって思ったの、この曲。だから聴いてほしかったの。ここにいる私の大切なみんなに」

香織の奏でるピアノの音は一気に周りの空気を一転させ、世界をやさしさで包み込むようなメロディーが聴く者の心を癒やした。

5－3　昇華

翌日の朝、早く目覚めた香織が散歩に行こうとすると、齋藤が声をかけてきた。

「散歩ですか？」

「おはよう。そうよ。一緒に行く？」

「あ、おはようございます。行きます」

二人で朝の散歩に出た。

「僕、ついでに余計なことまで言っちゃって焦りました。でも美里さんお付き合いしてくれるみたいで嬉しくてなかなか眠れなくて朝になっちゃいましたよ。あ、で、香織さんには感謝してます。本当にお気遣いありがとうございます」

「思い切って事を進めちゃったから、びっくりしたよね。こちらこそごめんなさい。でも、こうでもしなかったら告白は私があの世に行ってからになりそうだったし」

「はい。確かに」

　と笑いながら散歩の定番である西山公園に二人は向かった。歩いて十分。着いたら小さな山をゆっくり一回りして三十分。ちょうどいい広さで散歩のメッカになっている。十二月で寒いはずだが朝から人によくすれ違った。景色を楽しみながら歩き、冷たくなり始めた手をこすりながら香織が話した。

「私、話したいことがあったの」

「はい」

「ダイレクトに聞いちゃうけど、齋藤君、本当は作曲で食べていけたのに、妹さんのことがあったから仕事辞めちゃっただけじゃないの？」

「そうです。妹が死んだから仕事辞めちゃうなんて基本へたれっぽいです」

「そこまで言ってないけど。事実かも」

　と香織は意地悪く言ってみた。

「香織さん、ぼく基本へタレですから心を刺さないでいただきたいです」

「ごめん。ごめん」

「へタレですから、その中で美里さんが心理学を学んでいるわけでもないのに的確な対応とか判断を見ていてどんどん好きになっていきました。彼女は魅力的で強くて」

「ま、それは周り全員重々知っていたと思うけど」

「え、えぇ？　そうだったなんて、ホントにそっちのほうが一番のショックです」

　齋藤は歩くのを止めてしゃがみ込んで頭を抱えた。

「そんなところで立ち止まったらお散歩する人の邪魔よ。齋藤君はホントに純粋でかわいいのよね」

　齋藤は恥ずかしかったので立ち上がり話を戻した。

「で、ですね。実は、妹といっても双子の妹です。そして僕も妹もＨＳＰです。だから子供の頃から以心伝心でお互いが支え合って生きてきた強い絆があったと思っています。それで妹が、あ、名前は柊子（しゅうこ）といいます。柊子が自殺したのは僕も絡んでいて、それで作曲を続けることができなくなりました。ずっと心理学に走って引き籠もっていたわけです」

「双子、それに互いがＨＳＰ。私が想像できない繋がりと苦しみだったわけね」

「はい。それなりに」

「ってか、やっぱり君もＨＳＰだったのね」

「すみません。妹と僕の繋がりを言いたくなくて、つい、嘘つきました」

　齋藤はペコッと腰を折った。

「それに、僕より随分香織さんは幸せだなって思っています。強い感性を持つＨＳＰでも生きていく力を備えていけるって見本を見せてもらったから」

「なるほどね、そういう見方もあるのね」

　香織が幸せ。そう言われてみればそうかもしれないと思った。頂上にある展望台から見下ろした十二月の凍てつく景色のように香織の心の中は固く閉ざされていた。

「柊子のことがなかったら今でも作曲の仕事をしていたと思います」

「やっぱりそうだったのね……」

　作曲のセンスはいいのにどうして作曲家を辞めたのかを知りたかった香織はようやく納得した。西山公園の日本庭園は大きな池にたくさんの鯉が泳ぐ庭で見応えもある。でも十二月はさすがに寒くて二人はそそくさと素通りをして自宅に向かった。

「で、話をしたかったのは仕事のことで、家に着く前にある程度話しておきたいの」

「はい」

「君の作曲の力は確実にあると思うの。最初に『Sublimation』で驚いたけど、他に作った曲もちょこちょこ見せてもらってて作曲でやっていけたはずだって思ってたわ。それに今話を聞いてやっと納得した。作曲で食べられなかったと言ってたけど実力があるからおかしいなって感じていたのよね。作曲の仕事なら私も協力できるし、二人で事務所をちゃんと構えてやっていきたいなって思うんだけど」

「え、そんなのアリですか？　僕の才能は香織さんはどの煌めきはないですよ」

「えっとね、あなたたちが結婚したら身内になるし、なかなかいい提案だと思うけど。それにいきなり君の仕事が変わるわけでもないし。そうでしょ？」

「え？　結婚？　え？」

「周りは当然だと思っているけど」

「え？　また？　そこまで周知の事実になっているなんて」

斎藤はまたしゃがみ込んで頭を抱えた。

「こらこら、だから道の真ん中でしゃがまないの」

香織が斎藤の脇を抱えて立たせた。

「僕、まだ貯金そんなにないし、結婚なんて、向いてないと思っていましたし」

「余計なこと言っちゃったな。ま、とりあえずそうなったらって話にしておこう」

香織は斎藤の背中をバンと叩いて話を切り替えた。

「で、事務所の設立の話ね」

「はい。確かに。香織さんの仕事だけでもかなりの仕事量ありますからね。事務所にしても十分やっていけるとは思っています。それに僕の作曲ですか……」

「ま、考えておいてね」

斎藤は思った。最近、香織さんがどんどん強くなっている。最初の頃はもっと話し方も丁寧で日本女性の鑑のような華奢さを感じたが、何がきっかけだろうか、有紀や美里に近いものを感じはじめて不思議に思っていた。


昼食を終えて、居間のソファに香織と泰彦が座っていた。

「そういえば、こうやって二人きりになるのも久しぶりだな」

「そうね。そういえばポッコリと時間ができた感じがする」

「久しぶりにデートお願いしてもいいかな」

「はい。泰彦さん」

香織は微笑んだ。この人を裏切っている。だけどこの人と幸せな時間を作ることも大切だ。香織は素知らぬ顔をして泰彦を愛する。それが今の香織の精一杯だ。

「ちょっと早いけど、泰彦さんのクリスマスプレゼントを買いに行きたいわ」

「え？　俺の？　ということは、香織のも買うってことだよね？」

「あら、確かにそうなるわ。そうね、久しぶりのショッピング素敵ね」

「HSP大丈夫なのか？」

「すっかり板についたのね。私への心配」

「そりゃ、有紀に徹底的に仕込まれたからな」

泰彦はちょっと自慢げに香織の肩を抱きしめて、

「今だから言えるけど、香織が倒れてから随分頑張った。精神科って言われただけで違和感持ったぐらいだし、悩んだし。でもさ、有紀が居たからだと思う。あいつに救われた。俺たち二人にとって有紀は感謝しきれないぐらいの存在だと思っているよ」

「そうよね。有紀のお陰」

そう思えば思うほど香織の心は痛む。そしてさらに自分を許せないと強く感じる。しかし隠すしかない香織は「まだ耐えられる。その日が来るまで私を助けてくれた人に恩返しをするって決めたから」と心の中でつぶやいた。

三月最後の仕事は録音スタジオでの収録だった。南プロデューサーからの仕事で、見慣れたメンバーとの収録に香織はリラックスして仕事に向かうことができた。収録前に時間の余裕があったので香織は練習をすることにした。

「軽く手慣らしさせてもらいます」

と言った香織がピアノを弾き出してしばらくすると南プロデューサーが防音室になっている収録ルームの重く厚いドアをバシュッと開け香織に尋ねた。

「香織さん、この曲はどうした？」

「え？　この曲ですか？　齋藤君が作曲した『Sublimation』という曲で、私にプレゼントしてくれた曲です。とっても気に入っている曲ですよ」

「香織さん、もう一度、最初から弾いてくれるかな」

「はい」

「おい、今から香織さんが弾く曲、みんな一緒に聴いてくれ」

香織が『Sublimation』を弾きだした。心地のよいメロディーがスタジオを包む。誰もが優しく切ない調べに心を揺さぶられた。

「いい曲だね」

南プロデューサーが納得して、他のメンバーに尋ねた。

「齋藤君、こんな曲作れたなら、独立してやっていけたはずだよな」

「ですよね。齋藤君、不思議な人ですよ」

ミキサー担当の矢野も納得していた。そして南がしめたという顔をして言った。

「この曲、来年秋撮影開始の映画の曲に使えそうだな。弦楽器のカルテットとかピアノオンリー、アカペラもいいなぁ。歌も入れるかな。シンプルだから使えるぞ」

そこに飲み物を買ってきた齋藤がスタジオに帰ってきた。

「お、大先生、帰ってきたね」

「は？」

南プロデューサーは齋藤の頭をバンバンと叩きながら、

「隠してないでもっと出せよ。頭叩いたら耳からボロボロと名曲が出てくるだろ」

とからかった。

香織は次のコンサートからアンコールに『Sublimation』を弾くようにした。次のコンサートでも、また次のコンサートでも。香織は『Sublimation』が自分自身だという気持ちを弾くたびに感じるようになった。この曲を弾きながら香織自身もピアノの音と共に昇華してしまえばいいのにと思うのだ。

そして九月。次のＣＤは香織の演奏&齋藤の作曲のオリジナル版『Sublimation』を南プロデューサーの力で発売し新しいジャンルに踏み出すことになった。クラシックピアニストがポピュラーを手がける珍しさもあって世間の注目を浴び、曲そのものの良さも相まって幅広い年齢層にうけ地道に売れていった。それにＣＤ発売と共に香織と齋藤は正式に事務所を立ち上げた。代表は齋藤に依頼したがかなり抵抗された。後のことを考えてすべてを齋藤に残すつもりでいる香織はなんとしてでも齋藤に代表を務めてもらわなければならなかった。

「私は経営者じゃなくて演奏家だから、そういう仕事は向いてないの。それでもと言うなら私の感受性を潰すことになるけどそれでもいいの？」

と脅し文句で齋藤を納得させた。無論、齋藤が経営者に向いているとは思えなかった。しかし、社員を増やして儲けるという会社ではないのならやっていけると考えた。

九月のCD発売で香織と齋藤はバタバタと詰まった仕事を消化していた。十月二十七日の幸村とのコンサートが近くなってきたが、幸村が海外のコンサートツアーに出ていたので二人での練習は知り合った春にしていただけでしばらくお暇をしている。のんきな香織を見ている齋藤が不安で聞いてきた。

「香織さん、幸村さんとの練習大丈夫ですか？　やっと幸村さん日本に帰ってきたからこれから練習をするとしても、あまり時間もないと思うんですよ」

「きっとうまくいくと思うの。以心伝心があるからね」

「へぇ～、すごい自信ですね」

「だって、彼女もHSPだし、感性がすごく似ているから」

「二人がそれぞれに天才で、また二人ともHSP。それに感性が似てる。となればぶっつけ本番でもいけますね」

「それはないよ。無理無理」

二人は笑った。

そして十月二十七日、香織と幸村のコンサートだ。泰彦も美里も来ている。

「身内が勢ぞろいしてるのって変な気分ね」

香織は舞台袖で出番を待ちながらこっそり会場を見ていた。

「市橋さん、私は市橋家の人たちにお礼を込めて張り切って演奏します」

「あら、嬉しいわ。じゃ、私も気合い入れます。幸村さん、よろしく」

「はい。市橋さん、最高の演奏を」

会場に演奏開始のブザーが鳴り響くと二人は背筋を伸ばしステージへと向かった。


そして演奏を終え、最後のアンコールに二人は「シンドラーのリスト」を奏でた。互いを思いやりピアノとヴァイオリンが時に寄り添い、そして重なり、そして支え、共に導いていく調べに観客はスタンディングオベーションで二人の演奏に惜しみない拍手を送った。この演奏は後に「二人のシンドラーのリスト」と呼ばれるようになった。


香織は齋藤や幸村との時間で徐々に強さを身につけていった。遠慮しがちで人をまっすぐに見ることもできなかった香織はいつしか姿を消してその代わりに自分というものを生まれて初めて持ったような気骨を感じるオトナに生まれ変わっていく。そういう香織は母のことも受け入れて感謝できるようになっていた。

「私は私を生きてる感じがする。母さんが居てくれたから私がいるのね。ありがとう」

その後、実家に戻った際に市橋家の墓参に行った香織は祥子に語りかけた。

ある夜。スタジオで香織が窓越しの月を眺めていた。

「疲れた。泰彦さん……」

心からゆっくり安らげない侘しさにつぶやいた。祐一朗との過去を思い出しパンドラの箱を開けて二年半経っていた。仕事は齋藤のフォローでストレスも減り、幸村にも癒やされる香織だ。しかし心の重圧はまだまだ拭えないでいた。

「もう限界来たかな」

つい思わず口から出た自分の言葉に驚いた。そしてこんな孤独なまま人生を続けることに嫌気を感じ、とっさに台所に行って包丁を握り我が身に向けて刺そうとした。

「できない。泰彦さん、私、できない」

ブルブルと手が震えた。こんな薄汚い身でも自分がまだかわいいのかと苛立ち、包丁を思いっきり壁に投げつけまた絶望と向き合う苦しい夜を過ごした。

それでも仕事は進み時が流れていく。

地元からのコンサート依頼が来た。それは十二月に香織の出身地として盛大にコンサートをしたいという市からの熱い気持ちと、古くなったコンサートホールを建て直した記念コンサートという依頼だった。

「そう言えば地元で演奏してなかったよね。久しぶりにゆっくり時間を取って実家でのびのびしたいわ」

そう言って香織は快諾した。齋藤は長期の休暇を取るということで二週間地元に滞在するスケジュールを立てた。

齋藤が作曲した『Sublimation』は南プロデューサーの思惑どおり着々と売れていき、南が依頼されていた映画の音楽に使われることが正式決定した。『Sublimation』のCDはすでに発売されていたので起用は難しいかと思えたが、それは杞憂（きゆう）だった。

「香織さん、すごいことになりましたよ」

齋藤が珍しく驚いて電話を切って話しだした。

映画のBGMやエンディングテーマ等々の担当にも齋藤が決まった。ピアノの演奏は香織。そしてエンディングテーマは作詞もする実力派歌手の青山真弓（あおやままゆみ）が歌うことになった。撮影はこの秋から始まり、映画は翌年の四月に完成予定だ。

「齋藤君、作曲家として本格的にデビューって感じね」

「はい。僕、信じられません。美里さんに報告したら僕の扱い少しは良くなって大切にしてくれますかね」

「それで変わるような彼女じゃないと思うけど」

香織は笑いながら齋藤と握手をして喜んだ。

「こういう変則的な仕事も楽しいものだわ。作曲家齋藤健太君、頑張って！」

齋藤は頭をかきながら嬉しそうにしていた。齋藤が作曲家として独り立ちができれば事務所を設立した意味合いも出てくる。それまでなんとかして支えたいと思う香織だ。


「地元でのコンサートだけど、『Sublimation』を二人で連弾できないかな」

「は？　僕が弾く？」

「弾けないはずがないでしょ。だから編曲してもらえないかな」

「そうですね。確かに連弾もいいかもです。ちょっとトライしてみます」

「あの曲ってバリエーションが広いと思うのよね。連弾ならリズミカルな演奏もできるし面白そうだなって思って、だったら齋藤君と連弾すればいいなって考えたわけ」

「期待されても微妙ですが……とりあえずやってみます」

「とりあえずって、齋藤君らしい返事だね」

香織はクスクスと笑った。少しでも齋藤を表舞台に出したいというのが本音だ。

春に身体症状になって気持ちの問題だと割り切ってから具合が多少改善された。というより香織はハッキリと割り切れるようになっていた。やってしまったことに対して今更どうしようもできない。泉永寺の和尚が言っていたように「過去の後悔」をいくらしても無駄だということに気がついた。それは心が成長したというよりも、どうする術もなく阿修羅の世界の輩というレッテルに対して苦しむより、開き直って諦めたというほうがふさわしい感覚だった。ただ申し訳なさが消えたわけでもないが。

十一月に入って齋藤が『Sublimation』の連弾曲を作った。

「待っていたわ」

と香織はホッとした。そしてすぐに二人で弾いてみた。

「うん。いい。いいじゃない」

「これでいいですか。ホントに」

「うん。これアンコールで弾きましょう。そうだ、齋藤君のスーツ、お礼に新調するからね」

おしゃれに疎い齋藤はそこまでする必要が自分にはないと言い張っていたが、みっともない服装で舞台に上がるほうが失礼だと諌められて渋々納得した。香織が一層強くなったと齋藤は感じていた。そして未だに隠しているストレスのことも気になっていた。元気そうだが薬の量はさほど減ってはいない。何かのきっかけでとんでもないことになるのではないかと心の片隅で不安を感じ続けている。

そして十二月地元に帰った。父の智は、

「新しいコンサートホールで演奏するのか。さすがは私の娘だ」

そう言って自慢げにしている。何を基準にしているのかと香織は笑えたが、いつもと変わらない父を見ていて幸せに感じた。

コンサートには地元の人たちがたくさん来た。市長の挨拶から始まるコンサートは珍しいがそれはそれで盛り上がりを見せ、市長のスピーチに会場が笑うという和やかな雰囲気になった。プログラムは市民が希望する曲を前もってアンケートして香織に依頼するという趣向をこらしたものだ。香織はアンケートで選ばれた曲を快諾し楽しい演奏会になればという言葉もプログラムに掲載された。

「こういう手作り感溢れる演奏会もいいですね」

クラシックを身近に感じてもらえる人が一人でも増えればと齋藤は喜んでいた。

そして香織の演奏が始まった。この曲を弾いてほしいと希望した人たちがいると思う香織は、心を尽くしたいという温かい気持ちを抱いて演奏した。

そして演奏が終了し舞台袖にいる香織をアンコールの拍手が呼ぶ。

「行こう、齋藤君」

二人で舞台に立った。今回特別に『Sublimation』を作曲した齋藤と香織が連弾をするという特別企画だと内容のアナウンスが流れると会場はいっそう盛り上がり拍手が湧き上がった。

「さて、君が表に出る最初の舞台よ」

「はい」

二人は目一杯の演奏をした。そして弾き終わった二人は笑顔でステージに立った。

「僕、ものすごく爽快に弾けました。ありがとうございます！」

「ステキだったわよ！」

二人は満足して話しながら観客の拍手に応えて手を振った。大きな拍手に包まれた香織は光放つようだ。そして齋藤は彼への黄色い声援にどう対応したらいいのかわからずまた髪の毛をくしゃくしゃとかいていた。

会場からは何人もの観客が花束を持ってステージ下に集まってきたので香織はステージの前面に出てその花束を受け取ろうとかがんだときに観客席の一番前に有紀が見えた。その片側には純一も。

「ありがとう」

と二人に声をかけ微笑んだとき、有紀のもう片側に祐一朗が見えた。

「え？」

香織が祐一朗を見た瞬間。

「ドサッ」

「キャー」

観客がどよめく。香織は花束をもらうためにかがんでいたまま気絶してステージから落ちたのだ。そしてスタッフに抱えられて運ばれているときに香織は意識を取り戻した。

「左肘がすごく痛い」

スタッフが裏口に移動しながら救急車を呼んだ。


「左肘頭骨折ですね」

救急搬送された医大の医師がX線撮影の画像を見ながら泰彦と齋藤に告げた。

「肘頭が骨折すると、折れた骨のカケラが引き裂かれた状態になります。その結果、肘を思うように動かせなくなり肘の働きは損なわれ、そして肘の辺りが激しく腫れ、押さえると非常に痛みを感じるようになります。今回はカケラが酷く引き裂かれていないのでオペは不要です。その代わりに保存療法を使います。手首から腕までのギプスを使って固定させます。固定する期間は一ヶ月ですね。それにリハビリも必要です」

「完治するにはどのぐらいの期間が必要ですか？」

「個人差があるので一概には言えません。おおむね三ヶ月から六ヶ月です」

質問した齋藤は六ヶ月という数字に困惑した、そして次に泰彦が質問した。

「で、完全に治りますか？」

「はい。完治できますよ」


香織は肘上から手首まで固定ギプスされ医大から成田総合病院に移動して入院した。香織としては祐一朗がいる成田総合病院には行きたくなかったが泰彦や齋藤は当然のように話を進めたので断ることもできず困惑しながらも黙認した。

香織は祐一朗を見たために気絶してしまった自分に唖然としていた。確かにいきなりあんな場所で会うとは思わない。それに有紀と祐一朗が並んで座っていたという自分にとって一番不幸なシチュエーションに面食らった。心の中はざわついていた。どうしたらいいのか定まらず頭がいっぱいで話をする余裕もなかった。

ただ周りから見れば怪我で演奏ができなくて落ち込んでいると思われている。香織がステージから落ちた瞬間誰が見ても花束を受け取ろうとして落ちた風に見え会場はざわめいたが残念な事故として処理されたのが唯一の救いになった。

しかし、齋藤だけは違っていた。ステージから見ていた齋藤は花束を受け取るためにかがみすぎてバランスを崩して落ちたというよりも、自分から落ちたという感じがしてならない。おそらく何らかの心的ショックで気絶したと思った。以前から気になっていたストレスの原因があの現場にあったのだろうか。気絶するほどのストレスとは何だろうと考えてみたが、想像すらつかないままだ。


入院病棟は整形外科なので精神科とは棟が違う。祐一朗は精神科の医師なので整形外科に来ることはないと思い込み一夜を明かした。

「おはよう。香織」

朝一で有紀が病室に入ってきた。

「痛ましい事故だったね。痛みはどう？」

「おはよう。今のところは痛み止めの点滴であまり感じないから大丈夫」

「しばらく演奏は無理だから辛いよね」

「そうね。長期の休暇……三ヶ月から六ヶ月かかるって聞いた。だから六ヶ月って割り切ってゆっくりするしかないわ。仕事といっても演奏以外の仕事なら可能だし、退院したら東京でリハビリしながらゆっくり休養兼少し仕事って感じかな」

とにかく早く退院して東京に行きたい一心でそう話した。すると泰彦も病室を訪れ三人で話をした。

「なるほど。東京でリハビリになるな」

泰彦と有紀は香織を励まして病室を後にした。すると香織のリハビリ担当の作業療法士が病室に来た。

「初めまして。市橋さんを担当する浅野美千世です。今、よろしいでしょうか？」

「はい。どうぞ」

「失礼します。今日からリハビリを開始することはお聞きになっていますか？」

「はい。固定していない部位が一緒に固まらないようにすると聞きました」

「はい、そうです。今は点滴していますから病室でしますが、歩けるようになったらリハビリ室での施術になりますのでお願いします」

担当の浅野は四十手前ぐらいの綺麗な女性で好感が持てた。それに香織の苦悩に関わる相手ではなかったので雑談を交わしながら楽しくリハビリが進む。

賑やかしいリハビリが終了するとまた香織は一人の世界に沈み、病室の窓越しに景色をボンヤリと眺めた。

「はい。はい。そうです。はい、大変申し訳ありません」

コンサートのキャンセル対応に市橋家の齋藤は電話で話しながら腰をペコッと折って対応をしている。

　香織と齋藤が連弾した『Sublimation』は動画サイトにアップされて反響を呼び始めていた。CDに収録されていない連弾バージョンで作曲者本人がピアノを弾いていると話題になったのだ。そして齋藤は「天然イケメン」という呼称までついて若い女性を中心に人気が広がり始めていた。


　今回の香織の入院は自分で着替えも風呂も左腕がほぼ使えず不便な分を人に頼る分何かと忙しない時間を費やした。それにリハビリの浅野との距離が縮まりそれぞれに自分のことも話すようになっていった。

「そういえば、うちの祖母の三回忌で和尚さんが自宅に来たけど、もしかしてあの和尚さん、市橋さんのご自宅の前のお寺の和尚さんじゃないかな」

「泉永寺？」

「そ、そのお寺の和尚さんでした。うちの母に市橋さんが入院してるって話をしたら、市橋さんって和尚さんのお寺の前だとか話をしていて、やっぱりそうだった。とても穏やかなんだけどちょっと茶目っ気があるんですよね。三回忌のときにわかりやすいお話をされていました」

「どんなお話だったの？」

香織はちょっと興味を持った。以前に和尚が、母を「人間という生き様を出し切りまっすぐに生きた人だ」と言っていたことを思い出したからだ。言っている意味がよくわからないと泰彦と話をし、いつかわかる日が来るのかと二人で泉永寺の桜を見た時空が香織の周りの空気を一気に巻き込んで、まるであの日に戻ったように感じる。

「あのとき、和尚さんは人間は矛盾だらけで生きているって話をされました。慈悲の心を持っているかと思えば戦までしておった。昔の僧侶もそう、今の私のように説教する立場の人間でも不倫に走り、外車を乗り回して派手に飲み歩く僧侶もおる。情けないと思うがそれが人間という生き物の姿じゃ。みたいな話をしてました。確かに矛盾だらけだなって思いましたよ」

「へぇ～」

「それでね、人間は良いも悪いもあっていいということですか？　って聞いたら、そうだって言ってました。要するに自分が正しいと思い込んでいる。それに理不尽でワガママなものだって。それに良いも悪いも価値観次第。人間は矛盾だらけな生き物。それを受け入れて認めるのが大切だって」

「受け入れて認めるねぇ」

「要するに、人間は智慧(ちえ)を授からないままだと欲と執着で傲慢になるって」

香織はドキッとした。母のことだ。和尚はそれが言いたかったと理解した。人間はみな良くも悪くも両方を持ち合わせているということだ。それに欲が深ければさらに悪しくもなる。そういうものを目先のジャッジで責めるのではなく人の営みを大きく捉えたら人間は生臭い生き物だと認めるのが智慧なのかなと思えた。そう考えられた香織は何かがほんの少し見えた気がした。

地元のコンサートから一週間経った日の午後、齋藤に南プロデューサーから電話があった。

「お前、ネットで人気が広がっているって話じゃないか。それも天然イケメンとかいうあだ名までついているんだな。なかなかやるじゃないか」

「何のことですか？」

「本人知らずとはこれ如何に」

南が大爆笑した。

「ま、それは後にして、市橋さんのケガの具合はどうだ？」

「申し訳ありません。無理だと思います」

「致し方がない、じゃお前が代わりに弾こう。こっちにすれば話題性があるほうがお得だ。今をときめく天然イケメンにピアノ頼むのが筋だぞ」

「は、はいその前に市橋に話を通さないといけないので待ってください」

「わかった。連絡できるだけ早くしてくれ」

病院の香織を訪ね齊藤が伝えた。

「香織さん、映画の件で南プロデューサーから連絡が入りました」

「あら、そうなの。どういう話？」

「はい、このままだと香織さんが映画の収録に間に合わないので、代わりに僕に弾いてもらえないかという話です」

「さすがに私は無理。それより齊藤君のチャンスになるからいいじゃない！」

「ありがとうございます。僕としては乗り気じゃないんですが南さんがその気だし、香織さんにそう言ってもらえるならやってみます」

齊藤にとって良いチャンスだと思えて嬉しい香織だ。

作曲以外で表に出るのは連弾だけかと思っていた、人前に出たり目立ったりが嬉しくない齊藤は髪の毛をくしゃくしゃとかき回してから南に電話をかけた。


「ね、齋藤君」

「どうしました？」

南プロデューサーとの電話を終えた齋藤が返事をした。

「病識ってあるわよね。病識を持てば半分は治ったといううでしょ？」

「そうです。病識は『自分が病気という意識や自覚を持つ』ということですが、この病識を持つってなかなか難しいですよね」

「はい。病識って自分を客観視することにもなるよね？」

「うんうん。香織さんのリカバリーにも当然不可欠のものだったはずですよ」

「未熟な自己愛と成熟した自己愛があるように、病識と客観視って同じようなものかなって思ったの。未熟な自己愛、客観視ができるのは成熟した自己愛。ってことにならないかな？」

「そうですねぇ、その考え方は確かにあります」

　齋藤は考えながら答えた。

「そう思ったのは母のこと」

「はぁ」

　今ひとつ状況把握ができない齋藤を見た香織が続けた。

「あのね、うまく表現ができなくて申し訳ないんだけど、要するに、嫌なところも良いところも全部まとめて母だという客観視ができてこそ自分自身の成長に繋がるかなって思ったの。病識を持つのって客観視ってことでしょ？」

「病気なら病識。人としてなら客観視。そうですね。それはかなり大切なことだと思います。真理や道理的な見解。物事の神髄ですね。その意見」

「だよね。だから母は客観視ができない人だから自分がどんなに家族に迷惑をかけているかもわからなかった。それは未熟な自己愛のままだったっていうことになるし、私は私でいつまでも母を客観視できないままに自分の一方的な見方で虐待をした酷い人と思ってる。病識を持てるようになった私はまだ病識ほどの客観視ができていなかったんじゃないかなって気がついたの」

「そうです。香織さん、それって心の成長の証しだと思います。僕は頭でっかちでわかっているようで実は自分のことになると棚に上げてしまうところなので恥ずかしいですが」

「自分にとって都合の悪いことは認めたくないよね」

「そうだと思います。都合の悪いことはスルーしてしまう。黙認してしまうのが世の常かなぁ」

「うん。自分にとって都合の悪いことは黙認ね」

香織にとって痛い言葉だった。母のことは大風呂敷を広げてなんとか理解できそうでも、祐一朗のことは都合の悪いことだ。まだすべてを呑み込めないでいた。

入院二週間、傷みもなく病院内を自由に歩ける。仕事をしないゆっくり時間の流れる毎日を過ごし、和尚や齋藤との話で母を客観的に見られて多少香織の心は晴れていた。DVをしたからダメな母ではない。以前にダメでも愛しているという気持ちは持てたが、心の中で母は罪人だった。しかし人間は良い悪いすべてを含めてこそだと知って少し心の荷は軽くなっていた。

しかし心の中は有紀と泰彦に秘密を作ってしまった罪悪感は拭えていない。泰彦が来ても有紀が来ても申し訳なさで笑顔がなかなか作れない。この病院に居る限りいつ祐一朗に会うかもしれないという不安も重なり、今までのように普通に対応することができなかった。誰かが病室に入ってくる度に恐怖を感じる状態だ。それに齋藤以外に黙ったまま精神科の薬は続けている。たまに発作が起きていた。

5-4　告白

五年前の精神科入院のときはほぼ毎日顔を出していた泰彦だが、骨折の入院は、香織の落ち込みもあり時々見舞いに来る程度。家族や有紀には口数が少ないままで逆に心配をさせている。

「有紀、香織が二週間経っても口数が少ないけど、大丈夫かな」

「そうなの。そこまで凹むかなと思って時々病室に行って話をしているけど……今更カウンセリングが必要だとかじゃないし、HSPだからと言ってもそこまで落ち込むとは思えないのは事実」

「俺もそう思うよ。齋藤君に聞いてみるかな」

「うん。聞いてみて」

　泰彦と有紀は病院で顔を合わせて話した。


「齋藤君、今、いいかな？」

　齋藤が市橋家の居間で仕事をしているときに泰彦が声をかけた。

「はい。いいです」

　そう答え広げた書類を整理して座りなおした。ソファに座った泰彦が、

「香織を見舞いに行っても口数少ないまま。落ち込んでいると思わないか？」

「はい。確かにそうだと思っています。仕事の話をしているときはそうでもないけど、何かあるような感じがしますね」

「齋藤君、仕事では普通に対応しているのか。有紀と話したけど落ち込んでいる理由がわからないって言っていた。何かあるにせよ俺たちには理由がわからないから君に聞いたが、やはりわからないんだな」

「はい。演奏ができないのが原因だとは思いますが、もう少し様子を見てみます」

「そうだな。とにかく外出許可は下りていても家に帰ろうとしないのはおかしい」

齋藤は他院の精神科の服薬は知ってはいたが、骨折してからの香織の様子がおかしいと周りにわかってしまうぐらい香織に余裕がないことを悟った。やはりステージから落ちたときに何かがあったのだと思う齋藤だ。

「小春日和のいい天気ですね」

齋藤が午後一番に病室を訪れ、香織を病院の屋上に誘った。成田総合病院の屋上はベンチもありゆっくりくつろげる。それに屋上からは病院のレストランから見える大きな庭も一望できて居心地が良い。天気がいいことをきっかけにして香織が隠していることを探ってみようと屋上に連れ出したのだ。

「そうね。そういえば病室に閉じこもっていたから空気が美味しく感じる」

と、香織は右手を上に精一杯伸ばして気持ちよさそうだ。

「半年演奏の仕事はキャンセルしましたし、とにかく休養ですね。どちらにしても取材等の仕事はありますし、退院したら東京に戻りリハビリですね」

「うん。ゆっくりもいいかも。デビューしてから半年も休むなんてなかったから」

香織は景色を見ながら返答した。すると齋藤が深呼吸をし、そして一気に話した。

「香織さんがステージから落ちたときです。後ろから見ていた僕は花束をもらうタイミングで落ちたことになっていますが、本当は気絶して落ちたと思っています。間違っていますか？」

　香織の血の気が引いた。

「僕が言っていることが正解だったとしても、誰にも言うつもりはないです。だけど、泰彦さんも有紀さんも何か隠しているのかなと疑い始めています。だから、辻褄も合わせないと香織さんが困ると思ったので聞いてみました」

「ごめんね。そこまで気を遣わせて」

　身体が小刻みに震え出した香織は立っているのがやっとだ。

「僕は香織さんに最高の演奏をしてもらうためのサポート役です。香織さんが遅咲きの桜として世界で活躍するというのが夢であり仕事です。だから支障を来すことがあればそれを排除するのは当然だとしか思っていません」

　齋藤の力強い話を聞いてぽろぽろと香織の眼から涙がこぼれた。砂漠だと思っていた心に光が差したように香織の心がほぐれ、涙が湧き上がり彼女自身止めることもできないままに溢れ流れてしまった。うつむいて涙を流してガタガタと震えた。

「やはり気絶したんですね。余程言えないことですか。それはどうしても隠したいことなんでしょうか？」

　齋藤はそう話してしばらく沈黙した。

「香織さん、立ったままじゃなくてベンチに座りましょう」

そう言って震える香織をベンチに座らせ空を見つめながら語り出した。

「そんなすぐに答えられることではないと思うので、柊子が自殺したこと、聞いてもらえませんか。このタイミングなら話せるかなとも思うので。聞いていてください」

香織はうなずいたまま黙っていた。

「柊子とは前にも話した双子で、以心伝心というか、いつも糸電話が互いの耳に繋がっている。そういう阿吽の呼吸がとれる双子でした。それにお互いにＨＳＰだったので互いにカバーして補い合ったから絆は強かったと思います。

彼女のＨＳＰは視覚と聴覚が繊細で外の明るさが苦手。特に蛍光色は異常なストレスを受けるので外ではサングラスが定番でしたね。音に対しては聴覚過敏で大きな音とか周囲の騒音で疲れてしまうので出かけることもあまりせず、必要以上の人間関係を持たないで静かな暮らしを送っていました。

僕のＨＳＰは五感の苦しみはなかったけど、人との接触に異常にストレスを感じる。感受性が強くてすぐに泣くなんて日常茶飯事でしたから、周りに泣き虫とか言われてさらに人を避けるようになりました。学校でも目立たず、クラスに居ても居なくても変わらないぐらいだったと思います。僕はそんな感じで学校での印象はかなり薄かったですね。両親はそういうことには鈍感で、柊子と僕は家族の中で孤立していました。どんなに辛いと説明をしてもわからないし、病院に行ったって病名すらつかなくてわからないと言われる始末。今みたいにHSPというカテゴリーもありませんでしたからね。支え合う中で僕はいつしか「柊子は僕が守る」という使命感を持つようになり、そして僕の生きる目的になっていました。

僕はピアノ、柊子は絵を描くことで癒やされました。そして僕は音大、柊子は美大に進みました。芸術関係の大学だと個性派ぞろいの同級生でしたから二人とも楽でした。

柊子が二十六歳のときです。彼女が美大を卒業してからパートで勤めていた画廊に精鋭の若手画家と呼ばれる小野田幸弥（おのだゆきや）が出入りをするようになり、柊子と小野田は恋に落ちました。それから僕もよく一緒に会いました。

三人でお茶を飲み音楽や絵画の話をしたり、文学の批評をし合ったり、本当に楽しかったですね。HSPの感受性を阻まれない楽な関係でした。四季折々の美しい美術館巡りで美しい色彩を感じ喜ぶ彼女がとても美しいと小野田はよく僕に話してくれました。

そして一年過ぎたぐらいのときでした。

『健太、私、幸弥の子供を妊娠しちゃった』

『産むの？』

『うん』

恥ずかしそうに返事をした柊子の顔、今でも忘れません。しかし、幸せはそこまででした。小野田は彼女の妊娠を知ると離れていきました。創作活動に夢中な画家には負担だったのでしょう。それからの柊子は目も当てられない程の憔悴状態でしたね。両親は彼女を責めました。

『だからそういうことになるって最初からわかっていた』

『いらない子供を産んでどうするつもりだ』

家の中で顔を合わす度に当てつけのように愚痴を言う両親でした。高学歴、高収入、プライドの高い父と母は娘のことを理解しようとはしてくれませんでした。ストレスに弱いＨＳＰですから柊子はすぐに体調を壊し画廊を辞めました。

それでも小野田の子供は産みたいと言って頑張りましたが、日に日に弱っていくうちに妊娠七ヶ月で死産して、それで柊子はうつ病になりました。僕は自宅で作曲の仕事をしていましたから彼女の面倒は僕が見ました。そうやって日々を過ごしていましたが柊子の具合は良くならないまま。見栄のために精神科の入院を拒んだ両親のために、十分な治療も受けることができなかった。

小野田に捨てられ命を落とした子供を出産したストレスは華奢な心のＨＳＰに耐えられなかったと思います。弱虫な僕一人が味方になっても彼女の救いにはならなかったし、精神医学も心理学も何も知らない僕では太刀打ちができなかったんです。

それから二ヶ月が過ぎた頃。

『健太、私、もう生きる勇気がない』

『うん。そう思っていると感じていた』

『だよね。私のことわかるから』

『だけど、柊子、わかってないこともあると思う。僕は柊子が何よりも大切で好きだよ。このまま柊子と二人でずっと居られるなら僕はそれで構わない』

『健太、それって私を愛しているって言いたい？』

『あぁ、愛している。側に居るだけで十分なぐらい愛している。ずっと僕たちは一緒だった。だから諦めないで生きよう。一緒に生きていけば僕はそれで十分だ』

『それはダメ。健太、あなたの才能をもっと発揮して輝いてほしいの。私に足を引っ張られて一緒にいてほしいとは思えない』

『柊子、そんなことどうでもいいことだ』

『違う。愛っていろんな形があると思うの。私も健太を愛している。でも、愛にはそれぞれの思い方や使い方があると思うの』

そう言って柊子はベッドからいきなり身体を起こして果物を食すために用意しておいたナイフを握りしめて言ったんです。

『健太を解放してあげる』

優しい笑顔で僕を見つめながら、手にしていたナイフで手首を切り、さらにとどめと言わんばかりに首を刺した。噴き出し飛び散った柊子の血を浴びた僕は急いで柊子の首と手を塞ぐために彼女を抱いて切り口を押さえました。彼女と僕はどんどん真っ赤に染まっていきました。

『柊子っ！　柊子！』

呼び続けました。いや、叫んだが正解ですね。そして最後に、

『健太…幸せ…に、なって…』

と、どうにかつぶやくように言葉を残して絶命しました。

僕のために逝った。僕を苦しみから解放するために。僕が柊子を殺したようなものです。僕は柊子を亡くしてこの世の終わりだと思いました。一人取り残された僕はもがき苦しみました。幾日も途方に暮れ、自分という存在を恨み、責め、柊子を求め続けました。

でも、柊子がくれた命だとそのうちに気がついた。彼女が僕に託した心を受け止めるべきだと思えるようになりました。もう彼女は生き返らないなら受け止めるしかないですよね。それで彼女にできなかったことを学ぼうと思いました。そうしないと気が狂いそうだったのもあります。

それで作曲の仕事を辞めて、心理学に没頭しました。自分の気持ちのやり場がなかったし、これ以上、柊子のような思いを誰にもさせたくないって気持ちで」

二人はしばらく黙り込んでいた。

齋藤から柊子の話を聞いた香織はベンチにもたれたままようやく口を開いた。

「そこまで話されたら、私のこと、言わないわけにいかなくなっちゃったわね」

「話したくなければ話さなくていいんです」

「ううん。もういい加減に話さないとダメかなって覚悟したの」

と香織が唇を噛んで振り絞るように話した。

「あのとき、私、気絶したの。君の予想は正解」

「やはり、そうでしたか。香織さんなりにやり遂げたら終わりにしようと思っていますよね？」

香織は身体に釘を打たれたような悲痛な顔をしてうつむいた。

「香織さんが逝く覚悟だというのは見えてました。コンサートで最後の曲を弾き終わったときの香織さん、上を向いて覚悟するような顔をしています。あの空気は真意の昇華じゃないです。それくらいわかります。それに最近、僕を社長にしたりするし、家族の幸せな姿を見て喜んでいるようで、笑顔の後はいつも空虚な顔をしています」

　また二人の間に時が流れた。齋藤は自販機のコーヒーを買ってきて香織に差しだした。

「どうぞ。香織さん。飲んでください」

　とてもコーヒーを飲む気分ではなかった香織は受け取らなかった。

「香織さん、それでも飲んでください。コーヒーを飲むという行為も逝ったらできないことです。コーヒーを味わって一息つきましょう」

「……ありがとう」

　香織はようやくコーヒーを受け取った。そして一口ゆっくり味わうように飲んだ。

「コーヒーって美味しかったのね」

　そういうと香織の目からまた涙がこぼれ落ちた。

「そこまで読まれていたなんて驚きだわ。ほんと、困っちゃうじゃない。もうお手上げ。最後なんてもう半分脅しでしょ」

「そうとも言えますね。香織さんに逝ってほしくないんです。どうしても。すみません」

　もう一口、今度は「ごくん」と音を立ててコーヒーを飲んだ香織が聞いた。

「何を聞いても驚くことないよね。君」

「はい。多分」

それを聞いた香織は覚悟をして話しだした。

「十三年前の大学四年の秋から翌年の初めまでに有紀のお父さん、つまり成田総合病院院長と不倫していたの。卒業したら実家に戻らなきゃいけなかったから彼から別れを切り出されて……苦しんだ末に不倫した記憶を封印してしまったの。だけど成田総合病院の通院最後の日に記憶が蘇ったの。

あの日、診察を終えて病院の廊下で院長と偶然出会った。今まで入院と通院をしてきて一度も会ったことがなかったのに。これは定めかもしれないなって思うわ。そのときの私は不倫をした相手だなんて何にも覚えてなかったから普通に対応したのよね。そのときに院長が持っていたペンが落ちたから私が拾ったの。ペンを渡そうとしたときに院長の手に触れて封印が解けた。

それからが始まりだった。通院が完了した頃は薬も不要でホントに元気になれたと思っていたけど。

それから病気は当然再発して過呼吸や不安発作等々で苦しみだしたけど、悪化の原因も悪化の姿も泰彦さんに隠した。だけど、隠し通せるものじゃないから東京のスタジオに逃げた。それでも苦しみは止まないよね。止むわけがなかった。

それで、覚悟したの。みんなにできるだけのことをしたらもう死のうって。それに、ずっと隠し続けていることとって思った以上に辛くて本当に参ったわ。花束を受け取ろうとして祐一朗さんに気がついてショックで気絶して骨折でしょ。あんなところで彼と会うとは思わなかった。

もうどうしていいのかわからなくてみんなと話すことすら辛くなったの。それに今回の入院でいつ彼に顔を合わしちゃうかなって不安。余裕がなくてみんなに作り笑顔もできなくなっていたの」

齋藤はそれを聞いてようやくコーヒーを飲んだ。

「私、全部話したわ。今、何をどう考えていいのかもうさっぱりわからない」

そう言って香織はポタポタと涙をこぼした。

「相当辛かったと思います。いつも緊張して、いつも無理していたのだから」

「うん」

「僕にまで隠すなんて、それはルール違反ですよ。これからはすべて包み隠さずに話してください。それにちゃんと伝えてくれないと僕、マネージャー失格になります」

「わかったわ」

「あ、僕、社長だった。だったら命令です。隠し事は絶対にしないでください」

香織はすべてを受け止めようとしてくれる人がいるのが嬉しかった。

「そのとおりだった。半端じゃなかった。裏切り行為だもん。でも、君は君で相当のショックだったでしょうに。ごめんね。告白までさせちゃって」

「いいえ。僕のことは気にしなくていいです」

二人は互いの顔を見ることなく香織は泣いてうつむき、齋藤は景色を眺めながら話した。香織は混乱していてもダメだと振り切り、涙を拭いながら声をかけた。

「じゃ、今日は少し付き合ってね。こんな一大事みたいな話を中途半端にしておけるほど余裕もないから」

二人は外出をしてカフェに向かった。


「君と一緒に居ると何を悩んでいたのか、さっきあれだけ泣いていたのが遠い昔みたいに思える」

と、香織は紅茶のカップを見つめながらため息をついた。

「お互い誰にも言えない話をしたところでしたから。香織さんはこのまま成田総合病院に居るのは辛いですよね。……でしたらすぐに東京の病院に転院して目の前のストレスを排除しましょう」

「えらく具体的なところから話が始まったわね。そうね。もう彼には会いたくないのは事実ね。行けるならこのままスタジオに向かいたいけどうまくいくのかな」

「マネージャーとして一番優先すべきことは精神的サポートだと思っています。特にＨＳＰですからね。それは間違っていますか？」

「そこまで甘えてもいいのかな」

「はい。過去の過ちを引きずる、引きずらない、は別の話です。それに今、ご主人や有紀さんに告白したって何の得にもならないです」

「確かに。今更二人に言ったって意味がなく、混乱させるだけだとは思う」

「だったら、香織さんの気持ち次第なんじゃないですか？」

香織は言い尽くせない洗礼の波を受けたような心地だった。

「……確かに。私さえ口を閉じていたら誰にもわからない」

「僕のために柊子は死にました。それをずっと殺したと罪の意識を持っていたらどうでしょう」

「言われればそうね」

「僕、香織さんや皆さんに随分助けられたと思っています。柊子を亡くし香織さんに会うまでの三年間。自分自身をずっと責めていました。本当に心理学だけが支えでした。でなきゃ、自殺していたかもしれません。

だけど、香織さんやまわりの人たちと接するようになって、慈しみ合う気持ちに触れました。だからといって責める気持ちがすっかりなくなったわけじゃない。僕が彼女を愛さなければ、彼女は死ぬ必要もなかったのですから」

「なるほど」

「で、香織さんたちの気持ちをずっと見ていて僕は変われました。命があるなら精一杯慈しみの気持ちを持って相手と自分を大切にすべきだと知りました。だから自分の忌まわしい過去をいつまでも引きずって自分を殺すような考えを持つより、生きているなら前向きに生きるべきだって本気で思えたからです。だから感謝しています。だから香織さんを大切にしたいんです。限りある命を大切に生きてほしいです。生き抜いてください。ぜひ」

齋藤の眼から一筋の涙が流れた。

「齋藤君……」

香織は胸が詰まった。

「僕、死ぬのは柊子だけでいいです。香織さんまで死に急がせたくないです」

そう言われた香織は今まで何を考えて苦しんでいたのかわからなくなった。

「それに、僕が柊子に愛していると言って、それこそ兄妹で愛し合ってしまったら香織さんが不倫するより問題は大きくないですか？　そうなったかもしれない気持ちを僕は持っていました。

人間なんてさほど変わらないものだと思います。今の時代だから社会的問題になるだけで、時代が違えば一夫多妻制。江戸時代なんてもっと性的にオープンでルーズでした。ここまで言うと弁解がましくなりますが、不倫がダメという厳しさを持ったのは明治になって西洋の文化が入ってきてからです。それを言ったら兄妹で愛し合うのは昔からダメですからね。比較にならないですよ」

と、齋藤は笑いながら手でゴシゴシと乱暴に涙を拭いた。

「君が言うとおりね。さすがに体験者が語るのは力があるものね。ありがとう」

「少しは楽になれましたか？」

「うん……」

そう言いながら香織の忌しい不倫による罪悪感が薄らいでいった。そして香織はゆっくり目を閉じて静かに息を吐いた。

「病院に戻ったら、担当の医師にすぐに話をします。演奏じゃないけど、どうしても断り切れなかった雑誌の大きな取材があることにしましょう。担当医が難色を示したら純一さんに頼みます。それでダメなら有紀さんにも力を借りますから」

力強い齋藤に香織は顔色に血色が戻る心地だった。

「ありがとう齋藤君」

「ただいま」

二人は市橋家の玄関ではなくて事務所から入った。

「え？　香織？」

パソコン仕事をしていた泰彦が驚いた。

「ごめんね。泰彦さん、なかなか帰らなくて。骨折して落ち込んでしまって。怪我で塞ぎ込んじゃっていたのを齋藤君が半強制的に連れ出してくれて気持ちがやっと晴れたの」

「そうだったのか、香織、心配していた。でも元気になれて良かったよ。齋藤君のお陰とはねぇ。さすがに美里の彼氏が務まるほどの器だから納得するよ」

「お兄ちゃんっ！」

美里は泰彦の背中を叩いた。叩かれた泰彦は笑いながら言った。

「齋藤君、ありがとう」

そして居間で齋藤が泰彦に転院の話をして納得してもらった。

「そっか、そりゃ急な話だ。香織さえ良いなら俺はいい」

泰彦らしい答えが返ってきた。


病院にもどった齋藤は予定どおりに行動した。

「香織さん、ＯＫです。今はスタジオに近い転院先を探してもらっています。転院先が決まったらすぐに行きましょう。そして今日は外泊の手続きも今済ませました」

頼りになる相棒だ。それで二人は病院からの転院先の返事が来るまで病室で待つことにした。

しばらくしてから担当医ではなく純一が病室に入ってきた。

「香織さん、齋藤君、待たせたね。やっと転院先が見つかったよ」

「純一さんが探したってことですか？」

「担当医から話が来てね、そりゃ、僕たち夫婦と君たちが仲良いのは周知のことだからそうなるよ」

純一は笑いながら続けた。

「で、私じゃなくて探してくれたのは院長だよ。顔の広さなら院長が一番だからね。相談したら演奏を聴かせてもらった恩があるからと言って積極的に探してくれたよ」

香織と齋藤は驚いて顔を見つめ合った。

「ありがとうございます。キャンセルした仕事先からどうしてもなんとかならないかと話を持ちかけられて……無理をお願いしちゃいました」

「いやいや、それはお互い様ってことにしよう」

純一と齋藤が話を進めている。香織は微妙な気持ちだ。祐一朗はどんな気持ちで転院先を探してくれたのかと思うのだった。

「香織さん、次の病院はスタジオから車で五分ですね。近くで助かります」

そして成田総合病院を退院して自宅に帰ることになった。

5-5　悟り

「もう一度、ただいまです」

夕方に市橋家に帰った二人を泰彦も美里も嬉しそうに迎えてくれた。

「齋藤君、ご苦労様でした。今回はいきなりだったから大変だっただろ」

泰彦が聞いた。

「仕事先からの依頼ですから今回は慌てましたが、なんとかなって良かったです。院長と純一さんのお陰。今回は成田家に感謝です」

香織は軽やかな嘘をついている齋藤の話を横で聞いていて、真実を語るだけが正論ではないなとしみじみ感じていた。


その夜、香織と泰彦は二人でベッドに横になりながら話をした。

「齋藤君と出会って本当に感謝しているの。彼がいなかったら今の私は居ないって宣言できるぐらい色々支えてくれたと思うの」

「見ていてもわかるよ。彼の繊細な心配りには感謝だな」

泰彦はそう話しながら香織の首に手を滑らせて香織を抱き寄せた。

泰彦の体育会系の厚い胸板に身を寄せる香織は半分眠りにつきながら話した。「やっと素直に泰彦の胸に甘えられる。今まで本当に、本当にごめんなさい。私はあなたが大切だから強くなる」と心の中で呟くまもなく心が溶けるほどくつろいで眠った。

翌日の朝。気持ちよく目覚めた香織は驚いた。これほどに眠ることが心地いいなど知らなかったのだ。パンドラの箱を開けてから初めて緊張がほぐれ熟睡した。安心して眠れるというのはこういう感覚なのかとしばらくきょとんとしていた。心がホワッと温かく、なんとも言えない充実感と喜びに満ちあふれる感覚が新鮮だった。そしてまだ横で眠っていた泰彦を見て涙を浮かべながら彼の頬にキスをした。

「ん？　おはよう」

キスで目覚めた泰彦の横で座っていた香織を見つけていきなり抱き寄せた。

「あ、ダメダメ、左手ギプス！」

「あぁ～ごめん！」

飛び起きた泰彦を見た香織は嬉しかった。こういう夫婦の戯言のような時間がとても新鮮で穏やかな気持ちを抱ける幸せなのだと噛みしめ、ＨＳＰの生きづらさがあっても、最愛の人と寄り添うことでジグソーパズルの最後の一片を埋めるように喜ばしい時間に変換されるのかもと思った。この人を愛したい、ずっと生涯寄り添いたいと心から願った。

朝食後、香織が、

「ちょっと和尚さんところに行ってくる」

と言いだした。

「どうした？　いきなり」

「前々から一度、和尚さんと話をしたかったの」

「わかった」

不思議そうな顔をしている泰彦を残し香織は泉永寺に向かった。手土産は昨日カフェに行ったときに買っておいた焼菓子とコーヒーの詰め合わせたものだ。

朝の寺の空気は清々しい。母の桜もりりしく見える。子供の頃はここでピアノの練習の合間によく一人で遊んだ。時々、和尚に会うと色んな話をしてくれたなとゆっくり歩きながら思い出していた。年月を過ごし、いろんな自分がいたと感じる。悲しかったり、嬉しかったり、苦しかったり、泣いたり。ランドセルを背負ったまま家に帰るのが怖くて本堂の中に入って宿題をした。神社での有紀と受けたトラブルのショックを癒やすことができずここの境内でよく時間を過ごした。高校時代は母に疎まれるのが辛くてここでよく読書をした。大学時代は、そして大人になって……たくさんの時間を過ごして今の自分がいるのだと振り返った。

母さんの桜はここに居る。そして私の心の中にもちゃんといる。ようやく自分らしい生き方を見つけられたのかもしれない。今日のために昨日があり、今までがあるなら、すべて否定はできないと思えた。

「おはようございます。和尚さん、いらっしゃいますか」

寺院の庫裏に出向いた香織が玄関の引き戸を開けながら声をかけた。

しばらくすると奥のほうから声が聞こえた。

「おはよう。またこれは珍しいお客様が来たものですな。それでどうされた、その手は」

「ちょっと転んじゃって」

「まぁ、生きている間には何かとあるものじゃから致し方なかろう。さ、どうぞ、中にお入り」

と和尚がにこやかに迎えてくれた。

「すみません。いきなりで。お伺いしたいことがあったので」

「どうぞ、よく来られた。朝の勤行をすませた後ですから丁度一息入れるところでね」

「あ、これよければと思って」

　とカフェのお土産を渡した。

「これはすまない。いただいたものは供物としてお供えしたいので、話はそのまま本堂で聞きましょう。ま、お供えしても誰の口に入るかというと私の口だがね」

「和尚さん、そういうこと言わなくて良いと思いますが」

　と二人で笑いながら庫裏から本堂に進んだ。厳かな空気感に溢れるお寺の雰囲気は心が落ち着く。静寂の中にこそ得られるものありと言わんばかりに感じた。本尊の前に供物を捧げ感謝の意を唱える和尚の後ろ姿は年月を重ねた重鎮の装いをひしと感じる。和尚が唱えてから後ろに正座している香織のほうに向きなおして話をした。

「さて、香織さん、今日はどうされましたか。こんなふうに尋ねるなどとあまりあることとは思えないのだが。話を聞きましょう」

「ありがとうございます。以前に和尚さんがお話ししてくださったことが気になっていたのでもう一度お伺いしたいと思っていました」

「ほぉ、以前にのぉ」

「はい。和尚さんが以前に母のことをこう表現しました。『あのお母さんはまっすぐ生きた人だと思いますよ。人間らしいというか、いや、人間という生き様を出し切った人だと思いますよ』と」

「市橋の祥子さんのことですな。そうそう、あの方はそういう人じゃったのう」

「それがよくわからないままに過ごしていて、今度は和尚さんのお話を聞いた人と会って、その話を聞いて多少気がつきました」

「なるほど。何を気づかれたのかねぇ」

「人間は良いも悪いも含めて生臭いものだということかなと思いました」

するとと庫裏のほうから和尚の妻が茶を持ってきた。

「香織さん、おはようございます。ゆっくりしていってくださいね」

「おはようございます。本当にお久しぶりです」

茶器を差しだす丁寧な所作が美しい。香織はお茶を一口飲んで本堂を見渡した。

「ここは本当に落ち着くところだと思います。子供の頃はここで宿題したり、遊んだり、随分お世話になりました。歳を重ねてみるとまたひと味もふた味も違う空間に感じるものです。この静寂な空気をいただいただけでも満足です」

話をしながらこういう地元があるのは有り難いと思った。

「あら、そこまで褒めていただけると和尚が威張りますから程々に」

と奥様が微笑んだ。

「和尚さんでも威張ることがあるなんて」

と香織は笑った。すると和尚は、

「ま、人間だもん。ということにしておくかね」

と言ってお茶を飲み、咳払いをひとつして話を始めた。

「祥子さんが人間らしく生き抜いたというのは、傲慢さも生臭さも全部さらけだして生きたという意味ですな。香織さんが子供の頃に辛い思いをしていたのは私もよく知っておる。あなたのお母さんは強い欲と執着があったと感じていましたよ。欲を貪って平らげた見事な人。あっぱれだと思う」

和尚はご本尊を見上げ一呼吸置いてから言い出した。

「で、香織さんはそういうお母さんを受け止めることができるようになったから今ここにいると理解すれば良いのかな」

「はい。確認に来ました」

「それは随分と大人の心を持たれた証拠じゃ。しかし香織さんは苦労されたでしょうに」

「辛くなかったとは言えません。でも、どんな母でも一人しか居なくて、私はどんな母であっても愛しているということがわかった。今は過去のすべてを受け入れたいと思っています」

「お母さんとはまた違った娘もあっぱれじゃ。よう修行された、ご苦労様だったのぉ」

「それって修行になるのですか？」

「はい。座禅だけが修行ではないものですからな。ふぉふぉふぉ」

と和尚は笑った。そして香織は和尚に心から礼を述べて泉永寺を後にした。


「ただいま」

「おかえりなさい。香織さん、充実した時間を過ごしたようですね」

齋藤が香織の清々しい顔を見て微笑んだ。

「君はすぐわかっちゃうから何にも隠せなくて、いいような、悪いような」

と彼の肩をポンポンと叩いた。

「そんなに出歩いて左腕だいじょうぶか？」

泰彦は心配をして話をした。

「うん。痛みはないから」

「また、俺、スタジオに行くよ」

「あ、私も行く！　香織さんが退院したって食事作れないし、そこは私の出番ですからね」

「あ、ホントね。齋藤君と私はオール外食になるわ。泰彦さん、しばらく美里ちゃんを借りてもいいかしら」

「一週間ぐらいならなんとかなるよ」

「妹さん、よろしく」

「はい。お姉さん」

香織は楽しくなってきた。色んな人に愛され、色んな人を愛し、大切にする。こんな幸せがある。慈しめる人々が一番の宝物だと思った。


香織は泉永寺に行った分、時間がなくなり慌ただしく準備をすることになった。

「和尚さんとの話もりあがっちゃって遅くなった」

「何の話に行ったんだ？」

泰彦が聞いた。

「お母さんのこと。前に和尚さんの言っている意味がよく分からなかったって話していたでしょ。その意味が分かったから確かめに行ってきたの」

「ん？」

「ほら、人間らしく生き抜いたって和尚さんが話していたこと」

「あぁ、その話か。で、どういう結果になった」

「人間らしくは、傲慢さも生臭さも全部さらけ出して生きたという意味。母さんは生きる強さを持っていて欲を貪って平らげた見事な人で、それが人間らしいって」

「なるほど。確かにそうだな。人間は所詮動物だからなぁ。他人を思いやれなければそういう生き方になる。でも、それもありって話だろ」

「そう。泰彦さん、わかるようになったのね」

「俺、オトナだからな」

「お兄ちゃんの野球筋肉脳でも多少は役に立つみたいね」

泰彦の後ろから美里が会話に参入してきて香織にウインクした。


皆と別れた香織と齋藤は東京に向かって車を走らせた。秋空の中をグングンと走って行くといつか秋独特の高い空に繋がってそのまま空を走れるような気分だ。単調な直線が続く片側三車線の車中、しばらく空を見ていた香織が話をしだした。

「病院にいても実家にいても薬隠さなきゃいけないいし、飲んで見つかっても困るからコソコソしているのは辛かったわ」

「秘め事は何でも辛いですよ」

「そうね。でも今朝は薬のことすっかり忘れて飲んでなかったの」

「忘れたんですか」

「そう」

「心が楽だったからでしょうか」

「一晩ものすごく気持ちよくグッスリ眠れて、朝起きてもリラックスした気持ちいっぱいすぎて、いつもと違う朝に戸惑っていたの」

「院長のこと話してスッキリしたのが飲み忘れの原因でしょうか」

「そう、そうね。それでやっと家族に甘えられたと思う」

「じゃ、投薬も徐々に減って不要になる日も近いということですよ。きっと」

「だといいなぁ。色んな症状もなくなったらどんなに楽かと思う」

ぼんやりと窓の外を眺めながら呟いた。

「香織さんの場合はホントに色んな症状がありますからね」

「この間はね、歯ぎしりが強すぎて下の奥歯がグラグラになったから歯医者さんに行ったら、もうちょっとで抜歯ですねと言われてビックリ。あのときはマウスピースを使うのが遅かったから失敗しちゃった。

酷い虫歯くらいの痛みで困ったわ。そういうときに限ってコンサートがあるのよね。仕方がないから痛み止めしっかり飲んで演奏したけど、飲んだ薬が強くて頭がちょっとボォーッとしていたから集中がなかなかできなかったな。思い出して言えば簡単だけど、そのときは必死だった」

「そんなことを隠しながら頑張っていたとは……僕マネージャーとして反省です」

「あ、でも、黙っていたから」

「隠してもわかる人にはわかりますよ。すみません」

「ううん。こっちがごめんなさいよ。ホントに。ま、今朝みたいに飲み忘れをするぐらい自然に止められれば一番ね」

「そうですね」

「過去を変えることはできないけど、自分を変えることはできる。受け取り方を変えればよかったのね。なかなかできなかったけど、変わるとこんなに変われるんだって驚きね」

　香織はおもいっきり背伸びをした。

　心地よく流れる秋の景色を楽しんでいると、齋藤が聞いてきた。

「朝一番で和尚さんと何を話したのか伺ってもいいですか」

「あ、齋藤君には話していなかったわね。和尚さんの言葉に興味があったからちょっと学びに行ってきたの」

「そうでしたか。心理学と仏教が繋がるところはたくさんありますから興味があります」

「あら、繋がるのね」

「はい。僕は確信しています。個人的にですが」

「簡単に話すと、人間は強欲で他人への配慮がなければ本能のままに欲を貪るって、ありのままの生き様を露呈するってところかしら」

「ややこしい言い方ですね」

「えっと、私の母のことよ。ＤＶオンパレードの母の生き様も含めて煩悩に正直で強かったなって和尚さんが以前に話していたの。でもね、だからといって悪いとか良いとかそんなのはもう超越した次元での話かな」

「人間はそう考えると複雑ですよね。人間社会は矛盾あって然りですし」

高速道路を走らせながら齋藤は切なさを感じ取ったように返事をした。

「君もＨＳＰだから同じように感じるよね」

「はい。程度の大小はあっても傾向としては同じです」

「だからって矛盾を否定したら自分まで否定しちゃう。だったら人間ってそういうものだって容認すればいいのかもしれないって気がつきだしたの。

有紀と食事をして動けなくなって入院して、ホントに色々あって君に会えて……それまでは母が私の基軸だったと思う。それがみんなの支えで自分を基軸にすることを知ったのね。それから色んなことを考えられるようになったと思う」

「香織さん、変わりましたからね。最初は弱々しい女性かなと思っていたら、途中から強い発言をするようになってちょこちょこ驚いていました」

「そうかもしれないわね」

香織はそう言いながら過去の不幸を疎んじることも感じて居なかった。ありのままに受け取るという一つの悟りだ。

「過去形で言えるだけ成長したってことですよ」

「あ、そうかも。ちょっとは賢くなったかもね。それに人間ってその人それぞれの限界があるってことよね」

「限界？」

「うん。母らしい母を求めたってその母にだって限界があるよね。子供が願望を押しつけて理想の母じゃないって言ったって所詮そういう器の母だからどうしようもできない。そうなると認めて受け入れることが大切だってこと。

　その限界は私にも君にも、泰彦さんにも、みんなにあるよね。それぞれの限界が社会的に容認されるレベルだとか、人間同士の間でここまでなら良いとか悪いとかジャッジしないで大海の心を持つべきことかと思ったわ。和尚さんの言葉は後からパンチが効いてくるからね。ジワジワと実感していって分かり始めたかな」

　そう言いながら香織の心の中は少しずつ整理がつき始めて、心の中の色々な引き出しにそれぞれの想い出が収まっていくような感触を味わっていた。

「じゃ、もう僕たちを置いて逝こうなんて思わなくなりましたね」

「うん。何処でどう切り替えられたかというのはわからないけど、やっぱりターニングポイントは君に祐一朗さんとの過去を話してから楽になってスッキリしてからね」

「変化は外だけじゃないですよ。内面が激しく変化し続けていると混乱するかもです」

「内面の変化って気付きがなければ始まらないって知ったし、気付きを持つか持たないかでここまで世の中が違って見えるのかと思うとホントに感心する」

「両方を知ってこそのご意見、ごもっとも」

「ところで香織さんが単に院長を愛したとは思えないと僕は思っています」

「人を愛するのに何か理由があるってこと？」

「はい。子供の頃に受けた愛着障害が大きな影響を及ぼします。その人の人格や愛の根源は養育によって違いが出ます。愛する対象、愛し方、求め方、色々違いが出ると思っています。心はわかっているようで実はかなり奥が深いですからね。それこそ月の表面より人間の脳や心のほうがまだまだわからないものですよ」

「そうかもしれないなぁ。全部わかったら苦労ないよね」

「誰の心にも愛着障害は大なり小なりあるものです。そういう僕だってありますから」

「みんなあるものよね」

「はい。あります。それでですね、香織さんが院長を、いや、有紀さんのお父さんを愛してしまった理由は愛着障害だと思っています」

「え？」

「驚くのも致し方がないですが、香織さん、自分でファザコンだと思ったことないですか？」

「それはありね。有紀のお父さんに随分子供の頃からずっと憧れていたわ。それ完全にファザコンだよね」

うなずいた齋藤はファザコンのことから話しだした。ファザーコンプレックスと言っても色々なタイプがある。その中で「子ども時代に父親との関係で満たされなかった気持ちが今も心の中に残っている」というケースもあり、幼少期に親の愛情をたっぷり受け取れなかった人は、大人になっても求め続ける。

そして香織の場合は父親との関係で満たされなかったものを満たしてくれる年上男性に惹かれる傾向が強いという話だった。

「そう言われて考えてみると……祐一朗さんならすべてを受け入れてくれる、甘えられるって思っていたわ。そこかしら？」

「はい。そこかなと。親の愛を彼からもらって満足させる代償行為がスタート。人が人を愛するのにすべて理屈があるものとは思えないです。それでお互いにたまたま許される環境があり、一線を越える力が動いたというか」

「そうね、親友のお父さんとなんて一般常識的に外れちゃっている。今考えると自分が怖い。あのときは夢中で周りも見えなかったのはまだまだ稚拙でファザコンでまっしぐらだったのかな」

「あの人なら僕から見ても隙がないぐらい素敵な男性ですよ。誰が見ても理想の父親だと思います。ファザコンで無垢な女性が彼を好きになるのも仕方がないかなと。彼がどうして香織さんを愛したかは計りかねますが彼は彼で苦しんだと思いますよ」

「そうよね。きっと悩んだと思う。それに彼のほうがずっと大人だったから、一線越えた罪の意識は深いし、だから別れ話をするのも当然よね」

「逆を考えてみたらどうでしょう」

「逆？」

香織は唐突に言われて想像がつかない。

「院長が素敵なお父さんじゃなかったら。どうでしょうね」

「そうだね。憧れることもないし、そのまま好きになっちゃうこともなかったと思う。それは絶対にないって断言できる。地元でならありえないけど東京は自由だし恋愛しちゃう条件がそろったステージってことよね。父親の愛情不足を求めそのまま好きになっちゃった。これは愛着障害者の歪みが生んだ恋愛ってことねぇ」

逆と言われてやっと呑み込めた香織がため息をついた。

「そうだと思います」

「私の父がしっかりしていたら彼を愛することもなかった。仮想恋愛？　代理恋愛？……人間ってないものねだりだね。もういっぱい、いっぱいになっちゃった」

香織はパンク寸前の頭を抱えて唸った。

「ないものねだり。その言葉ピッタリかも。香織さん、ナイスです」

「そう考えたら、自分の母に母の理想を求めても与えられなくて苦しんだのも、ないものねだりと言えるわ。でも、ナイスと言われてそうねとは言えないなぁ。あれだけ苦しんできたことをこうあっさりと分析されると、もうついて行けなくて熱が出そう」

「すみません。そういう配慮ができなくて」

「ごめんね。良いような悪いような……結果、良いことでしょうけど。ふぅ」

香織は一旦話を区切ってしばらく眼を閉じた。

「そう考えたら、自分の母に母の理想を求めて、与えられなくて苦しんだのも、ないものねだりと言えるわ」

するとと齋藤がオウム返しのように話した。

「ないものねだり。ホントにそうです。まぁ、子供の頃の親の歪んだ教育をないものねだりというのもおかしな話になりますが。親から子供が受ける愛情は不可欠だし」

「それはそうだけど……それにしたって、なんだかさ、バカバカしくなってきた。私は何をあんなに苦しんでいたのかって。単に自分の願望が満たされないから苦しんだだけ？　ないものねだりって結局、強欲と変わらないように感じる」

「それが人間でしょうね。人間らしさというか。何が人間らしいのかと言われたらそれも個々の考え方で変わるので一概には言えませんが」

「なるほどね。よくよく考えてみたら、祐一朗さんとの過去を有紀や泰彦さんに言いたくても言えない。隠し事が嫌だ。内緒にしておくのも辛い。それから……誰にも言えないことに対する罪悪感、自分への嫌悪感などなど……それって全部私の都合よね。不都合で苦しんでいるだけってことになるかしら」

香織は車外に目をやり流れる景色を眺めながら言葉した。

「ＨＳＰは完璧主義。自分は正しくなければいけないという自分への呪縛も強いです。ですから余計に自分を許せなくなる。それに、白黒ハッキリで世の中に対応するならグレーゾーンも必要ですけど、そのグレーゾーンがまた許せないってとこでしょうか」

するとと香織は齋藤のほうにしかめっ面をして頷きながら話した。

「あ、そこ痛い話。そうそうそうなの。絶対こうしなきゃ感が強い。だから余計に自分を許せなくなっての繰り返しだよね。ＨＳＰだからって言い訳しないでちゃんと改善しなきゃイケないところもあるわ」

「そうです。僕もＨＳＰですから人のこと言えない立場ですが」

「私とはまた域の違うＨＳＰだからね。お互いご苦労様よね」

「香織さんの場合はその分音楽に突出した才能がありますから」

「でもね、ピアノが弾けるよりも安寧な日々を送るほうがいい。ま、それもないものねだりだけど」

　と香織は笑った。


　東京に到着したのは午後二時。転院先に向かう約束の時間は午後五時だったので一旦スタジオで休憩することにした。

「あのね、不倫のことを誰にも言わずに心の奥に引っ込めていいのかな。ホントに」

「香織さんもいきなりストレートですね。えっと、確かに、内緒にするのも辛いでしょう。僕みたいにずっと独り身なら楽ですが」

「え、君はずっと独身のつもり？」

「あ、え……」

「ま、今はその話じゃないけど、私は当然、君は私の親戚になると思ってるし、君たちもそのつもりでしょ？」

香織は素知らぬ顔をして話した。するとあっという間に齋藤の顔が赤くなった。

「ホントに隠し事できないというか、顔真っ赤だよ」

「いつもすみません。で、話を元に戻しますが……もし彼女と結婚するってことになっても、柊子のことは話すつもりはありません。話しても過去のことです。美里が柊子のことを知っても得にならないですよね」

「結婚しようとする……あ、結婚するのよね。聞いちゃった」

香織は噴き出した。

「あ、これは内緒にしておいてください。僕、そんな勇気まだないし。貯金も結婚するだけ貯めてない、あ、どのくらい貯めればいいのかも知らなかった。でも、現状、結婚しているようなものだし。あ、えっと」

齋藤は話しながら焦りだした。

「ま、いいとして、そうなのね。確かに柊子さんのことを話して美里は喜ばない。だったら泰彦さんも私の過去の不倫なんて今更聞きたくないわよね。当然、有紀も」

「そうだと思います。柊子のことでよくわかったと思いますが、どうです？」

他人のことならわかるけどイザ自分のことと言われ当惑しながら香織が答えた。

「うん。確かにそうだよね。それも学生時代のことだし……。いくらファザコンだったからとか、愛着障害だったからと言っても、まだちょっと自分を許せなくて、でも許せないのはやっぱり自分のプライド。ないものねだりなのかなぁ」

「そうです。その通りですよ。人間っていろんな面とか引き出しがありますよね。香織さんの小さなプライド、要するに完璧主義の香織さんが納得していないかな。それこそ全部ひっくるめてどんと受け入れちゃったらどうですか？」

「あ〜、そういうことね。私って小っちゃすぎだわ。今の言葉、ハンマーで頭殴られたくらいショックだわ」

「ゴックンって喉元過ぎないと本当に自分が咀嚼したとは言えないかなって思います。机上の空論ではまだまだ自分のものにならないというか」

　齋藤に輪をかけて言われた香織は、

「私はまだまだだわ。もうショック」

　と言いながら床に座り込んで頭を焦がした。

「香織さん、神の雷に打たれて自分を許せたように見えますが？」

「え？　そこ？　……あ、そうか。そうよね。プライド捨てたら楽になるってこと？　そうねぇ、なんとなくわかったような気がする。まずは自分を許すことからスタートだからね。方向性はわかったわ。うん」

　あとは時間が解決してくれるのかなと思えた。時には眼を閉じて流れる時に身を任せてみるのもありだ。

香織はピックアップした本を片手に話しだした。

「ちょっと思い出したの」

そう言ってレジリエンスの一文が書いてあるページを齋藤に見せた。

〝レジリエンスとは、困難な問題、危機的な状況やストレスに遭遇しても、適応する能力や過程、うまく適応した結果で心の「復元力・回復力・弾力」などと説明に使われる言葉。または「困難な状況にもかかわらず、しなやかに適応して生きのびる力」を意味する心理学的な用語として使われる。〟

「この言葉を読んで考えていたことがあったの。じゃ死んじゃったら適応できなくて、生き延びられなかったらそうじゃなくなるのかなって」

「う〜ん。死んじゃったら、自殺したらってことなら適応とは言わないとは思いますが」

「そこなのよ。死んだから弱いのかしら」

「どうしてそこに話が行き着くわけですか？」

「柊子さんのことよ」

「柊子の死？」

「うん。柊子さんは強いから死を選べたとも言えると思う。レジリエンスって、しなやかに適応して生き延びる力って確かに納得する。だけど、生きることだけがすべてだとは思えないな。一旦は自殺しようって考えていたし、ま、私の場合はよくよく考えてみたら完全に逃げだよね。だから私のような自殺はダメだと思う。

いくら柊子さんがうつ病で自殺したとしても、うつ病がすべての原因だったとは君の話を聞いていて思えないの。それは君も十分わかっているはず」

「はい。それは僕、重々わかっているつもりです」

「彼女が死を選んだのはやむにやまれない気持ちの表現。それは彼女自身が選んだ生き方とは言えないかな。自殺なんてかなりの覚悟がないとできることではないと思う。それも柊子さんの場合は君を思うあまりに選択した勇気だよね。

それはものすごく強い意志だと思う。だから死を選ぶのもひとつの生き方かなって。そう考えるのもありなら彼女の選択した生き方を認めてもいいかなって思うの。死して君をレジリエンスするように背中を押したなら、それは彼女にとっての幸せだったってことじゃないの？　違っているかな」

と香織が語った。

「香織さん」

眼からぽろぽろと涙がこぼれ始めた。

「確かにそうかもしれません。いや、そうだと今、僕も思えました。すみません。しばらく泣きます。ちょっと時間をください」

うつむいて震え、そして話をした。

「柊子が幸せに逝ったと思えば良かったなんて考えたことがありませんでした。確かに柊子は僕に幸せになってと言葉を残し逝きましたが、そのときの柊子の顔に今気がつきました。確かに死ぬときに微笑んでいました」

「微笑んでいたのね。強い人だわ。本当に」

「彼女の思いを素直に受け取らないで、殺したらもう会えないという苦しみの渦に囚われていたなんて……。あのとき決断して僕を送り出したかったから。それが彼女の愛し方だったという受け取り方をすれば良かったんですね」

「そう思うのが正解かと言われたら、人様々で死んだら終わりという人もいるでしょうけど、私にはそう思えなくて」

「それでも僕は柊子に生きていてほしかったです」

「そうだね。残されたほうも辛い」

「でも、終わってしまったんですから。香織さんが院長とのことを隠すのがいいのかと悩むのも、僕が柊子の死に苦しむのも、ちゃんと受け止めて学べということでしょう。香織さんのことならアドバイスできても、自分のことになるとやはりきついです」

「うん。お互いにね。私はもっと自分を許せないと先に進まない。相手を認めないともっと先に進めない。何が本当に大切なのかを考えることが大切だね」

「ですね」

泣き虫の齋藤はまだうつむいて泣いていた。

「まずは思う存分泣くしかない。私は君が泣き止むまで待っているから。私は君が泣き止むのに時間がかかっても、ずっと時間がかかって一日でも一週間でも一ヶ月でも一年でも十年でも待つから。ただ。ただ百年は待てないかな。私おばあちゃんになって死んじゃうわ。でも、死んじゃってもずっと待つから。君には返せないぐらいの恩をもらったから意地でも待つわよ」

と話しながら香織まで泣いた。

「齋藤君、本当にたくさん支えてくれてありがとう」

「お礼を言うのは僕です。香織さん、ありがとうございます」

齋藤は柊子を想い、香織は泰彦と有紀を想い、走馬灯のように流れる記憶を確かめながらそれぞれに苦悩したそれぞれの壁をようやく乗り越えた時間だった。

長い冬もいつかは春が来るように。

遅咲きであってもちゃんと美しい桜が咲くように。

5-6　成熟した大人

すっかり寒さを増した十一月中旬、転院先の病院に二週間入院し、ギプスを外し、通院での本格的なリハビリが開始された。そしてギプスが外れた金曜日の夜、スタジオに来た泰彦と美里に香織は真剣に説明をした。

「動かなくなった肘を動かすのってこんなに大変だったのね。もう痛くてダメ」

ギプスがとれて楽になった分、次の苦しみが本当に待っていた。

「人生と同じかもね。次々と襲来する人生の苦にどう立ち向かうのか！　って、感じよね。心の痛みはきついけど、怪我の痛みもきつすぎる。隣でリハビリしていたおばあちゃんが痛すぎるって療法士の男性を殴って大騒ぎになったの。それも音がするぐらい真剣に殴ったのよ。もうびっくりしちゃった」

「香織ってこんな感情的に話をする人だったかな？」

と、泰彦が驚いて話を聞いていた。

「確かに、香織さん、ここしばらくで、ものすごく変わりましたからね」

齋藤が納得して強く首を縦に振る。

「ま、おれはどんな香織でも良いけどな」

「あ、それものすごいのろけだよね。おにいちゃん、エロい」

「何がエロいんだよ。仲が良いと言ってほしいところだが、そういう美里はどうだ。お前ら結婚しないのか。いい加減に」

「え？　そこですか？」

　齋藤が反応した。そして美里は、と話を外して逃げた。

「アイスクリーム食べようっと」

「でね、その殴ったおばあちゃんの話だけど……もう誰も聞いてくれてないし」

　と香織はふくれっ面になった。

「ま、平和が一番ですね」

　齋藤が美里からアイスクリームを受け取って一さじ口に放り込んで嬉しそうな顔で話した。


　翌年五月、映画が公開された。齋藤の編曲と香織の代打でしたピアノ演奏が注目を浴び公開初日の舞台挨拶に俳優と肩を並べて齋藤が舞台に立った。身長百八十二センチ痩せ型でイケメンの齋藤は男性俳優に引けを取らない魅力で騒がれた。その割には出しゃばらない控えめな性格が逆に目立って周りは一気に色めき立った。

「僕は表舞台に出る人間じゃないので……」

と初日の舞台挨拶でマイクを向けられた齋藤は困り果てて髪の毛をくしゃくしゃとかきながら帰ろうとした。それで慌てた他の出演者に留まるように促される一幕があり笑いを誘った。それが全国の芸能ニュースで流れ、そのうち非公認のファンクラブまでできた。

「もしもし、齋藤さん？」

齋藤が一人で移動しているときに電話がかかってきた。

「幸村さん、お久しぶりです」

「天然イケメンやってるのね。素敵な曲作ったみたいで、私聴かせてもらいました。それでお願いがあります。何かのチャンスがあったら市橋さんと私であなたの曲を演奏したいの。急いでいないけど忘れないでいてくださいね」

「はぁ、いいんですか？」

「そこで気弱にならないでください。私はお願いしているのですから」

「了解しました。では、必ず連絡します」

「よろしくね。市橋さんにも伝えておいてください」

幸村まで反応をしてきたのにはさすがの齋藤も驚いてすぐに香織に連絡をした。

四月の桜が散り出すと瑞々しい新芽から元気な緑の葉が木々を賑わす装いを始める。その頃に成田総合病院からコンサートの依頼が来た。病院の創立記念日の催し物として『Sublimation』をメインにしたコンサートで香織と齋藤との連弾やトークも交えた依頼内容だ。若い看護師からの要望もあったらしく純一が申し訳なさそうに連絡をしてきた。

「いや、齋藤君、ごめん。表舞台は苦手だというのは重々承知だけど、こっちはこっちで齋藤君も出てほしいってうるさくて。依頼も遅れちゃってドタバタだけど、どうしてもお願いしたい。なんとか頼む。スケジュール空いているところにこっちの予定を入れてくれればいいから」

と申し訳なさそうに、本当に困った様子だ。

「『Sublimation』の作曲者だから出演は当然だよね。連弾があるからなおさらの当然。いいよね」

と上機嫌な香織が、

「私のマネージャーの仕事の範疇ならこれは強制的に出演決定ね。後はスケジュールだけだし」

と、齋藤を横目に軽く了承した。

「七月だと時間がないですよね。スケジュール的には」

渋々スケジュール確認を始めた齋藤が「あ」と声を上げた。

「そうそう、香織さん、幸村さんです」

「え？」

「以前に幸村さんが僕の曲を香織さんと演奏したいって電話がありましたよね。幸村さんのスケジュールが合うなら誘ってみてはどうですか？」

「そうだわ。忘れていたよね。いいと思うなぁ。じゃ、すぐに幸村さんに連絡してみてね」

「了解です」

そのまま齋藤は幸村に連絡をした。そして電話をかけたと思ったらすぐに電話を切った齋藤が答えた。

「幸村さん、すぐに引き受けてくれました。で、今からこっちに来るそうです。詳細はスタジオで聞くからと言ってました」

香織は噴き出した。

「幸村さんらしいわね」

そして七月下旬。成田総合病院創立記念演奏会が夕方の市民音楽ホールで始まった。地元のテレビ局も特番のような扱いで放映を決め撮影の準備を進めていた。クラシックに縁のない市民も映画の音楽でなじみやすかったのと齋藤の演奏が見られるという評判で遠方から若い女性がたくさん来た。

それに幸村の参加でさらに拍車がかかり満席どころか、立ち見席まで作っても間に合わない事態になった。純一はこんなことなら二部構成にするべきだったと申し訳なさそうに困惑している。

「今日の主役は君だね。目一杯今日は楽しく過ごしましょうね」

「はい。香織さん、って僕、やっぱりこのスーツ恥ずかしいです」

二人は季節に合わせ淡いブルーのドレスとスーツをおそろいで作った。それだけではない。幸村のゴシック調プリンセスドレスまでおそろいの生地で作り幸村は満足そうに鏡の前でドレスを着てクルクル回っている。すべて美里がデザインしたもので同じ生地の同じ色をベースに三人の個性に合わせたデザインや他の色との組み合わせをしたものだ。そのために美里も控え室に来ていた。

「やっぱり似合うよ、健太。恥ずかしがらないの」

「うん」

「しかし馬子にも衣装よね、おねえちゃん」

満足そうな美里と香織、それに一緒に来ていた泰彦も二人の晴れ舞台に満足そうだ。

すると横から顔を出した幸村まで、

「天然イケメン、似合いますよ」

と褒めた。

「市橋さん、お願いがあります。近い将来に市橋さんと私の二人で全国ツアーを、デュオ・リサイタルをしてほしいんです」

幸村は真剣な面持ちで香織に伝えた。

「幸村さん、了解。それは楽しみだわ。齋藤君、よろしく」

「わかりました。お任せください。では幸村さん、お願いします」

「はい。齋藤君」

「えー、幸村さん、その齋藤君という言い方止めてもらえないかな。僕、幸村さんのいくつ上だと思ってます？　齋藤さんでお願いしますよ」

「わかりました。齋藤君」

控え室の全員が爆笑した。幸村も笑った。本当に楽しそうに。すると美里が言った。

「全国ツアーになったら純一さん、仕事放り出してついていきそう」

「確かに、それはあるぞ」

泰彦はうんうんと頷いて笑った。

「父さんに一番前の席のチケット渡しておいたけど来ているかなぁ」

「あ、香織、さっき確認した。ちゃんと来ているよ」

「泰彦さん、ありがとう。父さんに手を振ろうかな」

「余計なことするとまたステージから落ちるよ」

「え。そこ？　ありえるかもねぇ」

と夫婦で話をしていた。すると、

「市橋さん、齋藤さん、幸村さん、準備いいでしょうか。そろそろお願いします」

　スタッフが呼びに来た。

「幸村さん、シンドラーのリスト、今日も楽しみましょう。命を込めて」

「はい」

　幸村は真剣な顔をして返事をした。そして泰彦と美里を後に三人はステージに向かった。


　ステージに出ると熱いライトの光が三人を照らす。それから大きな拍手に囲まれ挨拶をする。齋藤のファンからの黄色い声に齋藤は圧倒されて髪の毛をくしゃくしゃとかいているとアナウンサーがマイクを通して話しだした。

「皆さま、今回は特別の企画で市橋香織、齋藤健太、幸村明日香のコンサートにおいでくださいましてありがとうございます。成田総合病院創立記念コンサート、楽しんでいただきたいと思い様々な工夫を凝らしてお送りさせていただきます。では、まず地元出身で皆様よくご存じのお二方から紹介させていただきます……」

佐々木精肉店と西沢文房具店の家族も招待した。泉永寺の住職夫婦も。それに泰彦の両親や家族、同級生の黒瀬の家族も。病院関係者もたくさん来ていて知り合いが多い。三人の演奏やトークで会場の人々と楽しんだりのひと時はあっという間に終わり、観客は総立ちで拍手をしてくれた。最前列で見ていた父の智も嬉しそうだ。香織はこんなところで親孝行ができたのかと思うといろいろあった家族でも良かったと思えた。

演奏を終了して控え室に戻った二人は着替えながら話した。幸村はそのまま取材を受けて後から控え室に戻ることになっている。

「香織さん、院長もコンサートに来ていましたね」

「私は確認できなかったけど、来ると思っていたから」

「院長のこと、もう大丈夫ですか？」

「うん。もう大丈夫。もう怖がることはないって理解したから、コンサート中に彼と会ってステージで会話するかもって覚悟していたぐらいだし」

「そうですか。香織さん、随分、オトナになりましたね」

「そ、大人がオトナになったって言うのも変な話だけど、そういうことね。もう気絶はないでしょうね。た・ぶ・ん」

と、香織は齋藤に念を押してから笑った。

「香織さん、乗り越えたようですね。リカバリーですよ」

「え、そうかな。そうねぇ、最後の壁は彼だったからね」

「はい」

「でもこれからかも。いろんな壁を自分で見出すと思うけど」

「大丈夫だと思います。壁ができたとしても壁に対する意識が変わりましたから、苦しみの壁ができたとしても乗り越えることも回避することも無く壁を消す魔法を持ったようなモノですよ」

「なるほど。そうよね。そうかも。私、やっとすこしオトナになれたのかな」

「僕も少しずつだとは思いますが、香織さんと一緒に成長していきます」

「互いにね」

「はい」

二人はどちらともなく手を差しだして握手をした。すると、

「お疲れまでした」

と言いながら幸村が控え室に戻ってきた。

「ご苦労様、幸村さん」

「お疲れ」

「市橋さん、齋藤君、ありがとうございました」

三人は眼を合わせて微笑んだ。精一杯の演奏をこなした後は爽快感で笑顔が自然と出る。


成田総合病院創立記念コンサートが終了して一週間ほど経った頃に齋藤が純一に電話をした。

「純一さん、院長にコンサートのお礼を申し上げたいので少々お時間をいただけるようにお願いしてもらえませんか？」

「然程のことはしていないけどな。齋藤君は律儀だねぇ。わかったよ、じゃ、時間を取るように義父に聞いてまた返事するから」

「お願いします。すいませんいつも」

齋藤は祐一朗に会う必要があった。香織に最後の詰まる想いを乗り越えてほしかったからだ。


「失礼します」

ドアをノックした齋藤が院長室に入った。

「いらっしゃい、天然イケメン君がお見えになったならサインの一つもいただかないといけないかな」

「いえいえ、そんなとんでもないです」

「コンサート本当にありがとう。お陰で賑やかに過ごせて大変感謝しています」

祐一朗はゆっくりとデスクから立ち上がってお礼をした。

「どうぞ、こちらにお座りください」

「ありがとうございます。こちらこそコンサート本当にありがとうございました。思わぬ企画で僕は恥ずかしかったけど皆さまには喜んでいただけたようで良かったです」

齋藤はいつものようにペコッと腰を折った。

「院長と直にお話をしたいことがありまして純一さんに無理をお願いしました。コンサートのお礼をと純一さんからお聞きだと思いますが、お話は香織さんのことです」

「おや、香織の……」

祐一朗はつい昔の呼び方で香織の名前を口にしてしまった。

「はい。香織さんから院長とのことを聞いています。香織さんは誰にも言うつもりはなかったのですが彼女にいい演奏をしてもらうためにマネージャーとしての立場以上に彼女の心と付き合っていった結果、僕だけに話してくれました」

「あぁ、そういうことだったとは。わかりましたから続けてください」

齋藤に知られてしまった過去にここで向き合うとは思いも寄らなかった祐一朗は内心は穏やかではなかったが、落ち着いた院長として取り繕っていた。

「いえ、こちらこそ本当に失礼だとは思っていますが聞いてください。香織さんについて院長がご存じないことがあります」

「私が知らないこと？」

「はい。香織さんが院長と表参道で別れたときに、香織さんの行動どうでしたか？随分昔の話になりますが」

「彼女から別れるなら今だと言って私を置いて歩いていったんだ。さみしそうに」

「はい。そうです。それは彼女にとっての最低最悪の不幸だったのでしょう。そのままショックで記憶を封印したようです」

「封印？　記憶を閉じ込めていた？」

祐一朗は驚きを隠せない。

「はい。そのようです。そしてその次がありました。院長、覚えていらっしゃいますか？　香織さんが精神科の最後の診察の帰りに院長に会って気絶しましたよね」

「あぁ、そうだった」

「あのとき、彼女の封印が解けて、封印直前までの院長とのことを一気に思い出したショックが原因で気絶しました」

「あぁ、そういうことだったのか……。しかし、それは驚いた」

するとと院長室に秘書がコーヒーを運んできたので一旦話を止めた。

「院長、コーヒーいただきます」

齋藤はキビキビとしていた。いつもの天然は何処に行ったのかと思うぐらいだ。

「それで香織はどうなったのかな」

冷静さを保とうとしている祐一朗だが、手にしようとしたコーヒーカップを持てず二度持ち直してようやくコーヒーを口にした。

「はい。それからでした。記憶が蘇ってからの香織さんは随分苦しみました。そのときの僕はその事実を知らなかったのですが。香織さんは親友の父を愛してしまったと悩み自殺まで考えていました」

「そうだったのか。香織……」

「それで地元のコンサートで花束を受け取ったときに最前列に居た院長を見つけて気絶してステージから落ちて骨折しました」

「あの事故は私を見て気絶して落ちたから？　花束を受け取ったまま姿勢を崩したからじゃなかったのか」

祐一朗は渋い顔をして言葉をなくした。しばらく間が空いたのち、うつむいた祐一朗は眉間にしわを寄せながら呟くように話をした。

「……そんなことがあったのか。本当にすまないことをした。今更弁解になるが、私は本当に彼女を愛していた。そして今もその気持ちは変わらない。恥ずかしい話だが」

祐一朗は咳払いをひとつして続けた。

「だからといって有紀の親友と……それはあり得ない話だ。だから誰に言うこともなく私の中で収めている」

齋藤は慌てて話した。

「院長を責めるつもりは一切ありません。人を愛することは大切なことです」

「いやいや、君にそんなことを言わすとは、精神科医として恥ずかしい限りだ。しかし、彼女は本当に魅力的だと、ピアノを弾く姿を見て君も感じるだろう」

「はい。彼女は本当に美しい人だと思います。ピアノの演奏だけではなく純粋で、まっすぐで、素敵な方だと思います」

「そうだと思う。許せるならと思った私自身を何度も責めた」

「院長、もういいじゃないですか。僕は責めに来たわけじゃないです」

「あぁ、そうだな。とりあえず、ありがとう」

祐一朗はしわを寄せた眉間に指を当てながら感謝した。

「いいえ、それで彼女なりにすべてを受け止められるようになり、心も随分落ち着いて元気です」

「なるほど。香織に随分苦労をかけたが……元気ならありがたい」

ゆっくりと言葉を嚙みしめながら、そして心のどこかで少しホッとしたように見えた。

「それで、ここからがお願いです」

「あぁ、言ってみてくれたまえ。私ができることならば」

「はい。すみません。院長も香織さんも、もう一度だけ、ちゃんと終わりにするために香織さんの心の最後の壁を乗り越えて生きる次のステージに向かうために、僕が段取りを決めますから、一度だけ二人で会ってほしいんです」

祐一朗は飲んだコーヒーカップをテーブルに戻してゆっくりと話しだした。

「皆、香織を随分大切にしてくれている。私よりも余程に香織にとって大切な人が側に居ることがわかって嬉しい限りだ。それに比べたら私は恥ずかしい。申し訳ないだけだ」

祐一朗はうつむいた。

「香織さんは愛着障害からファザコンに至り、ごく自然に院長を愛しました。それはそのときの彼女の生き様であり愛し方だったと思っています。だから正解だとか間違いだとかではなく、あのとき、あの時間を過ごしたことをお二人でしっかり受け止めていただければと思っています」

「あぁ、君の気持ちはよくわかった。私は大人として恥ずかしいことをしたのは事実だ。そして彼女を苦しませたのも私の責任だ。だからといってもう何もできないのも事実だ。……だから、齋藤君の依頼を承ろう」

「あ、ありがとうございます。門前で断られる覚悟で来ました。本当に心から感謝します」

齋藤は最敬礼をした。そして香織が一人で新幹線ホームに現れる日時を知らせ、深々とお礼を述べて帰った。

帰途についた齋藤は切ない思いを抱いた。祐一朗の本心は誰に悟られることもなく続いていた。彼は未だに香織一人をずっと愛しているだろうと感じ胸が熱くなった。人を愛するのに理由があるのだろうか。どんな条件があるのだろうか。自分は柊子が自殺しなければ柊子と愛し合えたのだろうか。香織と祐一朗のように年の差を超えた愛もある。

まだ蟬が鳴く九月初旬、市橋家に戻っていた齋藤と香織は秋からの全国ツアーに向けて準備をしていたが、第一弾の東京コンサートに向かう日の前日に齋藤が香織に話をしてきた。

「香織さん、すみませんが僕は新幹線を一本先に東京に向かってもいいですか？　ちょっと所用があるので。東京駅には到着時間に到着ホームでお迎えしていますから」

「うん。いいけど、どうしたの？　珍しいね」

「僕だけの仕事の依頼もありますから。書類を渡すだけなので短時間で済む話です」

「わかった。じゃ、そうするわ」

そして翌日、東京に向かう新幹線ホームに香織一人で向かった。ホームに出た香織はベンチに座ってバッグから一冊の本を取り出した。するとベンチの隣に男性が座った。

「香織」

名前を呼ばれてふと隣を見た。

「祐一朗さん」

香織は驚いて読もうとしていた本を落とした。

「あぁ、久しぶりだ。こうやって二人で会うのは」

「どうしてここに？」

祐一朗は落ちた本を拾い、手でホコリを払いながら香織に渡した。

「君の優秀なマネージャーが私を訪ねてきた。そして香織の旅立ちのために一度だけお願いがあると言ってきたからだよ」

「え、彼が？」

本を受け取った香織は本を胸にキュッと抱いて聞いた。

「そう。私たちのことを知っていた。そして私が事実を知らないだろうと話してくれた。しかし私が知らないままにいるのは不幸だと、そして香織にとっても不幸だから話しに来たと言っていた」

するとホームに新幹線が入ってくるベルが鳴った。そしてアナウンスが流れた。

「時間がないね。詳細は彼に聞いてくれないか」

「うん。わかった」

「表参道で別れてから私の記憶を封印して、そして記憶が戻ってから苦しんだそうだな。いい大人が娘の親友に……すまないことをした」

「いいえ、お互い様です。あなたはあなたで苦しんだはず。そんなこともわからないでいた私が子供過ぎたと思っています」

新幹線がホームに滑るように入ってきた。

「彼のお陰で私は救われたよ」

「齋藤君は本当にかけがえのない相方です」

「そうだな。そしてもう一度香織に会えて良かった」

「私も良かったと思います」

香織はそう言って新幹線に乗り込みドアの奥で振り返ったときに発車を知らせるベルが鳴った。その音に促されるように二人は言葉を発した。

「ありがとう、祐一朗さん、愛していました」

「私も愛していたよ。いや、愛した」

「そうね。私もあなたを愛したわ」

新幹線のドアが音を立てて閉まり、ドアのガラス越しに見つめ合いながら二人は互いに微笑みを浮かべ軽くうなずいた。

新幹線はそのまま佇む祐一朗を置いて静かにゆっくりとスタートする。そして電車の加速と同時に景色も流れだし、祐一朗が見えなくなり、そのまま流れる景色をドア越しに見ていた香織がつぶやいた。

「祐一朗さん、さよなら。そして、ありがとう」


全国ツアーが半ば過ぎた頃に香織が言い出した。

「齋藤君、市橋家に帰ろう」

「はい。え、帰るって、もうちょっと先に立ち寄る予定は入れてありますが」

「ううん。もう市橋家に戻りたいの」

「え？　どういう意味ですか？」

「スタジオ閉じて市橋家に戻って仕事をしようと思うの。泰彦さんは私を助けるために必死だった。その恩返しもしないままにピアノの仕事を優先するのが納得できないの。ピアノの仕事は絞ればいいし、無理な仕事は断って自分らしい生き方をしたい。泰彦さんの食事を作ったり、お掃除したり、普通の妻としての時間を作りたいって考えていたけど無理かな」

「なるほど。いきなりでびっくりしましたよ」

「だよね。驚くとは思ったけど」

「それもバリバリのプロが普通の主婦をしたいって言い出して驚かない人がいるとは思えませんよ」

　齋藤が目を丸くして話を続け、

「香織さんはプロになりたいというより、ピアノが弾きたくてコンクールに出始めて今日まで来ていますからそういうのも納得しますけどね。僕としてはもっと世界へという思いもありますが」

　自分自身を納得させるように語った。

「病気もあったし、海外にまで行くつもりが最初からなかったからヨーロッパのコンクールにも出ようと思わなかったわ」

「香織さん……海外からのオファーが何度あっても断っちゃうから僕としては残念でしたよ」

「ま、いいじゃない。そのうちまとめて行くって言い出すかも」

「僕的には首をキリンより長くしてずっと待っていますから」

齋藤は当てのない顔をして返事をした。香織はそれでも言い切った。

「帰りたいの。あの家に。どうしても。あの家族と暮らしたい。泰彦さんの側にいたい」

香織の脳裏には母から始まった今日までのすべての香織の人生が走馬灯のように駆け巡る。様々な苦しみを乗り越え行き着く先が家であり、泰彦だ。


そして、また春がやってきた。

美里が朝、両手にゴミ袋を提げて自宅前の泉永寺角にあるゴミステーションに向かった。

そのときゴミ収集車がゴミステーションの前で止まりゴミ収集車の後部ハッチを開け始めた。

「ガー」

ハッチ開放の音と共に助手席から降りてきた見慣れた青年がゴミ袋を掴み次から次へとハッチの奥に放り込み始めた。

美里は大声で叫んだ。

「ちょっとそこの君、私のゴミ持っていってよ！」

隣の佐々木のおばちゃんが笑った。

「美里ちゃん、朝から元気いいねぇ」

西沢文房具店のおばちゃんも出てきて、

「そんなに大声出さなくても、まだ行かないわよ。あ、お兄ちゃん、ちょっと待って～」

と美里より大声で叫んだ。

「おーい。そこのイケメン君、まだゴミあるから頼む～」

と、美里より、西沢のおばちゃんより大声で、泰彦が事務所から叫ぶ。

「ガー」

ゴミ出しが無事終わった。

「ブォー」

エンジン音を残してゴミ収集車が行ってしまった後に、慌てて新たなゴミ袋を持っ

て出てきた齋藤が、

「あ、また間に合わなかった」

と肩を落として家の中に戻っていった。


そんな忙しない朝、ゴミステーションの賑やかな様子を眺めていた泰彦が泉永寺の桜に気がついて香織を呼んだ。

「香織、今年も咲いたよ」

「そうなのね。じゃ、母さんに会いに」

と家の奥から香織が答え、泰彦が山彦のように返した。

「一緒に行こう」


二人は寺までの短い道を一緒に歩きながら話した。

「香織はピアニストとして『遅咲きの桜』って愛称がついているけど、俺はその名前にはもう一つ意味があると思う」

「ん？　何？」

「香織はいろんな理由で子供時代の心の成長が未達のまま大人になった。だけどオトナになってようやく自分らしさを見出したよな」

「うん」

「だからさ、香織自身が遅咲きの桜かなと思ったわけだ」

「そっか。そうだよね。やっと私らしい桜が咲いた。遅咲きで」

「だよな」

泉永寺の寂しい桜を見上げた二人が挨拶をした。

「おはよう、母さん」

「おはようございます。お義母さん」

桜は返事をするように風に揺れた。

あとがき

心を病う本人と家族、友人。病気に対してどう対応したらよいものか悩むものです。この小説を読んでいただき何かしらの気付きを持ち快方に向かう方法を見出していただけたらという一存で筆を執りました。

どんな心の病であっても、本人の自覚、気付き、病識、そして本人と関わる人たちの協力が如何に大切かを織り込んだつもりです。

それにこの小説を一つの事例として読んでいただくために専門用語や説明をたくさん挿入しました。

主人公の香織のようなマルトリートメントでも道は開けていくと信じたい。

苦労のない泰彦のようなら相手に対する気遣いをしてもらいたい。

齋藤のような経験があっても心を閉ざすことなく生き抜いてほしい。

互いが触れ合い共に成長できる人間関係であってほしい。

病は辛くて当たり前です。嘆くことに日々を費やすことなく、どうすればいいのか？　そんな疑問を持つことが快方に向かう第一歩だと確信します。

学び、見定め、冷静な客観力を持ち自分との付き合い方を知り、少しでも穏やかな生き方ができればと心から願います。
己に負けず、諦めないで、共に生きましょう。

齋藤淳子

著者プロフィール

齋藤 淳子（さいとう じゅんこ）

福井県鯖江市出身、在住。

遅咲きの桜

2022年12月15日　初版第１刷発行

著　者　齋藤 淳子
発行者　瓜谷 綱延
発行所　株式会社文芸社
〒160-0022　東京都新宿区新宿1－10－1
電話　03-5369-3060（代表）
03-5369-2299（販売）

印刷所　株式会社暁印刷

ISBN978-4-286-26057-0